SI TU M'ENLÈVES *PRENDS GARDE À TOI*

Ce livre est une fiction. Les noms, caractères, professions, lieux, événements ou incidents sont les produits de l'imagination de l'auteur utilisés de manière fictive. Toute ressemblance avec des personnages réels, vivants ou morts, serait totalement fortuite.

Collection Hugo Poche dirigée par Arthur de Saint Vincent
Ouvrage dirigé par Alice Serverin
Couverture : Ariane Galateau

34-36 rue La Pérouse
75116 – Paris
www.hugopublishing.fr

ISBN : 9782755664553
Dépôt légal : juin 2023
Imprimé en Espagne en octobre 2023 par Liberdúplex

KRISTEN RIVERS

SI TU M'ENLÈVES *PRENDS GARDE À TOI*

Hugo Poche

NEW ROMANCE®

À Guillaume

CHAPITRE 1

ADELIA

– Tu es sûre que tu veux y aller ? insiste Juliette.

D'un mouvement de tête, je désigne la valise posée à mes pieds tout en agitant le billet d'avion que j'ai acheté il y a trois mois.

– Ben quoi ? Une valise, ça se défait. Et un billet d'avion, ça s'annule.

– Pas celui-ci.

Elle lève son index au-dessus de sa tasse de thé vert.

– Ça, ça reste à voir. Accorde-moi trois minutes et je te trouverai au moins dix raisons qui te donneront droit à un remboursement en bonne et due forme. Peut-être même que j'arriverai à faire en sorte qu'ils te gratifient d'un dédommagement.

– Je n'en doute pas !

Juliette est le genre de personne à lire tous les modes d'emploi, les contrats, même – et surtout – les parties écrites en petits caractères. Mettez-la dans n'importe quelle situation, elle parviendra à vous prouver par A + B que son adversaire a tort. Je me souviens qu'une fois, au collège, un prof ne lui avait pas donné la note qu'elle espérait. Sa note était tellement mauvaise qu'il lui avait demandé de rester à la fin de l'heure pour faire le point avec elle. Je ne sais plus comment elle s'était arrangée, mais elle l'avait fait modifier pour avoir la moyenne. Et en bonus, elle avait été la seule à ne jamais être envoyée au tableau jusqu'à la fin de l'année. Sa force de persuasion couplée à une minutie redoutable pourrait effrayer la plupart des gens. Mais pas sa meilleure amie : moi.

Je lui adresse le plus rassurant de mes sourires.

– Ce n'est pas comme si je voyageais en Afghanistan. Qu'est-ce qui pourrait m'arriver, hein ?

Ses yeux bleus se plissent en deux fentes étroites, telles des meurtrières.

– Dois-je te rappeler comment s'est déroulé notre voyage de classe de terminale ? Tu t'es paumée lors d'une randonnée, tu t'es fait voler tes affaires et tu as fini à l'hôpital avec une insolation.

– Ce sont des choses qui arrivent.

– En Bretagne ? Tu es sérieuse ? Alors, qu'est-ce que tu vas nous faire, en Sicile ?

Je me marre. Elle n'a pas tort.

– Je n'y peux rien si je suis née avec une cible à emmerdes dessinée sur le front. Malgré tout, je suis toujours vivante.

Les bras croisés, elle me jette un regard à la fois désespéré et attendri.

– N'empêche, copine, au moindre souci, tu m'appelles et je débarque.

Je pose ma main sur la sienne pour marquer ma gratitude.

– Je sais. Mais tu auras déjà beaucoup à faire ici, auprès de Pascal et Giulia.

Pascal et Giulia sont mes parents adoptifs. Et mes employeurs aussi, soit dit en passant. Ensemble, ils tiennent un minuscule restaurant-traiteur au doux nom d'Eatalsace. Un endroit aussi chaleureux qu'attachant, logé au rez-de-chaussée d'une maison à colombages du centre-ville de Strasbourg. Le « eat », c'est pour regrouper à la fois la nourriture et le diminutif « it » pour l'Italie, le pays d'origine de Giulia, et aussi le mien. Comme son nom l'indique presque, Eatalsace propose des mets alsaciens et aussi quelques produits typiquement italiens. Un mélange improbable du soleil méditerranéen et de la fraîcheur rhénane, inspiré directement de la relation de mes parents.

Eatalsace est d'ailleurs la raison de mon départ en Sicile, outre l'envie de voir le soleil, bien entendu. J'ai l'intention de goûter à tout et de revenir avec plein de photos de plats locaux pour apporter un peu d'inspiration à Giulia. Elle en a grandement besoin, elle qui semble si éteinte en ce moment. Bien sûr, elle aurait pu y aller elle-même. Ça lui aurait fait des vacances bien méritées avec son mari.

Mais les finances n'étant pas au beau fixe – raison de plus pour chercher de nouvelles saveurs ailleurs –, une fermeture temporaire n'est pas envisageable. Mon rôle au sein d'Eatalsace n'est pas essentiel. Entre autres, c'est moi qui gère le compte Instagram de la boutique ! Je suis peut-être nulle en cuisine, mais je ne me débrouille pas trop mal pour encaisser les clients et animer les réseaux sociaux.

Du coup, Juliette va partiellement me remplacer auprès de Pascal et Giulia, ce qui lui permettra de veiller sur eux durant mon absence. De toute manière, j'ai déjà programmé un certain nombre de publications. Côté communication, elle n'aura pas beaucoup à s'inquiéter. Pour ce qui est de la caisse, elle s'en sortira, j'en suis certaine. Au pire, mes parents l'aideront. Ils ne sont pas du genre à abandonner les gens dans la panade. Et puis, je resterai joignable.

Je règle nos consommations, puis nous nous dirigeons vers le comptoir de la compagnie aérienne qui doit me transporter en Sicile. Malgré mes protestations, Juliette tient à faire la queue avec moi. Une fois enregistrée, j'attends jusqu'à la dernière minute avant de lui dire au revoir.

– N'oublie pas. Au moindre pépin, tu m'appelles.

Je mentirais si je n'admettais pas que j'ai les yeux un peu humides lorsque je la quitte. Elle va me manquer. Tout comme Pascal et Giulia. Mais ce voyage de cinq semaines, nous en avons tous besoin. Je le sais. Je le sens.

Un peu plus tard, ce que je sens, ce sont les vibrations créées par les ronflements de ma voisine, une petite vieille qui s'est endormie avant même le décollage. Coincée entre cette dame et le hublot d'un A319, je fais passer le temps en bouquinant, ravie que personne n'interrompe ma lecture. La dame âgée finit par ouvrir l'œil au bout d'une heure de vol. Elle s'étire tant bien que mal dans cet espace réduit, cherchant à reprendre possession de son corps encore engourdi. Deux hôtesses approchent, proposant boissons chaudes et rafraîchissements aux clients. Je suis plus que prête à mettre la main à la poche pour acquérir deux cafés et venir en aide à ma voisine. Mon plus charmant sourire plaqué sur les lèvres, je me tourne vers la petite vieille en lui tendant un gobelet.

– Bonjour, madame, tenez, c'est pour vous.

Elle reste de marbre. Peut-être est-elle sourde. Je tapote doucement son épaule, ce qui ne la fait pas réagir. Ses yeux sont ouverts et elle respire, par conséquent, elle est en vie.

Elle finit par poser sur moi deux yeux fatigués.

– Bonjour, madame. Je me suis dit que vous auriez besoin d'un café, lui dis-je en italien.

Et ce n'est pas si faux, vu qu'elle a deux de tension.

– *Grazie, ma non lo voglio*, répond-elle en me jetant son souffle fétide au visage.

Une Italienne qui refuse un café. Gratuit, qui plus est. On aura tout vu. En plus, en la tirant de son état méditatif, j'ai réveillé sa faim puisqu'elle vient de sortir un pain au fromage de sa sacoche. Elle a la gentillesse de me proposer un bout de son repas, que je refuse poliment. Alors que j'ai le nez caché dans le deuxième gobelet de café, je sens son regard sur moi.

– C'est la première fois que vous venez en Sicile ?

Ce n'est pas mon accent qui lui a mis la puce à l'oreille. Giulia, qui est originaire de cette île, me parle en italien depuis que je vis sous son toit, voire parfois en sicilien.

– J'ai l'air d'une touriste, c'est ça ? demandé-je en souriant.

– Oui.

Elle n'a même pas l'amabilité de nier. Elle va même jusqu'à lorgner dédaigneusement mon tee-shirt décoré d'un palmier à paillettes.

– Mais ce n'est pas pour ça que je vous le demande. En fait, votre visage me dit quelque chose. Quel est votre nom ?

Sa question me surprend. Son regard inquisiteur me force à répondre comme si elle m'avait attaché les mains derrière le dos et qu'elle maintenait une lame acérée sous ma gorge. Pourtant, elle sourit.

– Euh, Schneider. Adelia Schneider.

Les paupières de la vieille dame se plissent bizarrement.

– Ah oui ? Pour de vrai ?

Je ne vais tout de même pas lui déballer ma vie en lui avouant que j'ai été adoptée et que la seule chose que je connais de mes parents biologiques, c'est leurs prénoms !

– Oui, Schneider. Je suis alsacienne.

Comme elle m'observe toujours sans se départir de sa curiosité déplacée, je l'interroge à mon tour.

– Pourquoi cette question, d'ailleurs ? À qui est-ce que je ressemble ?

– À personne.

Là-dessus, elle se replonge dans son goûter et redevient totalement hermétique à ma présence.

Bienvenue en Sicile !

Devant l'aéroport de Palerme, réfugiée sous un palmier, j'attends sagement l'arrivée de la navette qui doit me conduire à l'hôtel. Je ne me protège pas du soleil, mais de la pluie. L'éternel été méditerranéen est un mythe, si j'en crois la trombe d'eau qui s'abat sur moi comme sur les quelques touristes qui patientent de plus ou moins bon gré. Le bus arrive juste à l'instant où je me demande si mes cheveux trempés ne vont pas fusionner avec mon visage tant ils me collent à la peau. Pour la classe à l'italienne, on repassera, c'est évident.

Après deux heures et demie de conduite hasardeuse sur l'autoroute menant au sud-est de la Sicile, nous voilà dans la province d'Agrigente, connue aussi bien pour sa vallée des temples que pour ses agrumes. Giulia est originaire de cette région, et c'est cette cuisine qu'elle souhaite redécouvrir. Elle y est née et y a grandi jusqu'à ce qu'elle décide de tout quitter pour s'offrir une meilleure vie en France. Si elle a trouvé l'amour en Alsace, une partie de son cœur est restée dans ces terres dont elle m'a tant de fois parlé. La plupart des noms de villes sur les panneaux d'autoroute me disaient quelque chose, forcément. Moi, je suis née à Agrigente, mais je ne sais pas si j'y ai vécu jusqu'à la mort de mes parents. J'étais tellement petite ! Je n'en garde aucun souvenir.

La pluie s'est arrêtée à la sortie de Palerme, laissant place à un paysage fait d'oliviers, de pinèdes et d'un ciel bleu éclatant. Tout s'embellit encore lorsque, après l'autoroute, le bus emprunte une route sinueuse le long des petites montagnes longeant la mer. La vue est à couper le souffle, et je l'apprécierais davantage si le conducteur ne se prenait pas pour un chauffeur de F1 en plein rallye. J'ai l'estomac à l'envers lorsque nous atteignons la station balnéaire en fin d'après-midi. Je suis bien trop fatiguée pour visiter quoi que ce soit aujourd'hui. Ce soir, ce sera dîner, puis lecture ou Netflix jusqu'à ce qu'endormissement s'ensuive.

Ce qui ne change pas grand-chose à mes soirées habituelles, soyons francs. Je ne suis plus en couple depuis un moment, contrairement à la majeure partie de mon entourage. Forcément, ça réduit les sorties et les soirées !

Je jette un coup d'œil à l'endroit qui doit m'accueillir pendant plus d'un mois. Avec sa longue allée de palmiers décorés de guirlandes rouges, blanches et vertes aux couleurs du drapeau national, il se dégage de cet endroit une atmosphère festive.

Au premier abord, je trouve l'ambiance impersonnelle, à l'opposé de ce que m'avaient conseillé Giulia et Pascal. Amoureux des gîtes et des pensions familiales, ils n'auraient pas aimé l'hôtel appartenant à une grande chaîne internationale dans lequel j'ai réservé ma chambre à un prix imbattable. Pour avoir déjà séjourné avec eux en chambre d'hôtes, je sais comment ça se passe. Les longues conversations après le dîner avec d'autres voyageurs, croiser les propriétaires des lieux au saut du lit, devoir discuter en buvant mon premier café de la journée ? Très peu pour moi. Ici, je ne serai qu'une inconnue occupant une chambre parmi la centaine proposées par l'établissement. Exactement ce que je recherche. La solitude, l'isolement, le farniente et la bonne nourriture.

Et, pourquoi pas, un bel inconnu à qui je ne voudrais surtout pas m'attacher ?

La réceptionniste ne remarque pas tout de suite ma présence, plongée qu'elle est dans la lecture d'un article people au titre aussi racoleur qu'inintéressant.

« *Jason Momoa, un nouveau crush pour l'été ?* »

Lasse d'attendre, je toussote pour attirer l'attention de l'hôtesse. Celle-ci reste hermétique à mon appel, mais la mouche posée sur le comptoir prend son envol pour se reposer quelques secondes plus tard. La réceptionniste enroule le magazine et l'utilise comme arme pour tuer l'insecte, dont le corps désarticulé reste collé en plein milieu du front de l'acteur.

– Oh, désolée, vous vouliez lire l'article ? s'enquiert-elle en anglais.

Je secoue la tête, amusée.

– Non, merci. Je suis Adelia Schneider. J'ai réservé une chambre pour cinq semaines.

Il lui faut quelques instants pour comprendre ce que je viens de dire malgré mon italien impeccable. Mes yeux et mes cheveux noirs, ma peau mate et ma petite taille ne correspondent pas à l'image que l'on se fait d'un patronyme germanique. C'est pourtant le mien depuis mon adoption.

Au bout d'un certain temps, elle retrouve son professionnalisme et consulte son ordinateur.

– Effectivement, vous avez souscrit à l'offre all-inclusive. Ce programme vous donne accès au bar ainsi qu'au buffet, le tout à volonté.

Pourquoi est-ce que j'ai l'impression qu'elle est désolée pour moi ?

– Vous pouvez également profiter de la plage privée, de la piscine, ainsi que de la salle de sport.

Avec un rictus poli, je la laisse débiter ce discours qu'elle doit servir aux touristes plusieurs fois par jour.

– Votre chambre est située au dixième étage. Je vous souhaite un bon séjour dans la province d'Agrigente, et merci d'avoir choisi l'hôtel Dolce Vita.

Je la remercie, saisis la clé qu'elle me tend et me dirige vers ce que je pense être l'ascenseur, mais qui est en réalité un placard à balais. Je me perds au moins deux fois dans le couloir. À ma décharge, l'hôtel est immense et je n'ai pas vraiment le sens de l'orientation. Alors que je referme la porte de la salle à manger, vide à cette heure-ci, je me cogne contre un torse plutôt bien sculpté, si j'en crois sa dureté. Je lève le menton pour m'excuser auprès du propriétaire dudit torse. Visage harmonieux, peau très mate qui contraste avec des yeux noisette, presque dorés, le tout encadré par des cheveux noirs. Dommage pour l'absence de sourire qui vient gâcher cet ensemble peut-être un peu trop parfait.

– Tu es perdue, *bella* ?

Son timbre grave arracherait des frissons à un zombie. Si l'on ajoute qu'il s'exprime dans un italien impeccable, c'est encore plus fascinant.

– Je ne suis pas perdue, je travaille.

Il arque un sourcil circonspect.

– Je m'assure que la salle à manger est prête à accueillir les touristes.

– Tu travailles à l'hôtel Dolce Vita ?

Ses iris me sondent avec insistance. Si ça se trouve, il bosse ici. J'ai intérêt à rattraper mon mensonge en en inventant un autre.

– Non. Je suis client mystère. Mais chut, si les employés l'apprennent, ma mission n'aura plus le moindre intérêt. Tu ne m'as pas vue, pas entendue, et cette conversation n'a jamais eu lieu.

Je pose un doigt sur mes lèvres et m'en vais en le laissant planté là, lui, ses incroyables yeux noisette et ses lèvres frimeuses. Ce n'est pas que je ne le trouve pas craquant, loin de là. Mais je me suis suffisamment couverte de ridicule en l'espace d'une minute pour refuser de poursuivre sur la même voie. Je sens toujours son regard dans mon dos quand, enfin, je trouve refuge dans la cabine d'ascenseur.

La chambre est telle que je l'avais imaginée : impersonnelle à souhait. Murs blancs, tableau représentant un panier de fruits sûrement acheté en lot dans un magasin de meubles nordiques, salle de bains minuscule, mais fonctionnelle. Je ne devrais pas être déçue, c'est exactement ce que j'attendais. C'est à l'opposé de mon univers habituel. Giulia et Pascal vivent dans une petite maison alsacienne aux murs aussi tordus que chargés de décorations, à l'image de leur couple : chaleureux, loufoque, et parfois suffocant. Et leur restaurant est à peu près dans la même veine, coloré et joyeux. J'avais quitté leur maison quand j'étais en couple, mais après une rupture compliquée, j'y suis retournée. Disons que ce qui ne devait être que temporaire s'est prolongé.

Un peu de calme et d'anonymat, ça fait du bien aussi.

Je ne prends pas le temps de défaire ma valise, même si j'ai prévu de rester un bout de temps ici. Le voyage m'a fatiguée et je me sens sale à cause de la pluie qui m'est tombée dessus à l'aéroport. Je vais prendre une douche puis m'affale sur le lit, devant ma télé, à scroller mon fil Instagram jusqu'à l'heure du dîner. J'espérais que le fait d'être loin de chez moi me revigorerait un peu, mais pour l'instant, je me sens surtout sonnée. J'ai envie de me mettre dans un cocon et de me couper du monde, mais ce n'est pas pour rester enfermée que j'ai entrepris ce voyage !

La soirée commence à peine quand je quitte ma chambre pour me rendre au restaurant. Quelques touristes, principalement des retraités, y dînent déjà. Ça me donne comme une impression de fin du monde. J'imagine que les autres clients arriveront plus tard, à l'heure sicilienne. Je pose mon sac et ma veste à une table au centre de laquelle a été dressée une réplique de gondole vénitienne en plastique tout droit sortie d'une usine chinoise. En partant de Sicile, Giulia a emporté quelques souvenirs. Aucun n'était aussi laid que ces décorations pour touristes.

Munie d'une assiette blanche, j'approche du buffet, qui ne fait que confirmer mon impression d'apocalypse : pâtes tellement cuites qu'il est impossible de déterminer s'il s'agit de coquillettes ou de farfalles, amas improbable de ce qui autrefois a dû être des gnocchis, tiramisu d'origine extraterrestre et profiteroles sans nul doute issues directement du congélateur d'un vendeur de gros.

Bon appétit !

Quelque part, je me doutais bien que ça ne serait pas parfait, que ça ne collerait pas aux attentes de ma famille en termes d'excellence. Mais je ne m'attendais pas à un tel fiasco. Puisqu'une promesse est une promesse, je prends néanmoins quelques photos du désastre, que j'envoie à Giulia pour la faire rire, puis je choisis une focaccia, parce qu'il faut bien que je mange quelque chose si je ne veux pas m'évanouir. Quand je la croque, je me demande si je n'ai pas mordu dans l'assiette, mais non, c'est bien la focaccia. J'ai l'impression de manger de la pierre, comme ce gros bonhomme dans *L'Histoire sans fin*. Alors que je suis en train de filmer mon expression désespérée et la crispation de mes pauvres mâchoires dans le but de faire rire ma mère, mon téléphone vibre dans mes mains.

Maman : Pourquoi ces horreurs ?
Ce n'est pas Halloween, pourtant !

Il me faut une seconde pour comprendre que par « horreurs », elle ne désigne pas mon visage, mais les photos du buffet que je lui ai envoyées.

Adelia : Si tu savais ! J'ai bien
failli me casser une dent ou deux
en croquant dans cette focaccia.

Maman : Je ne te dirai pas
que je t'avais prévenue...

Adelia : Tu viens juste de le faire

Je souris malgré moi, amusée, et bois une grande gorgée d'eau pour essayer de faire passer la focaccia la plus sèche de l'histoire de l'Italie.

Maman : J'espère que tu trouveras
mieux comme nourriture.
Sinon, on va avoir du mal à renouveler
notre carte. Sauf si on veut se
reconvertir dans la cuisine horrifique.
Il paraît que ça a le vent en poupe.

Mon sourire se fane. Je culpabilise. Si j'avais choisi de séjourner dans une petite pension plutôt que dans un grand complexe, je serais sûrement déjà en mesure de lui fournir de belles idées de cuisine. Mais j'avais envie de facilité, ne serait-ce que les premiers jours. Je reprends une bouchée de focaccia suivie d'une autre gorgée d'eau. À ce rythme-là, le Rubicon ne suffira pas à faire passer ce ratage culinaire. Peut-être qu'avec du vin…

Je quitte ma place pour me rendre au bar, où des pichets de rouge attendent sur le comptoir. J'en prends un au hasard et retourne m'asseoir. Juste avant de remplir mon verre, au moment où j'incline ma cruche, j'aperçois un mouvement au niveau de la surface du liquide. Je plisse les yeux pour mieux voir, repose le tout et me saisis de mon téléphone pour prendre une photo afin d'immortaliser la scène juste avant d'essayer de sauver la mouche qui se noie silencieusement dans mon vin. Lorsque je repose l'insecte sur ma serviette, il ne bouge plus. Je n'ai plus soif, pour le coup.

Me sentant observée, je lève la tête. Un peu plus loin, un serveur me dévisage sans la moindre discrétion, pensant sans doute que ses lunettes dissimulent son regard insistant. Manque de pot pour lui, ses verres sont transparents. Je note un air préoccupé sur son visage.

Est-ce que c'était sa mouche de compagnie ?

Il s'approche de moi, les mains jointes telle une mante religieuse.

– Tout va bien, mademoiselle ?

– Oui. J'espère seulement que vous n'allez pas me facturer l'insecte venu noyer son chagrin dans mon vin.

Comme il ne comprend pas où je veux en venir, je désigne feu la mouche d'un mouvement de tête.

– Ça va aller ? Qu'est-ce qu'on peut faire pour vous satisfaire ? Un autre pichet ?

Dans d'autres circonstances, j'en aurais profité pour demander un supplément de nourriture, mais compte tenu la qualité de cette dernière, je vais m'abstenir.

– Euh, peut-être pourriez-vous me conseiller un autre restaurant ?

– Oui, pourquoi pas, bredouille-t-il, penaud.

J'ouvre la bouche pour ajouter une phrase afin d'édulcorer ma requête, mais il est plus rapide que moi.

– Avez-vous une envie particulière ?

C'est le moment de la jouer fine. Dans un ancien *Guide du routard*, j'ai lu des avis sur un établissement qui représente la quintessence de la gastronomie sicilienne. J'ai eu beau chercher sur Internet, je n'ai rien trouvé à ce sujet.

– Auriez-vous l'adresse de la trattoria Piromalli ?

Là-dessus, j'ai l'impression qu'il se décompose littéralement sous mes yeux. Il tourne la tête à droite et à gauche, jetant des coups d'œil méfiants autour de lui.

– Bon, ce n'est pas grave. Je vais bien finir par trouver.

Je me lève à la hâte et laisse ma table et l'étrange serveur en plan. Je quitte le restaurant, puis l'hôtel d'un pas décidé. La station balnéaire se situe à deux ou trois kilomètres de la ville de Paradisio qui, je l'espère, porte bien son nom. La nuit étant quasiment tombée, je n'ai qu'à suivre les lumières pour me repérer.

CHAPITRE 2

MILO

Je l'aperçois dès qu'elle pénètre dans le hall avec ses airs de touriste paumée. Cheveux bruns, presque noirs, comme ses yeux. Peau un peu moins mate que celle des habitants de l'île, mais pas cadavérique non plus. Corpulence normale, attitude hésitante de celle qui n'a pas l'habitude de voyager seule. Sa petite taille me réjouit : ce sera plus pratique pour la transporter dans le coffre. Ben, quoi ? Quand vous aurez eu à kidnapper un mec mesurant deux mètres avec pour seul moyen de locomotion une Fiat Cinquecento, vous pourrez me juger. J'ai changé de bagnole depuis, mais les personnes trop grandes restent ma hantise.

Une fois les clés en main, elle saisit ses bagages puis fonce dans un couloir qui ne mène pas aux chambres. Je la suis à distance, comme prévu. Je n'ai pas la moindre idée de ce qu'elle mijote, Albinoni ne m'a pas fourni énormément d'informations à son sujet. Dans ce milieu, moins on en sait, mieux on se porte.

Elle pivote sur ses baskets sans crier gare et me fonce dessus, me rentrant littéralement dedans. Ma proie lève la tête vers moi, ce qui me permet d'inspecter brièvement son visage étonné. Jolie et ingénue. C'est parfait. Je vais m'en tenir au plan initial. L'appâter, gagner sa confiance pour la mettre, non pas dans mon lit, mais dans le coffre de ma voiture.

– Tu es perdue, *bella* ?

Je lui souris. C'est une touriste, après tout. En général, leur servir le numéro du latin lover fonctionne plutôt bien.

Sauf que son expression perd toute trace de fascination.

– Je ne suis pas perdue, je travaille.

J'arque un sourcil circonspect. Elle est censée être en voyage. Elle ne peut pas bosser ici. Aurais-je fait erreur sur la personne ? C'est impossible, je suis un professionnel.

– Je m'assure que la salle à manger est prête à accueillir les touristes.

– Tu travailles à l'hôtel Dolce Vita ?

Je la sonde avec insistance, cherchant à déceler le mensonge.

– Non. Je suis client mystère. Mais chut, si les employés l'apprennent, ma mission n'aura plus le moindre intérêt. Tu ne m'as pas vue, pas entendue, et cette conversation n'a jamais eu lieu.

Elle pose un doigt sur ses lèvres et s'en va, me laissant planté là. Je la regarde se diriger vers l'ascenseur en me demandant si je n'ai pas loupé quelque chose. Je me hâte de rejoindre ma chambre, compose le code qui déverrouille ma valise et récupère l'enveloppe qui contient les photos de ma cible pour m'assurer que je ne fais pas erreur sur la personne.

Non. Ce sont bien ses cheveux longs, presque noirs, ses yeux de biche au regard paumé. À moins qu'elle ait une sœur jumelle, c'est elle, il n'y a aucun doute. Soit elle me mène en bateau, soit elle est complètement timbrée, soit les deux à la fois.

La kidnapper ne sera peut-être pas aussi facile que je le pensais.

Bien installé sur mon lit, je réponds au texto de ma sœur qui m'a envoyé une photo d'elle posant devant un lac, ses longs cheveux foncés cachés sous une casquette. Tout en tendant l'oreille à l'affût du moindre bruit dans le couloir, je demande à Jenny si c'est sous ce lac qu'elle cache les cadavres de ses ex. Sa réponse tarde à venir, mais ça n'a rien d'anormal. Je suis habitué au décalage horaire entre l'Europe et Chicago. Elle et mes parents s'y sont installés il y a quelques années. Ils me manquent, c'est vrai. Nous avons toujours été une famille unie, presque fusionnelle. Mais pour des raisons qui ne regardent que moi, j'ai choisi de ne pas les suivre, ce qui fait de moi le dernier Piromalli de l'île. Je préfère ne pas y penser, ça me file le cafard.

Au moins cette année, ils rentrent pour les vacances d'été ! Dans deux semaines, les personnes les plus importantes à mes yeux seront ici, avec moi. Ça fait un bail que je ne les ai pas vus ! Ce sera sans doute le bazar et il faudra que je me débrouille pour masquer toute trace de mon activité, parce qu'ils ignorent ce qui occupe l'essentiel de mes jours – ou de mes nuits. L'honnêteté a toujours été une valeur essentielle pour ma famille. Pour la plupart de ses membres, du moins. Je ne tiens pas à ce que mes proches découvrent mon statut de brebis galeuse : ils ont suffisamment morflé par le passé. Déjà qu'ils seront extrêmement déçus de me savoir célibataire ! Mes parents ne vivent que pour une chose : leur famille. Je suis l'aîné, depuis la mort de mon frère. Selon les traditions familiales, ce serait à moi de leur fournir une première descendance. Quelqu'un qui portera notre nom de famille. Il ne s'agit pas de transmettre un héritage financier, mes parents ne sont pas à plaindre mais ils ne sont pas riches. Bien moins que moi, en tout cas. Mais ils ne vivent que pour leurs enfants, ne rêvent que de petits-enfants, et je sais combien le fait de penser que tout s'arrêtera après ma sœur et moi les affecte.

Entendant un bruit dans le couloir, je balance mon téléphone sur le matelas et bondis hors du lit avec agilité. Silencieux comme un ninja, je colle un œil au judas et fixe la porte située devant la mienne. Celle de ma cible. Eh oui, ma chambre donne sur la sienne afin de mieux la surveiller.

Fausse alerte, ce n'est pas elle, mais une femme de ménage qui prépare une piaule pour un couple de touristes. Je suis sur le point de retourner à mon lit quand un nouveau bruit me fait pivoter sur mes pieds. Cette fois, c'est bien Adelia. Je me saisis de mon téléphone ainsi que de mes affaires, posées sur la table de nuit, afin de pouvoir me barrer au plus vite une fois mon boulot terminé. Je compte encore trente secondes afin qu'elle s'éloigne un peu.

J'ouvre pile-poil au moment où les portes d'ascenseur se referment sur elle. C'est parfait, j'emprunterai l'escalier afin de la suivre en toute discrétion.

C'est du moins ce que j'aurais fait si la femme de ménage n'avait pas posé son énorme chariot en plein milieu du couloir. Alors que je suis en train de manœuvrer son wagonnet, elle surgit de nulle part pour m'engueuler vertement.

– Hey, toi avec ton costume noir, tu crois que je ne t'ai pas vu essayer de me chourer en douce un rouleau de papier toilette ? Si tu n'en avais pas assez, fallait me le dire !

Je rougis, furieux.

– N'importe quoi. C'est juste que vous bloquez le passage avec votre mastodonte.

La quinquagénaire la plus coriace de la planète désigne ses hanches, une moue outrée sur le visage.

– C'est comme ça que vous parlez du corps des femmes ?

– Euh…

Les touristes qui attendaient un peu plus loin se rapprochent.

– Que se passe-t-il ? demandent-ils en anglais.

– Rien, me hâté-je de répondre.

– L'homme en costume, là. C'est un grossophobe.

Hein ?

– Il vient de me traiter de mastodonte.

– Mais… je… Pas vous, le chariot.

– Vous parlez aux objets ? Cela vous arrive-t-il souvent ? s'enquiert un touriste hipster et barbu doté d'un tee-shirt à son effigie.

Fichus touristes et leurs lubies à deux balles !

– Vous n'allez pas vous en sortir comme ça, jeune homme, renchérit la femme de ménage en resserrant son chignon. Demandez-moi au moins pardon, plutôt que de nier.

OK, j'ai compris ce qu'elle veut. J'enfonce la main dans ma poche et en retire au hasard un des billets que je transporte hors de mon portefeuille pour les pots-de-vin rapides tels que celui-ci. Si j'ai de la chance, ce sera un billet de cinq euros, parce qu'elle ne mérite pas plus. Manque de pot, elle obtient celui de cent balles. Bon, ce n'est pas un drame, je ne suis pas à plaindre financièrement. Marcher avec la Mafia, ça paie plus que de nettoyer les chambres d'un complexe hôtelier. Elle s'empresse de prendre le billet discrètement, au cas où je changerais d'avis, et pousse son chariot afin de me laisser un passage.

– Allez-vous-en. Et que je ne vous surprenne plus à vous moquer de moi.

Je file en rasant les murs, peu désireux de supporter cette mascarade plus longtemps. J'ai tendance à fuir les scandales, ce qui est assez compliqué lorsqu'on réside dans une région aussi sanguine que la Sicile. Je règle toujours ce genre de problème de manière expéditive, incluant ou non la violence en fonction des circonstances.

Je me rends directement là où je pense trouver ma proie : au restaurant. Sur place, je détaille rapidement les lieux. La plupart des tables sont occupées par des groupes. Or, je sais qu'elle est venue seule. Je repère rapidement la table qui ne contient qu'une assiette et un verre. Adelia n'est pas en train de manger, j'imagine qu'elle doit chercher quelque chose de comestible au buffet. Je lui souhaite bon courage, car si ça se trouve, c'est son dernier repas et il y a des chances qu'il soit dégueulasse. Je n'ai pas la moindre idée du sort que lui réservent les Fiori.

Au bout de deux minutes, je dois me rendre à l'évidence : elle a quitté le restaurant. Sage décision, qui contrarie néanmoins mes plans. J'avise un serveur et lui emboîte le pas. Il ne me remarque même pas, j'ai l'habitude d'être discret. Sauf avec la dame au chariot…

Alors qu'il emprunte la direction des cuisines, je pose un bras sur son épaule, ce qui lui vaut un sursaut qui envoie au sol les corbeilles de pain vides qu'il transportait.

– Je peux vous aider ?

– Oui. Il y avait une fille seule. Une brune aux longs cheveux.

– Des brunes aux longs cheveux, il y en a plein la Sicile.

Je sais ce qu'il veut. Du blé. Malheureusement pour lui, j'ai fait ma part de bonnes actions pour la journée. D'un regard, il comprend qu'il n'a pas intérêt à jouer au plus malin.

– Ah, je vois. Ce n'était pas une cliente mystère, par hasard ?

Je fronce les sourcils. Elle lui a fait aussi le coup, à lui ?

– Ouais.

Elle a trouvé une mouche dans son vin. Si elle nous dénonce, on est mal.

S'il savait comme je m'en fiche…

– Où est-elle ?

Le serveur me dévisage quelques instants, se demandant sans doute si je n'ai pas l'intention de la découper en morceaux. Parfois, j'oublie que ça paie mieux d'avoir l'air avenant. Alors, je souris.

– Elle m'a donné son numéro. J'ai mis le bout de papier dans la poche de mon jean, que j'ai apporté à la laverie. Si je ne la rappelle pas après la nuit qu'on a passée ensemble, elle va me prendre pour le pire des mufles. Je la cherche pour m'expliquer.

– Elle a filé en direction de la ville. Elle a demandé la trattoria Piromalli.

Cette fois, mon sourire est sincère.

– Vraiment ?

Le serveur m'observe durant trois ou quatre secondes. Peut-être que mon visage vient de lui revenir. Ou alors, il est tout simplement idiot. Quoi qu'il en soit, je lui tourne le dos, prêt à déguerpir, quand il m'interpelle une dernière fois.

– Si vous la retrouvez, tâchez d'intervenir en faveur de notre établissement. Sinon, le Dolce Vita court droit à sa perte.

– Bien sûr, répliqué-je sans me donner la peine de me retourner. Je lui raconterai que la mouche dans le vin est une coutume sicilienne, comme le ver dans le mescal au Mexique…

Je prends ma voiture. Pas par fainéantise, j'ai l'habitude de bouger, de faire du sport pour le plaisir comme pour m'entretenir. Mais lorsqu'on veut kidnapper quelqu'un sans que la planète entière soit au courant, le transporter sur l'épaule comme un vulgaire sac de patates n'est pas ce qu'il y a de plus efficace.

Elle est à pied, je ne tarde pas à la dépasser. En arrivant à son niveau, je fais exprès de ralentir, des fois qu'elle serait prise d'une envie soudaine de faire du stop, ce qui me faciliterait la tâche. Elle ne me calcule même pas. Sage décision pour elle et dommage pour moi. Je ravale mes regrets et appuie sur le champignon.

CHAPITRE 3

MILO

Près de quarante-cinq minutes plus tard, elle s'installe à la terrasse d'une trattoria. Elle n'a pas choisi le meilleur établissement, mais le premier qu'elle a croisé. Si elle espère faire vibrer ses papilles, c'est raté. Posté à l'abri dans le hall d'un petit immeuble, je lui laisse le temps de commander avant de me lancer. Le serveur lui apporte un verre de vin rouge tandis que je traverse la rue en direction du restaurant. Elle se saisit de son téléphone pour prendre des photos de la carte ainsi que de son verre. Est-ce qu'elle fait partie de ceux qui mitraillent leur bouffe avec leur objectif pour s'assurer qu'elle est bien morte ? Je n'ai jamais compris cette catégorie de gens, je n'aurai donc aucun regret à la kidnapper. Je fais mine de m'intéresser au menu, qui manque cruellement d'originalité, pendant qu'elle vide son verre à une vitesse surprenante. Voilà qui facilitera encore ma tâche.

– Hey, toi ! crie-t-elle en italien.

Tiens, elle m'a repéré.

– Hey ! Le mec en costume ! Tu dois bien avoir un nom, non ? À moins que tu ne sois comme Celui-Dont-On-Ne-Doit-Pas-Prononcer-Le-Nom.

Celui-Dont-On-Ne-Doit-Pas-Prononcer-Le-Nom ?

Est-ce qu'elle est en train de me parler d'un parrain célèbre ? M'aurait-elle démasqué ?

J'abandonne ma contemplation stérile du menu pour afficher mon sourire le plus charmeur et me tourne vers elle pour la saluer. Je parcours la distance jusqu'à sa table. La séduction est ma technique personnelle avec mes cibles, surtout quand elles sont du sexe opposé. C'est plus discret qu'un coup dans la nuque pour les assommer.

– Celui-Dont-On-Ne-Doit-Pas-Prononcer-Le-Nom ?

– Voldemort.

Elle sourit de toutes ses dents, comme si ce qu'elle racontait tombait sous le sens.

– Qui ça ?

– Voldemort. Tu n'as jamais vu la saga *Harry Potter* ? Ni lu les bouquins ?

Je secoue la tête. Elle semble accablée. Au moins, elle ne parle pas de Mafia.

– Il n'y a rien de mal à être un Moldu, après tout. Oublions cet épisode et recommençons depuis le départ. Toi aussi, tu fuis la bouffe dégueulasse de l'hôtel ?

J'acquiesce. L'occasion est trop belle

– Je peux me joindre à toi ?

Elle ouvre de grands yeux étonnés. Je ne lui laisse pas le temps de réfléchir et m'installe en face d'elle.

– Qu'est-ce que tu me conseilles ? demande-t-elle.

De prendre tes jambes à ton cou, mais ça n'arrangerait pas mes affaires.

Comme je mets un certain temps à répondre, elle se croit obligée de s'expliquer.

– Tu es sicilien, non ?

Je penche la tête sur le côté.

– Moi ? Pourquoi est-ce que tu penses ça ?

Je sais très bien pourquoi. Mais j'ai envie qu'elle le dise. Ses joues rosissent. J'imagine qu'elle va parler de mes cheveux noirs, de mon regard de braise, de…

Le serveur dépose un autre verre de vin pour moi, même si je n'ai rien commandé. Je n'ai pas l'intention de le vider, j'ai besoin d'avoir les idées claires, mais je porte quand même le verre à mes lèvres en gardant les yeux rivés sur ceux d'Adelia.

– Tu as l'air d'avoir un sale caractère. C'est le cliché le plus courant sur les Siciliens.

Je recrache mon vin avec un manque de classe qui m'effraie, arrosant de gouttelettes le pot de romarin qui parfume la table et qui n'avait rien demandé à personne.

– Pardon, je blaguais. Disons plutôt que tu as un physique très local. Si tu es sicilien, pourquoi est-ce que tu loges à l'hôtel ?

Bonne question. Je ne l'avais pas vue venir, celle-là.

– Fuite d'eau. Mais ça vient d'être réglé. Et toi ?

– Et moi ? Tu veux savoir si j'ai des fuites ? Enfin, s'il y a des fuites chez moi, dans ma maison ?

Elle rougit jusqu'aux oreilles. Soit elle est hyper-maladroite, soit elle commence à tomber sous mon charme. Dans tous les cas, elle est en train de mourir de honte. Je décide néanmoins d'abréger ses souffrances. Être un criminel ne m'empêche pas d'avoir un cœur qui bat.

– Si tu es sicilienne, je veux dire. Pourquoi est-ce que tu séjournes à l'hôtel, si toi aussi, tu es d'ici ?

Elle secoue vivement la tête.

– Ah non, je suis alsacienne.

– Et c'est où, l'Alsatie ?

Elle éclate de rire. Je sais pertinemment dans quel pays se trouve l'Alsace. Ça fait partie du peu d'infos que m'avait fournies Albinoni, le fils de Silvio, le commanditaire de ce kidnapping. Mais je trouve que jouer les innocents (ou les idiots) me rend plus charmant et m'aide à mettre mes proies en confiance.

D'ailleurs, je n'ai pas la moindre idée de la raison pour laquelle Silvio veut que je lui livre cette fille. Mais après tout, elle cache peut-être bien son jeu. Si ça se trouve, elle fait partie de la Mafia alsacienne. Si toutefois ça existe… Est-ce qu'il y a un avenir dans la contrebande de choucroute ?

– C'est une région française. Je vis en France.

Le serveur nous interrompt pour savoir si je souhaite commander quelque chose à manger. Je lui ordonne d'apporter un simple plat de pâtes. De toute manière, c'est un restaurant à touristes. Ça ne sera ni bon ni authentique.

– Pourtant, ton italien est irréprochable, lui fais-je remarquer en me calant dans ma chaise.

Elle joue distraitement avec le bord de son verre.

– Ma mère adoptive est sicilienne.

– Ce qui explique ton mauvais caractère.

Elle rit à son tour. Un rire franc, spontané, naturel.

– Ce sont tes premières vacances en Sicile ?

– Je ne suis pas exactement en vacances.

J'arque un sourcil étonné pour l'inciter à m'en dire plus tout en lui servant un sourire affable.

– Mes parents sont traiteurs. Eatalsace, ça s'appelle. On prépare des spécialités locales et italiennes, mais cela fait si longtemps que ma mère n'a pas mis les pieds dans son pays natal ! Par conséquent, ses talents culinaires sont un peu rouillés. Elle se concentre surtout sur les plats alsaciens, ou sur la cuisine italienne basique.

– Alors, ils t'ont envoyée ici en quête d'inspiration, c'est bien ça ?

Elle me décoche un énorme sourire tout en hochant la tête, enthousiaste. Est-ce qu'elle me dit la vérité ? Ce n'est pas vraiment crédible. Pourquoi est-ce qu'Albinoni voudrait qu'on kidnappe une simple fille de traiteurs ? On pratique le rapt sur nos ennemis en guise de menace. Ou sur des innocents pour l'extorsion. Mais Adelia n'a pas vraiment le profil du genre de personne que je fourre habituellement dans mon coffre.

Ce sont les affaires des Fiori, ça ne me regarde pas…

– C'est pour ça que tu mitraillais la carte du restaurant ?

Elle me fixe quelques instants, les sourcils froncés, avant de comprendre ce que je dis.

– Oui !

– Moi qui t'avais prise pour une instagrameuse !

– Non. Enfin, pas tout à fait. Je gère les réseaux sociaux d'Eatalsace, mais la raison pour laquelle je prends ces photos, c'est pour les montrer à ma mère, Giulia. Même si ce que j'ai vu jusqu'ici ressemble plutôt à un musée des horreurs culinaires, j'espère pouvoir lui faire prochainement plaisir.

J'acquiesce, tentant de jauger discrètement de sa sincérité.

– Elle m'a conseillé une trattoria. Piromalli, ça s'appelle. Le serveur n'a pas voulu m'indiquer où ça se trouvait.

Je change brutalement de sujet en levant mon verre entamé.

– Aux découvertes culinaires !

– Aux découvertes culinaires, répond-elle en trinquant avec moi.

Au même moment, le serveur dispose deux assiettes de tagliatelles trop cuites sur notre table. On se regarde dans les yeux avant d'éclater de rire.

Une heure plus tard, nous n'avons toujours pas touché à nos assiettes. Adelia a vidé deux verres. Heureusement pour elle, le vin est excellent, ici. Moi, j'y ai à peine trempé les lèvres. Il règne dans l'air une atmosphère électrique, chargée de séduction. Si elle n'était pas ma cible, je l'aurais bien mise dans mon lit, mais je suis un professionnel qui fait toujours passer ses missions avant tout le reste. D'ailleurs, il commence à être temps d'en finir.

– Tu as faim ?

Elle relève le menton, surprise. Nous sommes assis si près l'un de l'autre que nos têtes se touchent presque.

– Je te propose de te cuisiner quelque chose de bon. Chez moi. Ça te dit ?

Elle affiche un air méfiant. Je pensais que l'alcool qu'elle avait ingurgité suffirait à lui faire lâcher prise.

– Chez toi ? Je pensais qu'il y avait une fuite d'eau.

– Comme je te l'ai dit, elle est réparée. Si tu as peur de venir chez moi, ce que je peux comprendre…

Elle m'interrompt en collant ses lèvres aux miennes. Elles ont un goût sucré. Agréable.

– L'hôtel, c'est bien aussi, conclut-elle. Je n'ai pas faim de pâtes.

Son côté direct, alors qu'elle m'embrasse à nouveau, éveille mes sens.

On se calme, Casanova. De toute manière, elle finira dans le coffre de la voiture.

– Va pour l'hôtel. Viens, je suis garé par là.

Je dispose un billet sur la table et tends la main à Adelia, qui la saisit immédiatement, entrelaçant ses doigts aux miens. Sa paume est douce et chaude. Son attitude est confiante, ce qui m'arrange. Je n'aurai aucun mal à la ramener à Albinoni, je toucherai mon cachet et on n'en parlera plus.

Pour aller au parking, il faut traverser un parc arboré. Conformément à mon habitude, j'englobe les lieux d'un coup d'œil pour évaluer le danger.

– C'est joli. C'est quoi comme type d'arbre ? Oh, il y a même des boules de Noël ! Trop bizarre à cette période.

Je suis prêt à lui dire que ce sont des orangers et que ce qu'elle prend pour des boules, ce sont de grosses oranges, mais je n'en ai pas l'occasion.

– Hiiii.

C'est quoi, ce bruit ? Le couinement est-il une arme de séduction en France ? Eh bien, ça ne marche pas sur moi. Je me retourne pour la regarder.

– Hiiii, je lui réponds, juste au cas où.

Ça ne change rien. Elle m'observe, les yeux exorbités. Est-ce que j'ai mal couiné ? Je tire sur sa main pour la faire bouger. Elle se dégage mollement pour poser ses doigts autour de son poignet d'un geste paniqué. Qu'est-ce qui lui prend ? Elle a peur de moi ? Je suis un kidnappeur, pas un violeur.

– Si tu ne veux plus, ce n'est pas grave, on peut toujours...

Les mots se figent dans ma gorge. La peau de son visage est en train de se couvrir de plaques rouges, sans parler de sa main droite qui enfle à vue d'œil. On dirait qu'elle a des Knacki Balls à la place des doigts.

– Euh... Adelia, je ne voudrais pas dire, mais...

Ses yeux se voilent, sa peau pâlit. *Dio mio*, ça craint ! J'encercle sa taille de mon bras pile-poil à l'instant où elle s'écroule.

Non, non, non, non, non, j'étais censé la ramener vivante !

Je jette un coup d'œil à droite et à gauche pour m'assurer que je suis bien seul et qu'aucune caméra ne viendra immortaliser le moment et la pose à terre aussi délicatement que possible. Son pouls est inexistant. Elle ne respire plus.

– Tu ne vas pas me faire ça, hein...

Est-ce qu'elle est cardiaque ? J'ai bien eu l'impression qu'elle essayait de m'alerter de quelque chose, mais quoi ?

Je commence un massage cardiaque, sans succès. Le bouche-à-bouche ne marche pas mieux. Putain, mais qu'est-ce que je vais faire d'elle ?

Je me redresse en quête d'un défibrillateur. Il y en a toujours dans les bâtiments officiels et la mairie n'est pas loin d'ici. Il ne me reste qu'à planquer la fille pour que personne ne la trouve. Alors que je me baisse à nouveau pour la transporter dans les buissons, quelque chose étincelle près de sa main. En avisant le bracelet argenté qu'elle arbore au poignet, une idée me traverse l'esprit. Je retourne le bijou et soudain, tout s'explique. Le mot « allergique » est inscrit à côté d'une gravure d'abeille. Elle a dû se faire piquer !

– Ne t'inquiète pas, j'ai ce qu'il faut, lui assuré-je même si elle ne peut pas m'entendre.

Je la prends dans mes bras et me relève d'un geste prompt, marchant aussi vite que je le peux vers la voiture. Il faut que j'agisse vite si je veux sauver la vie de cette fille. D'un mouvement d'épaule, je replace ma victime de manière que sa tête repose contre mon torse.

Une minute plus tard, je dépose Adelia sur la banquette arrière de la voiture, ouvre le coffre et en sors une valisette. L'outil idéal du parfait kidnappeur. Au milieu des couteaux, des flingues et autres objets du quotidien, je trouve deux seringues, dont je ne me sers que rarement. L'une contient de l'aconit, venin paralysant potentiellement mortel. L'autre, de l'adrénaline. Bien entendu, j'ai omis d'étiqueter les seringues.

J'inspire profondément pour me calmer et essaie de me rappeler le jour où j'ai rempli ces fichues seringues. Le style de technique qui ne fonctionne jamais dans la vraie vie.

Je souffle d'exaspération et soulève les seringues en les plaçant devant la lumière pour mieux les examiner. L'une semble un peu plus trouble que l'autre : c'est l'aconit. Je laisse tomber le poison au profit du remède en priant Dieu pour ne pas me planter.

– Allez ma belle, j'espère que c'est ton jour de chance !

Je relève son haut et lui plante la seringue en plein cœur tel un coup de poignard. Deux ou trois secondes s'écoulent sans qu'elle ait la moindre réaction, au point que je me demande si je ne me suis pas trompé de seringue. Je suis plutôt fier d'un truc : en six ans que je fais ce métier, je n'ai jamais tué personne. Du moins, pas directement. Je ne suis pas responsable de ce qu'il advient de ceux que je livre aux Fiori. Il a fallu que je croise la route de cette morveuse et qu'elle mette à mal mes statistiques.

– Tu. Ne. Vas. Pas. Crever ! articulé-je en recommençant un massage cardiaque.

C'est l'instant qu'un inconnu choisit pour passer près de moi alors que j'ai laissé la portière ouverte. Fatalement, il se méprend sur ce qu'il voit. Une fille allongée sur une banquette arrière, inerte, un mec accroupi au-dessus d'elle en train de lui peloter les seins… Tout aurait été plus simple si j'avais pu faire comme tout le monde et filer droit à l'hôpital. Si ça se trouve, le passant va croire à un viol et appeler les flics. Mais non. Ce vicelard essaie de se rincer l'œil avant de décamper sans demander son reste. Un trouillard. Si je n'avais pas les deux mains occupées à essayer de ranimer ma proie, je les planterais dans la figure de ce type.

Hypocrite, moi ? Je kidnappe, certes. Mais je ne forcerais jamais une femme à avoir un rapport avec moi. Jamais. Je suis une raclure, mais une raclure avec des principes, aussi étrange que cela puisse paraître.

Le pervers vient de quitter le parking quand Adelia ouvre brusquement les yeux. Ses poumons se remplissent d'air dans un sifflement aigu, puis ses paupières se ferment à nouveau. Je me hâte de prendre ses constantes vitales : elle respire et son cœur bat. Ce n'est pas pour autant qu'elle est tirée d'affaire.

– Tu vas faire le voyage sur la banquette arrière plutôt que dans mon coffre, petite veinarde ! plaisanté-je en gagnant la place derrière le volant, même si je sais qu'elle ne peut pas m'entendre.

Tout en roulant, j'utilise mon kit mains libres pour passer un coup de fil à Albinoni. Comme il ne répond pas, je lui laisse un message pour qu'il sache qu'il y aura un peu de retard sur la « livraison » à cause d'un petit contretemps. Puis, j'appelle la seule personne qui puisse me sauver la mise : Aureliano. Aureliano est arrivé en Sicile il y a un peu moins de dix ans, docteur vénézuélien exilé en Europe. Nous lui avons fourni des papiers en échange de ses services et surtout, de son silence. Extraire une balle, recoudre la peau ou rafistoler un peu de chair, Aureliano gère tous nos bobos quelle que soit l'heure du jour ou de la nuit. La première qualité du médecin ? Ne jamais poser de questions. Lui, par contre, il parle. Il parle même un peu trop. Mais jamais de nos affaires. Ce moulin à paroles est suffisamment perspicace pour savoir que le moindre dérapage lui coûterait la vie.

– *Carajo*, Milo, qu'est-ce que tu veux à cette heure-ci ? J'étais en train de dormir, moi. Je n'ai plus vingt ans.

– Viens en pyjama et apporte ton doudou si ça te fait envie, mais tu as intérêt à ramener tes fesses chez moi dans dix minutes.

– Tu peux m'en dire plus, histoire que je prépare le matos, ou tu préfères jouer aux devinettes ? Trou de balle, coup de couteau… je gagne quoi si je trouve ?

– Le seul trou de balle dans le coin, c'est toi. Choc anaphylactique. Dépêche-toi.

– Bravo, la plupart des gens ne retiennent que les deux premières syllabes, à peu de chose près. Allez, je rapplique dans dix minutes, sinon ton malade risque de nous claquer dans les doigts.

J'appuie sur le champignon et bifurque sur la route sinueuse qui mène à ma maison. Je vis à une quinzaine de minutes de Paradisio, sur une colline escarpée, protégée des regards par une épaisse pinède.

Adelia ne se réveille pas lorsque je l'allonge sur le lit. La sonnette retentit moins de soixante secondes plus tard. La silhouette trapue d'Aureliano se dessine à travers le judas. Ma maison est dotée d'un système de surveillance vidéo, mais je préfère les bonnes vieilles méthodes. J'ouvre la porte et conduis le docteur jusqu'à la chambre où repose Adelia.

– Qu'est-ce que tu lui as fait ?

– On traversait une allée arborée...

– Et après, ils disent qu'il faut être romantique, me coupe-t-il. Quand tu vois ce que ça donne...

– Ce n'est pas ça. Une abeille est sortie du bosquet et l'a piquée. Puis elle a fait un malaise.

Le docteur hoche la tête et se penche pour prendre les constantes de la malade.

– Comment est-ce que tu as réagi ? Le choc anaphylactique en cas de piqûre d'insecte est souvent létal pour les allergiques.

– Je lui ai planté une seringue d'adrénaline dans le cœur. Je transporte ce genre de truc, oui.

– Je sais, c'est moi qui t'ai appris à t'en servir. Encore heureux que tu ne l'aies pas confondue avec l'aconit.

– Ouais, aucun risque, je connais mon métier.

Aureliano acquiesce avec le sourire joueur de celui qui m'a démasqué. Je reste stoïque.

– Quoi qu'il en soit, tu lui as sauvé la vie, à cette fille. Tu sais ce qu'on dit, dans ces cas-là ?

– « Merde » ?

Je ne trouve pas de mots plus adéquats.

– C’est à peu près ça. Une fois que tu as sauvé la vie de quelqu’un, tu en deviens responsable jusqu’à sa mort.

Je hausse les épaules, guère touché par ses mots.

– Je vais quand même la livrer à Albinoni, et le plus tôt sera le mieux. Quand est-ce qu’elle sera d’attaque ?

– Ta proie se porte bien, mais elle a subi un grand choc. Je lui laisserais bien un ou deux jours pour s’en remettre.

Je grommelle dans ma barbe, mécontent.

– Dès qu’elle se réveille, elle dégage.

– Bien sûr.

Pourquoi est-ce que j’ai l’impression que le docteur sans blouse blanche se fiche de moi ?

La consultation finie, je paie Aureliano, qui refuse de s’en aller tant que je ne lui ai pas offert à boire. Je descends une bière avec le quadragénaire latino-américain le plus loufoque de la Sicile, puis je le laisse partir. La fatigue finit par me gagner, ma journée a été longue. J’hésite brièvement à aller dormir sur le canapé ou dans l’une des chambres qu’occupait ma famille avant leur déménagement, mais je finis par rapporter un fauteuil dans celle qu’occupe Adelia. Il ne faudrait quand même pas qu’elle file tandis que je dors !

Ce n’est que le lendemain dans l’après-midi qu’elle montre des signes d’éveil. Ses yeux sont toujours fermés, mais elle commence à remuer dans son sommeil. Je l'ai même entendue marmonner. En français, je crois. J'ai bien sûr pris toutes les précautions nécessaires. Ses mains sont ligotées derrière son dos, une corde lui serre les chevilles, un morceau de gros scotch obstrue sa bouche… Oh, j'ai oublié de lui remettre son pantalon. Je le lui avais enlevé pour m'assurer qu'elle ne transportait rien de dangereux…

Tout est prêt, ou presque. Dès que la Belle au Bois dormant aura ouvert les yeux, je serai libre comme l'air. Autant dire que j'ai hâte !

Elle gigote à nouveau, un peu plus vivement cette fois. Je crois toucher ma délivrance du bout des doigts quand la sonnette retentit.

– Putain d'Aureliano, pesté-je, sûr que le médecin n'a pas pu s'empêcher de revenir jeter un œil à sa patiente. Encore un coup comme ça et je le fais renvoyer à Caracas. En pièces détachées.

Ça sonne à nouveau, inutile de faire la sourde oreille. Adelia bouge, encore. Je soupire. Je n'ai pas d'autre choix que d'ouvrir la porte. Aureliano est une carpe en ce qui concerne nos affaires, mais c'est une vraie tête de mule. Quand il a une idée derrière la tête, rien ne sert d'argumenter avec lui.

Je quitte la chambre en rabattant la porte derrière moi. Ce n'est pas comme si Adelia, ligotée et sûrement dans les vapes à son réveil, risquait de m'échapper. Je traverse ma maison en grommelant et ouvre la porte à la volée, trop contrarié pour prendre la peine de jeter un coup d'œil par le judas ou aux caméras.

– Quoi encore, putain ?

Sur le seuil, ce n'est pas le médecin qui poireaute, mais les trois personnes les plus chères à mon cœur, accompagnées de leurs lourdes valises.

– Papa ? Maman ? Jenny ? Qu'est-ce que vous faites là ?

Ils devaient arriver le 14 juillet en soirée, en plein milieu de l'été. Ils ont quelques semaines d'avance, bon sang !

– Surprise ! s'exclament-ils, inconscients de mon malaise.

– On a fermé la trattoria quelques semaines plus tôt pour venir te voir en avance ! On avait tellement hâte ! ajoute ma mère.

J'attends ce moment depuis des mois. Je l'ai imaginé des centaines de fois, tant ils m'ont manqué. Je prends mon temps pour les regarder afin de m'assurer que c'est bel et bien réel. Tout y est. Les cheveux grisonnants de mon père et sa haute stature qui, depuis l'enfance, me donne la sensation rassurante que rien de mal ne pourrait nous arriver en sa présence. La douceur dans les yeux noirs de ma mère, cette femme pourtant aussi dangereusement explosive que l'Etna. Et puis, il y a elle. Jenny, ma petite sœur et son sourire espiègle. L'adolescente qu'elle était est devenue une jeune adulte pétillante. L'amour que je leur porte me frappe de plein fouet.

J'aurais dû avoir le temps de préparer leur visite. De me mettre dans la peau d'un autre pour ne pas les décevoir. Or, ils tombent au pire moment : je devais les accueillir avec une dinde dans le four, pas dans mon lit ! Comment est-ce que je vais livrer Adelia, maintenant ? Dans ma tête, j'essaie d'élaborer un scénario crédible. Fourrer la fille dans le coffre de ma voiture n'est pas un problème. Je n'aurai qu'à le faire pendant qu'ils déballent leurs affaires. Mais si je prends prétexte d'une course pour sortir, ils vont vouloir venir avec moi. Quoi que je fasse, ils vont me coller à l'arrière-train.

J'ai oublié de préciser que je n'ai pas mentionné mon véritable métier à ma famille. Ça les détruirait. Ils croient que je travaille dans une trattoria. Comme c'était le cas avant que tout parte en vrille.

Voilà, je n'ai qu'à leur dire ça. Leur faire croire que je dois partir bosser chez un traiteur. Ils ne vont tout de même pas me suivre au travail, si ?

Ils en seraient encore capables.

– Tu ne nous laisses pas entrer ? Tu caches une conquête ? s'enquiert Jenny en jouant des sourcils.

Je souris bêtement.

– Oui, c'est presque ça.

Je m'écarte et ils se dépêchent d'envahir les lieux, comme si je risquais de leur claquer la porte au nez.

– Oh, tu as planté du basilic aux fenêtres, ça sent bon, s'extasie ma mère en me prenant dans ses bras.

Son odeur de lavande me ramène à mes plus jeunes années, quand nous façonnions des bouquets avec elle pour les cacher dans les armoires.

– Dommage que ça ne sente pas la bouffe. On a faim, contre ma sœur.

– Oui, très faim.

– Les filles, intervient mon père. Laissez-le respirer. Notre arrivée lui a fait un choc, il a besoin de s'en remettre.

– Tu m'étonnes, on est trop cool ! plaisante Jenny. Moi aussi, je serais impressionnée si je devais nous recevoir.

– Ou alors, il nous cache sa petite amie, émet ma mère, pleine d'espoir. Tu as oublié de nous annoncer que tu t'étais enfin casé ?

Pitié, sortez-moi de là…

– Tu étais en train de t'envoyer en l'air ? demande Jenny. C'est pour ça que tu as l'air aussi crispé ? On peut te laisser finir ton coup, si tu veux, et on revient ensuite. Il y en a pour quoi, trois minutes à tout casser ?

Mes parents lui flanquent une pichenette de chaque côté de la tête. Alors que je vais leur faire savoir que je dois partir bosser, un bruit étrange nous parvient en provenance du couloir.

Boum. Boum. Boum.

C'est comme si une balle rebondissante géante sautait dans ma maison.

Boum. Boum. Boum.

Mais, qu'est-ce que c'est que ce bordel ?

– Dis, frangin, tu as adopté un hamster mutant ? Tu as un pote bourré qui essaie de se lever ?

BOUM !

Ni l'un ni l'autre, et tellement pire que les deux réunis.

Adelia apparaît dans l'encadrement de la porte. À moitié nue, sautant à pieds joints sur ses chevilles ligotées, les mains derrière le dos, les yeux exorbités de terreur.

Cazzo !

CHAPITRE 4

ADELIA

J'ouvre les yeux dans une pièce inconnue. Ma gorge est sèche comme une mauvaise focaccia et j'ai l'impression qu'un type fait du marteau-piqueur dans ma tête. Je dois avoir la gueule de bois. Pourtant, de mémoire, je n'ai pas bu tant que ça. Je me rappelle vaguement être partie avec un canon. Je fronce les sourcils. Cette aventure m'évoque quelque chose de négatif, mais quoi, au juste ? Peut-être que le mec n'était pas un bon coup : la preuve, je ne me souviens de rien. Alors, pourquoi ces courbatures ? J'étais si crispée que ça ?

En essayant de bâiller, j'ai l'impression qu'on m'épile la moustache. Ça tiraille au niveau de mes lèvres. Nouveau froncement de sourcils. Quelque chose ne va pas. J'essaie d'ouvrir la bouche, sans succès. Déstabilisée, je cherche à porter les mains à mes lèvres. Impossible, je n'arrive pas à les ramener au niveau de mon visage. Je ne tarde pas à comprendre qu'elles sont liées derrière mon dos.

Qu'est-ce que c'est que ce bordel ?

Quelque chose obstrue ma bouche, étouffe mon cri. Je me débats. Mes pieds aussi sont ligotés. Apeurée, je gigote de plus belle et atterris sur le sol avec la grâce d'une première crêpe ratée, dans un vacarme phénoménal.

Il faut que je me tire d'ici.

Je me lève comme je le peux, ouvre d'un coup d'épaule la porte laissée entrouverte et me déplace en bondissant sur mes pieds joints. J'aurais bien tenté de m'orienter en tendant l'oreille pour guetter d'éventuelles conversations ou de possibles dangers, mais mes sauts font un tel boucan que je n'entends que leur bruit agaçant.

Boum, boum, boum.

Je déambule dans les couloirs sans réellement prêter attention au décor, comme un kangourou paniqué qui essaierait de fuir un prédateur. Un kangourou un peu ivre, vu ma dégaine.

Je m'arrête pour reprendre mon souffle. Que ceux qui n'ont jamais parcouru des dizaines de mètres à pieds joints s'abstiennent de me juger.

C'est à cet instant-là que le bruit d'une conversation animée parvient jusqu'à mes oreilles. Le ton est joyeux, pas menaçant. Je décide de suivre ce son pour demander de l'aide. Après avoir bondi comme un lapin, j'arrive enfin dans la pièce où ils se trouvent. Un couple de quinquagénaires m'observe, les yeux écarquillés, tout comme la fille qui les accompagne, qui doit avoir mon âge. De toute évidence, ils ne s'attendaient pas à me trouver là. Leurs expressions surprises ne sont pas hostiles. J'essaie de mettre dans mon regard l'intégralité de ma panique. Ça ne doit pas marcher, parce qu'ils sourient. Il y a un type de dos. Je le reconnais lorsqu'il se retourne. C'est lui. Le canon qui m'a séduite hier soir. J'en conclus que c'est lui qui m'a enfermée et ligotée.

Au secours !

Lorsqu'il me voit, ses yeux s'écarquillent. Il n'a pas la même expression que les autres. S'il n'est pas menaçant, il est néanmoins contrarié. Très contrarié. Puis brusquement, il adopte un sourire avenant, presque amouraché. Qu'est-ce qu'il fiche ?

– Adelia, tu es là ! Je vois que la venue inespérée de ma famille te déboussole tout autant que moi. Mais avant de faire les présentations, il faudrait te couvrir un peu. Viens avec moi.

Hein ? Mais pourquoi est-ce qu'il me parle comme si j'étais sa meuf ?

– Oh, Milo ! C'est vraiment ta copine ? s'émeut la femme.

– Hjfbhbhbjq ! vociféré-je.

Ça veut dire « non ». Et, bien sûr, personne ici n'a songé à apporter son décodeur.

Passablement apeurée, je vois l'homme qui m'a approchée à la trattoria faire quelques pas dans ma direction. Je veux prendre mes jambes à mon cou, mais comme elles sont attachées l'une à l'autre, je manque plutôt de me casser la nuque en ébauchant un salto arrière. Rapide comme l'éclair, mon crush de la veille me rattrape sans mal et je me retrouve dans les airs, collée à son torse, avant même que j'aie eu le temps de comprendre ce qui m'arrive.

– Hjfbhbhbjq !

Ce qui cette fois signifie « Dépose-moi par terre tout de suite ou tes prochaines pâtes *al dente*, tu les mangeras à la paille ! »

– On revient très vite. Installez-vous, le canapé est super confortable et il y a à boire et à grignoter dans la cuisine.

Je me débats et gigote comme un ver de terre coupé en deux, ce qui a pour effet de raffermir la prise de Milo. Après une brève balade dans les couloirs qui n'a rien de romantique, il me dépose à terre. Je bondis sur mes pieds et le haut de mon crâne vient percuter sa mâchoire.

– *Ma ti sei impazzita !*

Qu'il me traite de folle s'il le souhaite, il aura un bleu au visage. Et moi, une bosse sur la tête, mais le principal, c'est que lui ait mal.

Je cherche une issue par laquelle m'échapper. À part une fenêtre, il n'y a rien. Puis ce n'est pas comme si, à cloche-pied, j'avais une chance d'être plus rapide que lui.

Il fait un pas vers moi. Je grogne, menaçante.

– Détends-toi, Adelia.

Que je me détende ? Alors qu'un pervers m'a ligotée ? Il doit lire dans mes pensées, car il arbore un air plus doux.

– Tu promets de ne pas crier si je libère ta bouche ?

Rêve toujours, pensé-je en acquiesçant.

Une vive brûlure irradie toute la partie basse de mon visage. J'ouvre la bouche. J'ai à peine le temps de hurler une seconde avant que sa paume chaude s'abatte sur mes lèvres. L'espace d'un instant, je suis tentée de le mordre, mais la lueur glaçante dans ses yeux m'en dissuade.

Sans que je m'en rende compte, il m'a fait reculer jusqu'au mur. Je devrais être terrifiée. En colère. Et je le suis. Mais j'admets également qu'une partie de moi que je ne reconnais pas est émoustillée par tout ce cirque. Sans doute parce qu'il est incroyablement sexy et que je suis à la diète depuis trop longtemps. Peut-être aussi parce que je ne le trouve pas si effrayant. S'il avait voulu me faire du mal, il l'aurait déjà fait, non ? Et puis, sa famille est juste un peu plus loin dans la maison. Il n'est pas stupide au point de risquer de se faire griller par ses propres parents.

Nous nous défions du regard quelques instants. Jusqu'à ce que ma rage cède d'un cran.

– Je vais te libérer, Adelia. Mais si tu cries, je te bâillonne à nouveau. Je crois que tu as compris que je ne plaisante pas.

Je cligne des yeux pour marquer mon accord et inspire une grande goulée d'air quand il retire sa main. Depuis quand est-ce que je retenais mon souffle ?

– Je sais de quoi ça a l'air, je devine combien tu as dû avoir peur. On dirait un kidnapping. Mais ce n'est pas ce que tu crois.

Je ricane.

– Pas ce que je crois ? Alors, explique-moi ce qui se passe, espèce de tordu !

Je ne crie pas, mais je laisse passer ma colère dans ma voix.

S'il me raconte qu'il s'agit d'une séance sadomaso qui a mal tourné, je ne le croirai pas. Le bondage et tous ces trucs, ça me fait autant d'effet qu'un somnifère.

– De quoi est-ce que tu te souviens exactement, concernant la soirée d'hier ?

Sa question semble sincère. Je plisse le front en essayant de me concentrer.

– C'est flou. J'ai beaucoup bu ?

Il secoue la tête de droite à gauche.

– Je ne me souviens pas de grand-chose. J'imagine que tu n'as pas l'habitude qu'on te dise ça, mais si on a couché ensemble, je suis désolée, j'ai tout oublié.

Un sourire en coin étire ses lèvres.

– Si on l'avait fait, tu t'en souviendrais, crois-moi sur parole.

Je lui lance un regard d'avertissement qui ne le déstabilise pas.

– Quoi d'autre ? insiste-t-il.

– J'ai mangé une focaccia immonde. Je suis allée au restaurant en ville. À pied, c'est possible ?

Il opine.

– Puis tu étais là. On est partis ensemble. Je n'étais pas ivre, je crois.

Il confirme.

– Ensuite, c'est le trou noir.

Il m'observe quelques secondes. C'est frustrant qu'il en sache plus que moi sur ce qui s'est passé.

– Tu t'es fait piquer par une abeille.

– Oh mince ! Je… Qu'est-ce qui s'est passé ?

La seule fois où ça m'est arrivé, j'ai fini à l'hôpital en soins intensifs.

– Je t'ai administré une dose d'adrénaline pour contrer les effets du choc anaphylactique.

Je fronce les sourcils.

– Tu te promènes avec une seringue d'adrénaline ?

– C'est une longue histoire.

J'arque un sourcil pour qu'il développe.

– Chacun ses allergies, conclut-il.

Méfiante, je vais l'interroger, mais il m'en empêche en poursuivant son récit.

– Je t'ai amenée ici pour qu'un ami médecin t'examine. Tu ne présentais aucun symptôme grave, alors j'ai décidé de te laisser dormir en me disant que tu pourrais repartir à ton réveil.

– Ligotée et bâillonnée ? Pourquoi ? Tu voulais me voir courir à pieds joints ? Tu es nostalgique des cours de sport de l'école primaire ou quoi ?

– Quand j'ai planté la seringue, tu t'es réveillée subitement.

– Et alors ? Ça arrive, c'est l'adrénaline. Pour toi, c'est une raison pour m'attacher ? Tu fais ça avec toutes tes conquêtes au réveil ?

– Seulement avec celles qui nécessiteraient l'intervention d'un exorciste. Tu m'as mordu et chopé les parties intimes en hurlant des obscénités, d'abord en italien, puis dans une langue germanique inconnue. Mais j'imagine que ça aussi, c'est l'adrénaline.

Oh. Merde. Je l'ai insulté en alsacien.

Je sens mes joues se colorer de rouge sous la violence de la honte. Mortifiée, je me confonds en excuses.

– Désolée. Tu as dû me prendre pour la version cochonne de la fille possédée dans *L'Exorciste*. Quand je pense que je t'ai perçu comme un gros pervers…

Son regard se fait moqueur.

– Qu'est-ce qui te prouve que je n'en suis pas un ?

Je me mords les lèvres. J'aurais bien dansé d'un pied sur l'autre comme chaque fois que je suis mal à l'aise, mais ils sont toujours attachés.

– Tu peux me détacher, du coup ?

– Attends, j'aimerais d'abord te demander un service.

– Je t'écoute. C'est la moindre des choses après… tout ça.

Il opine doucement en se grattant le cuir chevelu. Son tee-shirt qui se soulève un peu dévoile une ligne d'abdos bien dessinés. Quand je pense que j'ai raté ça à cause d'une satanée abeille !

– Les personnes que tu as croisées dans le hall quand tu essayais de t'évader, ce sont mes parents et ma sœur.

– Je suis désolée de les avoir choqués. Promis, je leur raconterai que tu m'as sauvée, et tu passeras pour un héros.

Dans ses yeux, je devine que ce n'est pas ce qu'il attend de moi. Je devrais prendre peur et m'enfuir à toutes jambes. Mais pour ça, il faudrait qu'il les détache et j'ai l'impression que ce n'est pas ce qu'il souhaite.

– Merci, c'est gentil. Mais j'avais une autre idée en tête.

– Développe.

Ce n'est pas comme si j'avais d'autres choix que de l'écouter.

– Mes parents vivent à Chicago, mais ils sont nés en Sicile. Ils sont très, très traditionnels.

– Navrée pour toi.

C'est vrai, je compatis. Mon père adoptif est alsacien, son épouse est sicilienne. La plupart du temps, ils sont très ouverts d'esprit et vivent plus ou moins avec leur temps. Mais ce n'est pas le cas de certains de leurs amis, très vieille école. Cela étant, je ne vois pas pourquoi il me raconte ça. Il me dévisage pendant de longues secondes, comme s'il attendait quelque chose de ma part. Mais quoi ?

– Au cas où tu aurais un doute, je préfère te prévenir que je travaille chez un traiteur, en France. Je ne suis pas psychologue.

Ma réponse semble l'amuser. Son regard s'attarde encore sur moi. Je sens la tension monter entre nous, mais je suis trop stressée pour penser à quoi que ce soit d'autre qu'à mon sort.

– Je vais te faire une offre que tu ne pourras pas refuser.

– Juliette m'avait prévenue. Je vais mourir trucidée par le tueur le plus sexy de l'histoire.

Merde. Mais pourquoi est-ce que j'ai parlé à voix haute ?

– Non, tu n'y es pas du tout. Je ne vais pas te tuer.

– Qu'est-ce que tu vas faire, dans ce cas ?

– Te demander de te faire passer pour ma petite amie. Jusqu'à la fin du mois de juillet.

Après avoir bloqué l'air dans mes poumons pendant une dizaine de secondes, j'éclate d'un rire incontrôlable. J'ai les yeux qui coulent et je ne peux pas les essuyer parce que mes mains sont liées derrière mon dos. Bon prince, Milo se penche pour attraper un mouchoir sur l'étagère. Il me le tend, comprend que je ne peux rien en faire avec mes bras ligotés et essuie les larmes de rire qui sillonnent mes joues. Avec la patience d'un saint, il attend que je me calme.

– Alors ?

– Attends ? Tu ne rigolais pas ?

– Est-ce que j'ai l'air de plaisanter ?

Absence de sourire, mâchoire contractée. Dans l'immédiat, il tient plus du mec qui enterre des cadavres dans son jardin que du clown de service.

– Pourquoi est-ce que j'accepterais ?

– Tu connais mon nom de famille ?

Ce serait Corleone que ça ne m'étonnerait pas.

– Piromalli, dit-il avant que j'aie pu répondre par une plaisanterie.

J'écarquille les yeux, surprise.

– Mes parents sont Lina et Federico Piromalli, les Piromalli que tu recherches. Les meilleurs traiteurs de Sicile. Ils l'étaient en tout cas avant leur départ pour l'Amérique. Fais-toi passer pour ma copine et ils partageront avec toi leurs meilleures recettes.

– Merci pour l'info. Dans ce cas, je vais leur proposer un marché. Pourquoi faire semblant d'être avec toi alors que je peux me payer des cours ?

Il croise les bras sur son torse musclé, sourire goguenard aux lèvres.

– Parce que mes parents refuseront de te les vendre. Que crois-tu ? Que tu es la première à les approcher ? Comme je te l'ai dit, pour nous, rien ne compte plus que la famille. Prétends que tu es ma petite amie et je te garantis que tu auras accès à toutes leurs recettes.

Ça se tient, mais je peux toujours trouver quelqu'un d'autre, même si ça ne sera pas aussi bien qu'avec les Piromalli.

– Ah, et au cas où tu serais en train de songer à aller voir si l'herbe est plus verte ailleurs, ce n'est pas le cas. De plus, je suis capable de veiller personnellement à ce qu'aucun traiteur de cette île n'accepte de t'enseigner quoi que ce soit.

Je soutiens son regard en tâchant de jauger sa sincérité. Je ne sais pas s'il détient ce pouvoir, mais je le crois tout à fait capable de tout entreprendre pour me mettre des bâtons dans les roues. Et puis, ce sont les Piromalli, quoi.

Je songe à Giulia. À l'amour qu'elle a pour son restaurant, pour sa cuisine. Aux problèmes financiers que traverse Eatalsace. À l'espoir qu'elle a mis dans ce voyage qu'elle ne pouvait pas accomplir elle-même. Est-ce que j'ai envie de la décevoir ? Non. Pour elle, est-ce que je suis prête à passer quelques semaines auprès d'un jeune homme très séduisant dans un endroit paradisiaque à m'empiffrer de bonne nourriture ? Oui, mais pas sans conditions.

– D'abord, c'est un CDD. Notre pacte prendra fin dès que je rentrerai en France, dans un mois environ. *Capito ?*

– *Ho capito.*

– Et tu arrêtes avec tes bizarreries flippantes, tu ne m'attaches pas, tu ne me bâillonnes pas, et tu gardes tes mains loin de moi.

S'il est surpris que j'accepte, il le cache bien. Il hoche la tête de manière presque imperceptible puis tourne les talons.

– Hey ! Tu ne vas pas t'en aller sans me détacher, tout de même !

– Je croyais que je devais garder mes mains loin de toi…

Je ferme les yeux et grommelle un chapelet d'insultes alsaciennes. Cette cohabitation va être longue.

CHAPITRE 5

MILO

J'ai toujours cru en mon charme naturel. Je m'en sers souvent. Mais pas en mes talents de négociateur. Quand je veux quelque chose, je le prends. Quand je veux quelqu'un, je l'assomme et je le mets dans mon coffre. Du moins sur mes heures de travail, bien entendu.

J'ai pour habitude de ne pas me prendre la tête et je sens que cette fille va me filer la migraine plus d'une fois. Pourtant je n'ai pas eu le choix. Pas avec mes parents ici, à Paradisio.

Je ne partage jamais mon quotidien avec quiconque. Pour des raisons qui me sont propres, elle sera l'exception à cette règle, mais il ne faut pas qu'elle s'imagine que je vais lui rendre les choses faciles. Je suis infréquentable et je n'ai aucunement l'intention de changer.

Je la libère parce que ce sera tout de même plus pratique pour faire connaissance avec mes parents de manière saine. Tout en coupant ses liens, je l'inspecte. Ses yeux sont cernés et elle est encore un peu pâle. Rien d'étonnant, un choc anaphylactique, ce n'est pas rien. Sans oublier qu'elle a dû avoir la frayeur de sa vie lorsqu'elle s'est réveillée ligotée.

– Repose-toi encore un peu. Je dirai à mes parents que tu es fatiguée, tu les rencontreras demain, si tu vas mieux.

Elle hoche la tête.

– Et mes affaires ? J'ai besoin de me changer.

Pendant qu'elle dormait, j'ai envoyé quelqu'un à l'hôtel pour récupérer ses bagages en toute discrétion. J'ai également envoyé un e-mail à la réception de sa part, pour faire croire à un départ volontaire. Ensuite, j'ai presque tout brûlé pour faire disparaître les preuves. Évidemment, je ne peux pas lui dire ça.

– Je m'en occupe, éludé-je avec un sourire crispé. Allez, je te laisse dormir.

Là-dessus, je sors de la chambre – que nous allons devoir partager – et me dirige vers la cave pour passer un coup de fil essentiel. Je me réjouis d'avoir fait insonoriser cette partie de la maison.

Albinoni répond assez vite.

– Alors, ce colis ? Tu l'as réceptionné ?

– Ouais.

– *Bene.* On sort, ce soir ?

Je fais la grimace, même s'il ne peut pas me voir. Avouer qu'on a un retard sur une livraison n'est déjà pas aisé quand il s'agit d'une pizza, alors, quand il s'agit d'une personne à remettre au fils du chef de la Mafia…

Heureusement qu'il est aussi mon meilleur ami…

– Mes parents ont débarqué à l'improviste.

– Chouette. Tu devais être super content. Depuis le temps que tu attendais leur arrivée !

– Sauf qu'il y avait une fille chez moi. Ils l'ont vue.

– Oh merde, je compatis. Tes vieux n'attendent que de te voir casé. Et cette fille, c'est qui ? Un coup d'un soir, j'imagine. Présentable ? Comment est-ce qu'elle s'appelle ? Je connais son nom ?

– Présentable, oui. Et tu connais son nom. C'est Adelia. Adelia Schneider. Ton… colis.

Je ferme les yeux. Mon meilleur pote est parfois imprévisible.

– OK. Ne t'en fais pas. Comme le dit mon père, chaque problème a sa solution, il suffit de la trouver.

– Justement, je…

– Tiens, j'en ai une. Tu la pousses dans l'escalier, discrétos. Elle se casse une jambe, une côte, le crâne, peu importe. Tu dis à tes parents que tu l'emmènes à l'hôpital, mais tu la ramènes ici et tu empoches ton cachet. Et si tes vieux veulent la voir, ben tu leur dis qu'en examinant son os cassé, ils ont trouvé un virus hypercontagieux. Comme la grippe espagnole, la fièvre jaune ou l'hépatite. Ou Ebola. C'est bien, Ebola.

Je souris. Albinoni n'est pas méchant. Pas vraiment, en tout cas. Il a surtout reçu une éducation particulière en tant que fils du parrain. Une éducation avec laquelle il n'est pas toujours d'accord même s'il essaie de faire de son mieux pour satisfaire son paternel. J'apprécie principalement deux choses chez lui : sa fidélité à toute épreuve et son humour décalé.

– Euh, en fait, j'avais plutôt une autre idée. Je me voyais bien garder Adelia un petit moment, et je te la rendrais ensuite.

– OK. Je pense que ce sera jouable. Mon père n'a mentionné aucune urgence la concernant. Je ne sais même pas pourquoi il la veut.

Moi non plus. Elle ne semble pas avoir quoi que ce soit d'exceptionnel. Vu son manque de flair, elle ne peut pas être une mafieuse. Peut-être une riche héritière, mais ça voudrait dire qu'elle m'a menti concernant ses parents. De toute façon, ça ne me regarde pas. Mon taf, c'est de kidnapper, pas de faire connaissance avec mes cibles.

– Merci, mec. Je te revaudrai ça.

Je raccroche avant qu'il ne change d'avis. Soulagé d'avoir réglé ce problème, je retourne auprès de mes parents. Jenny et ma mère m'attendent, assises sur l'un des canapés du salon. Quant à mon père, il est en train de sortir de la cuisine – je suis sûr qu'il a fouillé le frigo – et tourne la tête vers moi quand il me voit passer.

– Dis donc, pour un fils de traiteurs réputés, tu n'as pas grand-chose à cuisiner.

Je livre des gens pour qu'on les cuisine, papa.

Il nous rejoint dans le salon.

– De quoi tu te nourris, au juste ? s'inquiète ma mère.

– Vu son teint cadavérique, je parierais sur le sang, plaisante ma sœur. D'ailleurs, tu ne dors pas dans un cercueil, petit vampire ?

– Si, mais je l'ai libéré pour t'accueillir. Hâte de t'y voir !

– Arrêtez de vous chamailler, vous deux ! Franchement, Milo, qu'est-ce que tu manges ? Tu n'as que la peau sur les os.

Je lève les yeux au ciel, parce qu'elle exagère.

– Donc pour toi, il n'y a que deux catégories. Soit on est obèse, soit on est squelettique, c'est ça ?

Elle soupire. Mon paternel intervient.

– Ta mère se fait du souci pour toi, c'est naturel. Ça fait plus d'un an qu'on ne t'a pas vu, et elle a déjà perdu un fils.

L'atmosphère se refroidit d'un seul coup. Heureusement, Jenny ne laisse pas l'ambiance devenir plus lourde qu'elle, puisqu'elle renchérit sur le sujet de la nourriture.

– Arrêtez de lui demander ce qu'il bouffe, vous voyez bien qu'il se nourrit d'amour et d'eau fraîche ! Tiens, d'ailleurs, elle est passée où, ta chérie ? Elle a déjà pris la fuite ? C'est pour ça que tu es obligé de la sangler ?

Ma sœur me dédie un sourire faussement angélique tandis que son regard pétille de malice.

– Mes pratiques sexuelles ne te concernent pas, sœurette. Adelia est souffrante. Vous ne la verrez probablement pas avant demain, annoncé-je en prenant un air peiné.

Contrairement à ce que je m'étais imaginé, ma famille ne semble pas affligée en entendant la nouvelle. Ils s'observent entre eux en souriant.

– Heureusement que tu n'es pas voyant, Milo ! s'esclaffe Jenny en fixant un point derrière moi.

Je me retourne et découvre Adelia debout dans l'encadrement de la porte, comme si elle avait décidé de se lever dans l'unique but de me contredire. Elle est toujours aussi pâle – normal, elle ne peut pas avoir guéri en vingt minutes – et semble épuisée.

– Qu'est-ce que tu fais hors de ton lit ?

Quatre paires d'yeux consternés se braquent sur moi. D'accord, ce n'était pas très élégant, mais dans ma tête, c'était une manière de lui dire qu'elle n'est pas obligée de faire l'effort de se lever pour être avec nous si elle se sent mal. Jenny lui adresse un sourire à la fois compatissant et amusé.

– Mon frère n'est pas méchant, mais il a la délicatesse émotionnelle d'un paquet de frites surgelées. Tu as du mérite de le supporter. Ça fait combien de temps que vous êtes ensemble ?

– Jenny… la reprend doucement mon père.

– Quoi ? Je cherche seulement à déterminer si je dois décerner à cette fille une médaille en bronze, en argent ou en or.

– Je crois qu'au bout d'une heure, on peut déjà prétendre à celle en platine, intervient Adelia d'une voix faiblarde.

Elle récolte un grognement de ma part et un hochement de tête approbateur de Jenny.

– Alors, combien de…

La sonnette de la porte vient interrompre ma sœur. J'échange un regard entendu avec Adelia. Il faudra qu'on se mette d'accord sur un scénario crédible afin de pouvoir répondre aux multiples questions que poseront mes proches. J'ai la chance d'être né au sein d'une famille bienveillante, aussi aimante qu'indiscrète. Ce qui n'a rien de pratique quand, comme moi, on mène une double vie.

Ma mère prend l'initiative de se diriger vers la porte.

– J'ai commandé des pizzas.

Je la devance afin de m'assurer que c'est bien un livreur de nourriture et non un éventuel « client » venu me réclamer une livraison express, de celles que j'exécute pour le compte des Fiori.

Le dîner se déroule dans le calme. Pour ma famille, la fatigue liée au vol transatlantique commence à se faire sentir et, pour Adelia, c'est le contrecoup du choc anaphylactique qui la met K.O. Si demain, ça ne va pas mieux, j'appellerai le docteur Aureliano pour qu'il l'ausculte.

Ce soir, tout le monde veut se coucher tôt, ce qui m'arrange bien. Mes parents et ma sœur occupent leurs anciennes chambres et ma fausse petite amie prend la mienne. Moi, j'en profite pour m'allonger sur le canapé, un livre à la main, et me plonge dans ma lecture, un plaid sur les genoux. Au bout d'un chapitre, je consulte mon téléphone. Albinoni me confirme que son père est d'accord pour retarder la livraison d'Adelia, et moi, je me demande dans quel pétrin je me suis fourré.

CHAPITRE 6

ADELIA

Dès mon réveil, je sens la délicate chaleur d'un rayon de soleil sur ma peau. En bonne flemmarde, je n'écarte pas les paupières et profite encore un peu du moment. Je suis presque en vacances, tout de même, je n'ai pas à bondir hors de la couette comme si j'avais un ressort planté entre deux côtes !

Il faut dire que je faisais un rêve particulièrement doux au cours duquel un inconnu au regard noisette m'emmenait sur une plage paradisiaque afin de me faire goûter aux plaisirs de la *dolce vita*. Je ronronne de contentement jusqu'à ce que je me souvienne que ce regard noisette ne m'est pas si inconnu que ça. La brève étape de séduction à la trattoria qui s'est soldée par un choc anaphylactique puis un marché pour le moins flippant me revient en mémoire.

J'ouvre les yeux et pousse un cri strident. Je n'y peux rien : je sais pertinemment où je me trouve, mais je ne m'attendais tout de même pas à tomber sur le bel Italien en train de me fixer comme le ferait une esthéticienne qui étudie le grain de peau de sa cliente. Ou un psychopathe qui évaluerait les différentes manières dont il pourrait assassiner sa victime.

Gloups.

– C'est une coutume française, de hurler au réveil ? m'interroge-t-il d'un grommellement en ôtant la main dont il vient d'obstruer ma bouche.

Il est assis sur un fauteuil à côté du lit, son visage très proche du mien.

– Ça dépend s'il reste du café. C'est une habitude de tueur en série de ligoter les gens ?

Il accueille ma réplique d'un haussement d'épaules désinvolte.

– Seulement sur demande.

Je retiens un frisson. Parce que je viens de m'imaginer attachée, avec lui, dans un contexte inavouable.

– Épargne-moi ta vie sexuelle.

– Qui te dit qu'il s'agit de ma vie sexuelle ?

– Hein ? Quoi ? Mais qui pourrait t'ordonner de le ligoter pour autre chose que…

Son sourire sardonique peut-être un peu forcé me réduit au silence.

– Je plaisantais pour détendre l'atmosphère. Tu sembles à cran.

– Oh. Merci. C'est vrai qu'on en a bien besoin tous les deux.

Je suis sur les nerfs, c'est un fait. Mais lui, il a l'air tellement crispé que j'ai peur qu'il se casse une dent tant il serre la mâchoire.

– J'ai une mauvaise nouvelle, Adelia.

Je fronce les sourcils.

– Ne me dis pas que tu vas passer la journée avec moi.

Il grogne, c'est mignon.

– J'ai reçu un coup de fil de l'hôtel pendant que tu dormais. Il y a eu un dysfonctionnement de l'alarme incendie dans toutes les chambres. Par conséquent, de l'eau mélangée à un produit s'est mise à couler du plafond. Tes vêtements étaient dans ta valise en tissu, si bien qu'ils ont été abîmés.

– Abîmés, genre…

– Genre irrécupérables.

Je roule sur le dos, agacée, et fixe le plafond.

– Ne t'inquiète pas, j'ai demandé à ma sœur de te dépanner. Vous faites sensiblement la même taille.

Commencer une vie de famille en piquant les fringues de sa belle-sœur n'est pas l'idéal. Heureusement que c'est pour de faux.

– OK, merci.

Je me redresse sur le lit pour prendre mon téléphone. Ça fait un moment que je n'ai pas donné de nouvelles à ma famille, ils doivent être morts d'inquiétude. Sans parler de Juliette. Je ne serais pas étonnée qu'elle ait déjà envoyé le FBI sur mes traces. Hier, j'étais trop dans les vapes pour m'en soucier.

– Où est mon sac à main ?

Milo affiche un air coupable.

– J'ai un peu paniqué quand tu as fait un malaise. Du coup, je crois que je l'ai perdu en ville. Tu peux toujours rêver pour que quelqu'un le rapporte aux objets trouvés.

Je me mords les lèvres pour ne pas lâcher un juron. Après tout, ce n'est pas sa faute. Il a fait de son mieux et le principal, c'était de me sauver moi, pas mon sac à main, même si je l'adorais. Mais ça m'ennuie prodigieusement de devoir faire toutes les démarches administratives. J'en ai la migraine d'avance.

– Est-ce qu'il y a un consulat français, en Sicile ? À Palerme, j'imagine. Tu peux m'avancer l'argent pour le bus ? Promis, je te dédommagerai. Oh purée, heureusement que tu me loges, sinon je n'aurais même pas d'endroit où dormir. Je suis tellement gênée !

Milo me couve d'un regard impénétrable. Je l'ai bien compris : lui, c'est le mec que rien n'ébranle.

– Je me suis mis en relation avec le consulat par le biais d'un ami français, ils n'attendent plus que ta demande officielle, mais la machine est déjà lancée. Tes papiers seront disponibles dans deux semaines. Quant à ta carte bancaire, ce n'est pas très compliqué. J'ai déjà déclaré le vol à la police. Il te suffit d'appeler ta banque pour faire opposition. En attendant, je peux te donner un peu de liquide. Tu n'auras qu'à me rembourser ensuite.

– Ça me paraît formidable, merci.

Il hoche à peine la tête, se lève et se dirige vers un meuble dont il ouvre un tiroir. Il revient vers moi avec un genre de porte-monnaie de grand-mère, gigantesque et moche. Je me mords les lèvres pour réprimer un fou rire en le regardant l'ouvrir, puis manque de tomber de mon lit lorsque je vois la quantité de gros billets qu'il contient.

– Prends ce qu'il te faut. Si tu veux t'acheter des fringues, tu auras besoin d'argent.

– C'est d'une logique confondante, mais… comment se fait-il que tu aies autant de cash ?

Il secoue la tête d'un air désinvolte, comme si sa réponse tombait sous le sens.

– J'ai bossé dans un resto. Je ne sais pas en France, mais en Italie, les pourboires se paient en liquide.

Je vais lui opposer que chez nous, les pourboires se paient en pièces d'un euro, sinon de cinquante centimes, mais ce serait jeter l'opprobre sur mon pays et sur les radins que nous sommes. Et quand bien même on paierait en billets, personne n'aurait les moyens d'en filer des gros. Mais bon, il bossait peut-être dans un restaurant étoilé.

Et comme si mon traître d'estomac nous avait entendus parler de restauration, il émet un grognement plaintif.

– Il faut qu'on nourrisse ton dinosaure intérieur. Viens, on va prendre un petit déjeuner.

Mon dinosaure intérieur ? Rouge pivoine, je pose un pied sur le sol pour me lever avant de me raviser. Je porte les mêmes habits depuis presque quarante-huit heures et je ne me suis pas lavée depuis tout autant.

– Euh… tu as dit que tu pouvais me prêter des vêtements de ta sœur. Est-ce que je pourrais prendre une douche, d'abord ?

– Bonne idée, la douche, confirme-t-il. J'ai posé une tenue sur la table. Je vais sortir préparer quelques affaires. La salle de bains se trouve juste à côté.

J'attends qu'il s'en aille avant de me lever. La pièce d'eau est lumineuse, comme le reste de la maison aux murs jaunes comme le soleil. L'ameublement est rustique, traditionnel et assez clair, ce qui rend l'espace intérieur encore plus lumineux. Je suppose que c'est du pin, une denrée locale, et les meubles ne semblent pas avoir été vendus en kit. Giulia m'avait déjà dit qu'en Italie du Sud, il était courant de faire appel aux artisans locaux plutôt qu'aux grosses chaînes et je crois bien que ça n'a pas tellement changé. Quelques bibelots en céramique décorent le tout, mais je note également l'absence quasi totale de photos, comme si quelqu'un avait voulu effacer la mémoire de la famille.

Je prends le temps de m'observer quelques secondes dans le grand miroir au-dessus du lavabo et découvre un hématome au niveau du cœur.

La piqûre d'adrénaline a laissé des traces, mais elle m'a sauvé la vie. J'ai eu de la chance de pouvoir compter sur Milo. Seule, je serais peut-être morte.

Une fois propre, j'enfile les vêtements de sa sœur. Ils sont trop sobres à mon goût et je peine à rentrer dedans, mais je lui suis reconnaissante de me les avoir prêtés.

Je suis un peu angoissée à l'idée de croiser les parents de Milo en me rendant dans le salon, mais il va bien falloir que je m'y fasse. J'ai passé un marché avec lui et il est trop tard pour faire machine arrière. De toute façon, j'ai beaucoup à gagner. Le bonheur de Giulia compte plus que tout pour moi. Giulia… Elle doit se faire un sang d'encre !

Milo est seul dans le salon.

– Tes parents ne sont pas là ?

– Ils se sont levés tôt pour aller chez des amis.

– J'ai dû leur faire un drôle d'effet, hier. Je n'ai pas prononcé plus d'une dizaine de mots, à table.

– Ils ont compris que tu n'étais pas dans ton assiette. Tu te rattraperas ce soir, au dîner. De toute manière, ça tombait bien que tu sois K.O. On doit d'abord se mettre d'accord sur quelques points concernant notre fausse idylle.

– OK. Puisqu'on parle d'assiette, est-ce que je pourrais passer un coup de fil avant le petit déjeuner ?

Il me fixe d'un air absorbé. D'accord, ma transition n'était pas digne d'une dissertation, mais elle était compréhensible, non ?

– Ça marche, je vais te prêter un téléphone. En revanche, tu ne parles pas de moi, compris ? Tu n'es pas ici. Pas avec moi.

Vu son expression sérieuse, il ne plaisante même pas.

– OK, James Bond. Je peux te demander pourquoi ?

– Non.

Sa réponse lapidaire me fait tiquer. Il doit lire mon trouble, car il se radoucit.

– N'y vois rien de personnel, je suis un mec discret, c'est tout.

Je lève les yeux au ciel, mais ça se tient. Après tout, j'ai un pote qui n'a jamais pris de smartphone pour éviter d'être « traqué ». Il ne fait que des achats en liquide pour la même raison. Chacun son truc. Je prends le téléphone qu'il me tend et compose le numéro de ma mère adoptive sous le regard perçant de Milo.

– Tu ne peux pas te retourner, au moins ? J'ai l'impression d'être en prison.

– Tu es au courant qu'on entend par les oreilles et pas par les yeux ?

Je soupire, mais il obéit quand même. Je tombe sur le répondeur et laisse un message enjoué et rassurant à Giulia. Je lui rends l'appareil en le remerciant.

– Mince, j'ai oublié de demander à ma sœur de me prêter une veste pour toi. Tu n'auras qu'à choisir une des miennes.

– Une veste ? Pour quoi faire ?

– Pour prendre le petit déjeuner.

Je suis le point de lui demander si c'est une coutume sicilienne de se couvrir pour manger, mais j'ai la décence de m'arrêter à la dernière minute.

– Tu es en Italie, *bella.* Généralement, on aime prendre la *colazione* au café du coin plutôt que chez nous. Mais si ça te gêne de sortir, on peut rester ici. J'ai ce qu'il faut.

Je secoue vivement la tête.

– Non. Ça me fera du bien.

Je le suis dans le vestibule, où il s'arrête pour piocher une des vestes qui reposent sur une patère. Celle qu'il choisit est en cuir. Ni masculine ni féminine. Il me la montre en silence et attend mon approbation. Puis, il m'aide à l'enfiler tout en gardant ses distances. Je nage un peu dedans, mais je l'adore. Elle tombe assez bien sur moi et sent divinement bon. Un mélange de cuir, d'agrumes, et d'un truc indéfinissable qui me plaît. J'aime. Je me tourne vers lui pour guetter son approbation, mais il est aussi expressif qu'un mur et se garde bien de me donner son avis. Je me demande ce qui m'a poussée à me laisser séduire ce fameux soir à la trattoria. En dehors de sa belle gueule et de son corps athlétique, cela va sans dire.

Je suis déjà montée en voiture avec lui, mais le fait que celle-ci ne corresponde pas à l'image que je me fais de lui ne me frappe que maintenant.

Je le verrais plutôt conduire un bolide. Pas une sorte de break.

– Tu transportes souvent des trucs ?

– Hein ?

Je désigne l'arrière d'un mouvement du bras.

– Le coffre est gigantesque.

Il affiche un énorme sourire qui contamine ses yeux. Je crois que c'est le premier sourire sincère qu'il me dédie, et je ne vois même pas ce qu'il y a d'amusant.

– J'aime transporter des trucs.

– Mmmh.

J'attends qu'il développe.

– C'est pratique pour les courses. Et tu es très observatrice.

L'évocation des emplettes ternit un peu son aura masculine et inaccessible, mais après tout, ça n'a rien d'étonnant. Même les stars et les milliardaires ont besoin de pâtes et de papier-toilette en grande quantité.

Quelques minutes plus tard, nous atteignons Paradisio par une avenue bordée de palmiers qui donne sur la mer turquoise C'est bête, mais je ne peux pas m'empêcher de me demander si je suis déjà venue ici avec mes parents biologiques. Est-ce qu'ils m'emmenaient à la plage, parfois ?

– Ça va ?

– J'ai juste hâte de boire mon café. Pourquoi est-ce que tu me demandes ça ?

– Pour rien. Tu as l'air ailleurs, c'est tout.

Je me tourne vers lui, piquée qu'il m'ait percée à jour.

– Tu es très observateur, l'imité-je. Mais tu devrais regarder la route plutôt que moi.

Un coin de sa bouche se relève dans un sourire arrogant.

– Si tu prêtais plus attention à la route qu'à moi, tu constaterais que nous sommes garés.

Ah oui, quand même.

Il a la délicatesse de ne pas insister. Il sort de la voiture en premier et je l'imite en vitesse pour lui épargner d'avoir à décider s'il doit ou non m'ouvrir la portière comme le ferait un petit ami galant.

Dans quelle histoire me suis-je embarquée, encore ?

Je laisse la veste sur le siège passager, estimant qu'il fait assez chaud. Nous quittons le parking pour emprunter d'étroites ruelles pavées. Le trottoir n'étant pas assez large pour deux, je marche devant Milo. Je me sens maladroite, clairement pas à ma place.

– Viens, c'est ici.

Je m'arrête et m'engouffre dans la porte qu'il maintient ouverte. L'odeur forte du café assaille mes narines, alléchante. Je pourrais fermer les yeux et flotter jusqu'à ma chaise, comme dans les dessins animés. À la place, je me laisse entraîner vers une table un peu à l'écart. De toute manière, il n'y a pas grand monde.

– C'est presque désert. C'est si mauvais que ça, tu crois ? Tu connais, ici ?

– Oui, je connais. Et non, ce n'est pas mauvais. C'est juste que l'heure du petit-déjeuner est passée depuis un moment et que la plupart des clients potentiels sont au boulot.

Je hoche la tête après avoir consulté ma montre. La serveuse, âgée d'une vingtaine d'années, approche en m'étudiant sans masquer sa curiosité.

– *Due colazioni, per favore*, demande-t-il.

La jeune fille hoche la tête et commence à partir, mais je l'interromps.

– Ajoutez un cappuccino, s'il vous plaît.

Elle se retourne pour m'observer comme s'il m'était poussé une corne au milieu du front. Puis elle s'en va après avoir fait claquer sa langue de manière réprobatrice.

– Quelle mouche l'a piquée ?

– Elle t'a prise pour une touriste. Un vrai Sicilien ne boira jamais un cappuccino après onze heures.

– Pourquoi ? Vous vous transformez en vilains Gremlins ?

– Cela perturbe la digestion. La nourriture, et tout ce qui va avec, est sacrée ici. Tu l'apprendras bien assez tôt.

Non, mais je rêve !

Mon traître d'estomac répond en gargouillant. Fichu dinosaure intérieur ! Je ne sais plus où me mettre. Gênée, je me plonge dans la contemplation de la décoration du café, qui consiste en un tableau abstrait plutôt laid. Je plisse les paupières pour lire le titre. *Éruption de l'Etna.*

Heureusement qu'ils le précisent, parce que moi, je voyais plutôt un papillon.

La serveuse arrive avec un plateau contenant deux expressos. Mon cappuccino, lui, brille pour son absence. Il y a aussi deux minuscules croissants. Je me raidis sur ma chaise. Si mon ventre avait la faculté de pleurer, des larmes s'échapperaient de mon nombril en ce moment même. J'essaie de masquer ma déception tant bien que mal, mais Milo doit lire dans mes pensées, car il apostrophe l'employée.

– Aussi incongru que ça puisse paraître, mon accompagnatrice a commandé un cappuccino. Où est-il ?

Vu la tête qu'il fait, on ne dirait pas un client qui parle d'un café mousseux. Ça ressemble plutôt à un tueur à gages qui cherche sa proie. *Gloups.* L'employée doit le sentir aussi, puisqu'elle se carapate.

– Désolée. Je vous apporte ça immédiatement.

Elle disparaît derrière le comptoir, sans doute ravie d'avoir ce meuble pour rempart.

– Tu fais ça souvent ?

Milo me regarde par-dessus sa minuscule tasse de café.

– Quoi ? Commander un cappuccino après onze heures ? Jamais. J'ai une réputation à défendre.

– Non. Te montrer aussi…

– Gentil ?

– Non. J'allais dire effrayant.

Étonné, il rejette la tête en arrière en plissant le front.

– Effrayant ? Je ne suis pas effrayant, moi.

– Si. Regarde la pauvre serveuse. Elle a la frousse. Tu es intimidant.

– Je t'intimide ?

Mince. Je n'avais pas prévu cette question.

– Non.

Je mens avec autant d'aplomb que possible, mais je me saisis de ma petite tasse de café pour me donner une contenance au cas où ça ne suffirait pas.

– Waouh. Vous ne rigolez pas quand vous faites du café. Il est riquiqui mais assez fort pour réveiller un cheval. Un cheval mort, ajouté-je en m'apercevant que ma phrase n'a aucun sens. Tu as déjà remarqué qu'on ne voit pratiquement jamais d'animaux zombies dans les films d'épouvante ?

Il n'émet aucun commentaire. La serveuse arrive, tête baissée, et dépose mon cappuccino sur la table en s'excusant encore.

– Merci.

Le croissant est délicieux. La pâte feuilletée craque sur ma langue, révélant un cœur d'un moelleux exceptionnel. Ce n'est pas sec mais pas trop beurré non plus. L'équilibre est excellent. Le seul désavantage, c'est que vu sa taille, je l'ai avalé en deux bouchées. L'espace d'un instant, j'hésite à en commander d'autres, mais le fait de ne pas avoir mon propre argent m'embête. Je me sens déjà assez mal à l'aise comme ça. Milo me sort de ma rêverie en prenant la parole sur un ton autoritaire.

– Bon, commençons par les choses importantes. Où est-ce qu'on s'est rencontrés ? Depuis combien de temps sommes-nous ensemble ? Quel est ton plat préféré ? Tu as un animal de compagnie ? Tu as fait des études ? J'imagine que tu es tombée amoureuse de moi dès l'instant où tu m'as vu, mais moi ? Quand est-ce que tu m'as séduit, et comment ?

Je croise le regard stupéfait de la serveuse, qui retourne se cacher derrière le comptoir.

– Euh, Carapuce.

Milo m'observe comme s'il était en train de se demander sur quel spécimen de débile il est tombé, alors je me sens obligée de m'expliquer.

– Ce n'est pas très original, mais j'avais six ans quand j'ai donné ce prénom à ma tortue. Pour le reste, eh bien…

Je n'ai pas l'occasion de continuer, puisqu'il enfouit la main dans sa poche pour en extraire son téléphone qui vibre. Il décroche et s'en va en m'adressant un geste d'excuse. Lui et la politesse, ça fait deux. Et puis zut !

– Mettez-moi deux ou trois croissants supplémentaires, s'il vous plaît, demandé-je à la serveuse.

Le temps qu'il revienne, j'aurai eu l'occasion d'en grignoter quatre ou cinq. Ils ont un léger goût de fleur d'oranger, si ténu qu'on ne s'en rend pas compte immédiatement. Pourtant, ça décuple la sensation de fraîcheur qu'ils déploient dans ma bouche. Un vrai régal. Je regrette de ne pas avoir mon téléphone pour les prendre en photo pour Giulia. J'espère que la mère de Milo connaît la recette.

Le voilà qui se rassied en face de moi. Il semble contrarié.

– Désolée, j'avais faim.

– Il y a un contretemps, annonce-t-il de but en blanc. Je dois me rendre quelque part. Seul. Ça risque de prendre un moment. Navré, je ne peux pas te garder.

– Me garder ? Je ne suis pas un gosse. Je…

– J'avais prévu de t'accompagner pour faire quelques achats, mais ça ne va pas être possible. Pas d'inquiétude, tu pourras rester avec Gandolfo.

– Gandolfo ? C'est ton chien ?

J'ai à peine prononcé ces mots qu'un type chauve et large d'épaules pénètre dans l'établissement. Ses deux billes grises se plantent dans les miennes comme deux balles dans leur victime.

– Adelia, je te présente Gandolfo. Il va s'occuper de toi durant mon absence.

J'ai envie de dire que je suis parfaitement capable de m'occuper seule, mais je me contente de lancer un sourire contrit à ma nouvelle nounou, qui n'a pas l'air commode.

– Gandolfo a mon numéro, ce qui veut dire qu'il peut m'appeler n'importe quand.

– Je sais ce que c'est, un téléphone.

– Tu m'en vois ravi. Profites-en pour aller t'en acheter un. Je veux pouvoir te contacter à tout instant. Fais également le plein d'habits, et de tout ce qui te plaira. Tu n'as pas à me rembourser aujourd'hui, considère ça comme une avance sur tes services.

– Sur mes services ? Mais, je ne suis pas une…

Les mots restent coincés dans ma gorge tandis que je regarde autour de nous pour m'assurer que personne ne me prend pour la poule de luxe de cet homme aussi sexy qu'agaçant. Là-dessus, il dépose l'équivalent de ma paie du mois chez Eatalsace sur la table en billets de cinquante euros, puis s'en va sans un au revoir.

– Il est toujours comme ça, ou je dois considérer comme un privilège le fait d'être la cible de sa mauvaise humeur soudaine ?

Gandolfo ne répond pas. D'accord, on ne démonte pas son pote devant sa prétendue copine. Un bon point pour lui. D'ailleurs, qu'est-ce que Milo lui a raconté à mon sujet ?

– Tu veux un croissant ? proposé-je en lui faisant signe de s'asseoir.

Sans un mot ni un sourire, il s'installe à la place qu'occupait Milo quelques minutes plus tôt. Je commande deux autres croissants, un pour lui et un pour moi. Nous les dégustons en silence tandis que je lui jette quelques regards curieux.

– Par quoi est-ce qu'on commence ensuite ? La boutique de téléphonie ? Les vêtements ?

Aucune de mes questions ne tire Gandolfo de son mutisme, alors je finis par me taire et par essayer de communiquer par des gestes. Une chance que je connaisse les rudiments de la langue des signes, même si ce n'est pas suffisant pour maintenir une conversation très poussée.

– Quand même, Milo aurait pu me prévenir que tu étais sourd-muet. Ce n'est pas très délicat de sa part.

Aucune réaction de ma « nounou ». La journée promet d'être longue !

Quelques heures plus tard, je suis l'heureuse propriétaire d'une nouvelle garde-robe qui correspond à mon style coloré, et d'un téléphone flambant neuf. Assise à la table d'un café – le même que ce matin –, je déguste une citronnade faite maison en compagnie de Nounou tout en jouant avec mon nouvel appareil. Je surprends un sourire fugace sur les lèvres de Gandolfo quand il remarque que la première application que je télécharge, c'est Pokémon GO.

– Crois-le ou non, mais ce jeu, c'est toute ma vie sociale.

Je n'aurais pas dû dire ça. S'il le rapporte à Milo, je vais passer pour une *no life.*

– J'ai même connu un couple qui s'est formé en attrapant des Pokémon. Thomas et Magali. On aurait pu croire que ça ne durerait pas, mais… hey ! protesté-je en voyant l'homme dont la main doit faire deux fois la mienne me piquer mon téléphone.

Comme je n'ai aucune chance d'avoir gain de cause, je le laisse pianoter sur l'écran. Lorsqu'il me le rend, je remarque qu'il a enregistré mon premier contact à la lettre M.

– C'est Milo ? articulé-je distinctement pour qu'il puisse lire sur mes lèvres.

Le colosse acquiesce. Je le renomme discrètement en « Ours sicilien mal léché » et entre les quatre numéros que je connais par cœur : celui de la trattoria, puis ceux de Giulia, Pascal et Juliette.

– Je vais passer mon premier coup de fil.

Nouveau hochement de tête de ma nounou. Je m'attends à ce qu'il se lève pour m'accorder un peu de discrétion, mais il n'en fait rien. En même temps, il est sourd. Il me suffit de lui tourner le dos pour qu'il ne comprenne rien à ce que je raconte. C'est ce que je fais. Juliette décroche à la première sonnerie. Son enthousiasme m'avait manqué. Comme elle s'inquiète pour moi, je lui parle du marché que j'ai passé avec Milo sans lui épargner aucun détail.

– Je te l'avais dit, que tu aurais des ennuis. Quoique, partager le lit et la vie d'un bel Italien le temps des vacances n'est pas à proprement parler un ennui.

– Minute, papillon. Nous ne partageons pas le même lit. Quand je me suis réveillée, il était assis sur un fauteuil.

– Ce n'est qu'une question de temps. Ce que j'ai remarqué, en revanche, c'est que tu ne m'as pas contredite sur le fait qu'il est beau.

Un point pour elle.

– Alors, il ressemble à quoi, ce Milo ?

Je souris en me calant dans ma chaise. Quel mal y a-t-il à fantasmer, après tout ?

– Dans le genre brun ténébreux, grand mais pas trop, juste parfait. Il a une gueule d'ange dotée d'un sourire arrogant à faire se damner une nonne. Sans parler de son cul. Musclé, bien arrondi… les mains me démangent d'envie de vérifier s'il est aussi ferme qu'il en a l'air.

– Waouh.

– Sur l'échelle des beaux gosses, c'est un onze sur dix. Dommage qu'il soit aussi con.

– Pourquoi con ?

– Figure-toi qu'il m'a collé un chauve baraqué pour me servir de nounou. Sourd-muet. Ça ne me gênerait pas s'il s'exprimait autrement, mais il ne cherche même pas à communiquer. Il se contente de me coller aux basques avec sa tête de trois mètres de long et son regard bovin. Sérieux, je ne me suis pas autant ennuyée depuis… ben depuis jamais, en fait.

– Je compatis. Bon, il faut que je te laisse, je crois que Giulia a besoin de moi. J'enregistre ton nouveau numéro et on se rappelle très vite.

– Ça marche, Juliette. À bientôt.

– À plus !

Ravie d'avoir pu parler à ma meilleure amie, je range mon téléphone dans mon nouveau sac à main et me tourne vers Gandolfo. Son air contrarié est pire que d'habitude. J'imagine qu'il en a marre de m'avoir dans les pattes. Il doit avoir hâte de rentrer chez lui, retrouver ses proches. Je lui adresse mon sourire le plus reconnaissant et n'obtiens pas le moindre frémissement des lèvres de sa part.

Mince, mais qu'est-ce qu'il a ?

– Ne t'inquiète pas, ton calvaire est bientôt fini. On fait juste un détour pour acheter un cadeau de bienvenue pour ma… euh… future belle-famille ? Je parle des parents de Milo, précisé-je au cas où ça ne serait pas clair.

Pour la première fois, un début de sourire étire sa bouche. Il se lève et me fait signe de le suivre. Génial, il tente de communiquer avec moi. Comme quoi, tout arrive à point à qui sait attendre !

Une heure plus tard, nous sommes en route pour la maison de Milo. Gandolfo roule avec les fenêtres ouvertes et ma coupe ne ressemble plus à rien à cause du vent, mais je m'en fiche. Je suis ravie. À sa manière silencieuse, Nounou m'a montré un article susceptible de plaire aux Piromalli, ce qui constitue un gain de temps considérable. En plus, ça me permet de faire mouche et de commencer cette fausse relation sur de bonnes bases.

CHAPITRE 7

MILO

Ce coup de fil ne pouvait pas tomber à un plus mauvais moment. J'avais prévu de peaufiner les détails de ma prétendue relation avec Adelia histoire qu'il n'y ait pas de fausses notes ce soir, lorsqu'on sera face à mes parents. J'ai passé une partie de la nuit à trouver des questions à lui poser. J'avais même réussi à inventer un bon début de scénario crédible, avec une petite dose de drama comme dans les séries romantiques que ma sœur regardait lorsqu'on vivait ensemble. Déjà à l'époque, je m'en inspirais pour séduire les filles. Et cette fois, je comptais préparer mon dossier avec encore plus de minutie. Oui, je traite cette fausse histoire d'amour comme une mission pour mon boulot. Mais d'un côté, ça y ressemble un peu.

Quoi qu'il en soit, il faut que tout soit au point. Adelia doit plaire à mes parents. Il faut qu'ils soient heureux pour moi. Rassurés. Il ne s'agit pas seulement d'une histoire de couverture pour qu'ils me croient rangé. Ma famille a aussi suffisamment morflé comme ça et mes parents méritent un peu d'espoir, un peu de répit. Même si ce n'est qu'un mensonge gros comme la Méditerranée, je vais tout faire pour qu'il ne nous explose pas à la figure.

Voilà pourquoi j'aurais dû tout préparer avec minutie. Seulement, quand le boss vous sonne, vous ne pouvez simplement pas décliner l'appel comme on le ferait avec une belle-mère intrusive. Une chance que Gandolfo ait pu se libérer pour garder Adelia. Étant donné qu'elle est ma proie, il n'est pas question que je la laisse seule, et l'autoriser à m'accompagner sans savoir ce que le boss attend de moi n'est pas l'idée du siècle. Si elle apprend en quoi consiste mon véritable boulot, elle risque de me griller auprès de la police. Voire pire : auprès de mes parents. Après ce qui est arrivé à mon frère, ils ne s'en remettraient pas. Je ne peux pas leur faire ça. Ça les tuerait.

C'est Albinoni qui m'accueille dans la superbe villa de son paternel. Je préfère ça. Silvio me traite bien, je suis le meilleur ami de son fils après tout, mais j'ai un petit peu contrarié ses plans en gardant Adelia plus longtemps que prévu et je préfère m'épargner toute remarque à ce sujet.

– Alors ? Qu'est-ce qu'il veut, ton vieux ? Rien de trop chiant, j'espère.

Albinoni étant absorbé par la contemplation de deux filles qui se baignent dans sa piscine, je lui flanque une tape sur l'épaule qui manque de le faire tomber en arrière.

– Alors ?

Il secoue la tête pour retrouver ses esprits.

– Tu dois cueillir un mec à la gare. Tu me le ramènes, en pas trop mauvais état si possible.

Il me fait signe de le suivre jusqu'à une table sur laquelle trône une enveloppe au milieu de verres à cocktail à moitié vides. Elle contient la photo d'un homme d'une cinquantaine d'années, les cheveux grisonnants, les joues rondes.

– Alfio Bellafonte. Il ne devrait pas te poser trop de problèmes, ce n'est pas un criminel. C'est juste un commerçant de Taormine en visite à Agrigente pour une boutique qu'il prospecte dans le coin. On va seulement demander une petite rançon à sa famille pour se faire un peu de blé, et surtout lui faire comprendre comment fonctionnent les choses ici.

Je hoche la tête. Dans ce coin de la Sicile, personne ne fait quoi que ce soit sans l'accord des Fiori.

– Train de 14 h 11. Wagon 18. Ne le loupe pas.

– Tu me prends pour un débutant ?

Sans quitter mon meilleur ami du regard, je plie l'enveloppe et la range soigneusement dans ma poche. Un alléchant fumet titille mes narines. Ça n'a rien d'étonnant, étant donné que les Fiori font parfois appel au meilleur chef de Sicile.

– Ça sent bon, dis donc.

– Le cuistot prépare des *arancini*.

Un de mes plats préférés.

– Vous me mettez une portion de côté ? Je devrais vous livrer votre homme vers 14 h 30, et après je suis dispo pour manger.

– Aucun souci, mon pote. T'en veux une aussi pour ta copine ?

– J'ai sommé Gandolfo de l'emmener déjeuner. Et elle n'est pas ma copine, ajouté-je en braquant mon index sur Albinoni à la manière d'un flingue. Seulement devant mes parents.

– Elle est bonne, au moins ? Tu ne vas même pas en profiter un tout petit peu ?

Exaspéré, je lève les yeux au ciel sans réprimer un juron.

– Je ne baise pas en mission.

– Dommage pour toi. T'en loupes, des trucs.

Je soupire, à la fois amusé et excédé. Comme toujours avec cet énergumène.

– Contente-toi de me garder mes *arancini* au chaud, sinon c'est toi qui te feras baiser, lancé-je en tournant les talons.

13 h 59. Je pose le livre que j'étais en train de lire sur le siège passager et sors de ma voiture. J'ai horreur d'interrompre ma lecture au milieu d'un chapitre. Ce n'est pas tout de suite que je saurai si Pamphile et Théophile finissent ensemble, mais je n'ai pas d'autre choix que d'y aller.

D'un pas lent, m'assurant d'un coup d'œil circulaire qu'aucun danger ne me guette, je traverse le parking et me dirige vers l'endroit où les taxis patientent. Je demande si l'un des chauffeurs attend Alfio Bellafonte. L'un d'eux se dénonce. Je lui propose le quadruple du montant de la course que ma proie avait réservée pour prendre sa place, et achète son silence avec un petit bonus. Bien entendu, il accepte. De toute manière, je ne lui aurais pas laissé le choix. Il avait tout intérêt à se décider pour la manière douce.

Le chauffeur me remercie et va faire une pause au café de la gare tandis que je m'installe derrière le volant. Son taxi sent un mélange d'oignon et de bière.

Ragoûtant…

14 h 11. Le train n'est pas encore là. 14 h 21. Toujours pas. À la demie, j'ouvre les fenêtres de la voiture pour interpeller l'un des chauffeurs.

– Hey, c'est normal ce retard ?

– C'est Trenitalia… soupire-t-il en guise de réponse.

Dix minutes supplémentaires s'écoulent durant lesquelles j'écoute le bavardage des conducteurs. Je ne m'intéresse pas particulièrement aux potins, mais c'est fou ce qu'on peut récolter comme informations utiles en prêtant une oreille attentive aux babillages. Cette fois-ci, je n'apprends rien de neuf.

– Vous êtes sûrs qu'il ne s'est rien passé de grave ?

Je songe à un éboulement. À un acte malveillant. C'est vrai, Albinoni a déjà fait poser un bloc de ciment sur la voie ferrée pour arrêter un train afin de pouvoir mettre la main sur un ennemi. Qu'est-ce qui me dit qu'Alfio Bellafonte ne s'est pas volatilisé dans la nature ?

– En vingt-cinq ans d'expérience, j'ai dû voir dix trains arriver à l'heure, émet l'un des chauffeurs.

Je ne sais pas s'il plaisante ou pas. Je n'ai qu'un seul moyen d'en avoir le cœur net. Je quitte le taxi et me dirige vers le bâtiment principal d'un pas rapide. En ouvrant la porte vitrée, mes oreilles sont assaillies par une version de *Sarà perché ti amo* particulièrement horrible. Les Fiori devraient songer à embaucher la personne qui a réglé les haut-parleurs de la gare : c'est une excellente tortionnaire.

Je fonce droit en direction de la guichetière, une femme d'une soixantaine d'années qui porte une casquette qui n'est rien d'autre qu'une imitation ratée d'une grande marque. Si elle sursaute en me voyant arriver si vite, elle se ressaisit et m'adresse un sourire bienveillant.

– Bonjour, *piccolino*. Que puis-je pour vous ?

– J'attends quelqu'un qui doit arriver par le train de Taormine.

Elle hoche la tête en attendant la suite. Mais quelle suite ? C'est assez clair, non ?

– Et il n'est pas là, complété-je.

– C'est parce que le train a du retard.

Pas que le train...

Je me mords l'intérieur des joues pour retenir une insulte.

– Et il arrivera quand ?

– Quand ils auront coupé l'arbre.

– Quel arbre ?

Est-ce qu'elle le fait exprès ?

– Celui qui bloque les rails. Ils auront peut-être envie d'y aller doucement pour ne pas l'abîmer afin de s'en servir comme d'un sapin de Noël.

Bon sang, on est en juillet ! D'ici Noël, il sera aussi sec que Pavarotti.

– Et où est-ce qu'il est, cet arbre ?

Mme « Gucchy » me dévisage d'un œil mauvais. Qu'est-ce que j'ai encore fait ?

– Monsieur, vous n'avez tout de même pas l'intention de le leur voler ?

Elle commence sérieusement à m'agacer.

– Si. Pour en faire des cure-dents. Plein de cure-dents.

– Oh, mais…

– Je plaisantais. Vous me dites où il se trouve, ce train ? Ma fille est bloquée à l'intérieur avec sa mère et elle a oublié son doudou. La pauvre puce aurait pu faire sans si le trajet avait été plus court, mais vu qu'il est prolongé à cause de l'incident, elle va pleurer toutes les larmes de son corps.

Inutile de la menacer, il suffisait de faire appel à sa corde sensible.

– Oh, il fallait le préciser tout de suite, monsieur. Ma petite-fille panique aussi quand elle n'a pas son doudou.

Après quelques informations inutiles, elle finit par me donner la localisation exacte du train. Après divers retournements de situation, je finis par récupérer un Alfio Bellafonte aussi apeuré que fatigué du voyage. Il est près de dix-huit heures lorsque je le dépose chez les Fiori.

– Quel dommage, tes *arancini* étaient succulents, me provoque Albinoni.

– Tu es tellement drôle.

– Je déconnais. Il en reste, si tu veux.

Au fil des années, mon meilleur pote a pris l'habitude de me couver. Si lui vit toujours en famille dans la vaste propriété de son père, ce n'est pas mon cas. Parce qu'il est au courant de ma décision de ne plus jamais cuisiner, il lui arrive souvent de me proposer les bons plats de son cuistot.

– Tu veux que ma mère me tue ? Elle va sûrement faire à bouffer pour quinze. Et puis, il faut absolument que je retrouve Adelia.

Avec cette histoire de train, je n'ai pas pu mettre de stratégie au point avec elle. Si on nous questionne sur notre histoire, ce qui va forcément arriver étant donné que ma famille est un brin intrusive, on est mal.

– Elle te tient déjà par les couilles, hein ?

Je lui fais ravaler sa plaisanterie d'une violente tape sur l'épaule, qu'il me rend sans ménagement. Ce n'est pas une bagarre. Juste une de nos façons d'exprimer nos petits désaccords, de plaisanter ou de se décharger des émotions d'une journée.

– L'Etna s'éteindra définitivement avant que quiconque me tienne par les couilles, Albi.

– C'est con pour les vulcanologues siciliens, ils n'auront bientôt plus rien à étudier.

Je ne relève pas. Pas par manque d'inspiration, mais de temps.

Quand j'arrive chez moi, Adelia n'est pas encore là.

– Je croyais qu'elle était avec toi, s'étonne ma mère.

– Non, elle a passé la journée chez l'esthéticienne pour se faire belle pour vous, inventé-je. Ça, et quelques emplettes en ville. Un ami ne va pas tarder à la ramener.

Ma mère acquiesce et s'en va vers la cuisine. Mon père, lui, est dans son petit atelier dans la cave, où il revit sa passion. Il fabrique des couteaux artisanaux. Ou plutôt, il fabriquait. Il était capable de passer plusieurs semaines à sculpter un manche. En vérité, ce sont de vraies œuvres d'art. Dans le temps, il n'était pas rare qu'il parvienne à les vendre pour plusieurs centaines d'euros. Parfois même des milliers. Outre l'effet relaxant, ça mettait du beurre dans les épinards. Beaucoup de beurre. Puis un jour, un autre type s'est mis à faire des couteaux. Nous sommes convaincus qu'il ne les fabriquait pas lui-même et qu'il les faisait venir de Chine. Il cassait les prix, ça, c'est sûr, pour des articles d'une qualité nettement moindre. Certains clients de mon père se sont détournés de lui pour se fournir auprès de celui que mon paternel considère désormais comme son pire ennemi. Quoi qu'il en soit, ça l'a dégoûté à tout jamais. Il a arrêté de fabriquer des couteaux bien avant leur départ à Chicago, mais chaque fois qu'il revient, il ne peut pas s'empêcher de passer son atelier en revue. Une chance que le reste de la cave ne lui soit pas entièrement accessible. J'ai certaines armes cachées dans les placards souterrains et s'il tombait dessus, j'aurais le plus grand mal à trouver une excuse.

Ma sœur, elle, s'est enfermée dans son ancienne chambre. J'imagine qu'elle aussi, elle revit ses souvenirs. Ou qu'elle passe un coup de fil à ses copines. Je sais qu'elle est restée en contact avec certaines d'entre elles. J'espère surtout qu'elle n'essaie pas de rappeler Marco, son ex. Ça ne s'est pas très bien fini entre eux et il me semble qu'il a encore la marque de mes dents sur son avant-bras.

Fallait pas tromper ma sœur…

Juste au moment où je vais m'avachir sur le canapé après avoir décliné l'offre de ma mère de venir l'aider dans la cuisine, je reçois un texto de Gandolfo qui me prévient qu'il arrive. J'ai à peine le temps de me diriger vers l'entrée qu'il sonne déjà.

Dio mio !

Malgré son large sourire, Adelia ne ressemble à rien. Ses cheveux partent dans tous les sens.

– Salut, toi !

Je lui dédie mon regard de velours. Ça fonctionne toujours pour me permettre d'obtenir ce que je veux.

– *Ciao, bella.* Tu veux que je te montre où sont le peigne et le shampoing ?

Je récolte un doigt d'honneur qui me laisse sans voix tandis qu'elle emprunte la direction de notre chambre en faisant un boucan d'enfer avec tous ses sacs. Décontenancé, je me tourne vers Gandolfo, cet homme à tout faire qui nous vient de France. Il est arrivé un jour en Sicile, suivant un ancien amour. La fille en question l'a largué pour un autre, mais il est tombé amoureux de notre île. Albinoni l'a repéré et lui a offert un job. Sa fidélité n'est plus à prouver. Le seul inconvénient quand on est en mission avec lui, c'est qu'on s'ennuie un peu parce qu'il ne dit pas grand-chose. Mais ça a aussi ses côtés positifs. Il ébauche un mouvement de tête qui signifie « comment s'est déroulée ta mission ? ».

– Pénible. Et la tienne ?

Il pousse un soupir qui veut tout dire.

– Elle a une drôle de façon de me causer.

– Quoi ? Elle t'a insulté ?

Ça m'étonnerait qu'elle s'y soit risquée, vu la carrure du type.

– Non. Elle me parlait en gesticulant, comme si j'étais un idiot.

Je plisse le front, étonné.

– Ah bon ? Pourquoi est-ce qu'elle a fait ça ?

– J'ai d'abord cru qu'elle voulait se la jouer Italienne. Tu vois le cliché qui court sur vous, comme quoi vous parlez avec les mains…

Je hoche la tête. D'ailleurs, ce stéréotype m'énerve.

– Je l'ai laissée faire, parce que ça me faisait marrer. Ensuite, j'ai compris.

– Compris quoi ?

– Que tu es grand mais pas trop, juste parfait. Tu as une gueule d'ange dotée d'un sourire arrogant à faire se damner une nonne. Sans parler de ton cul. Musclé, bien arrondi… ses mains la démangent d'envie de vérifier s'il est aussi ferme qu'il en a l'air.

– Hein ? Mais qu'est-ce que tu racontes ? Tu as perdu l'esprit ?

– Moi ? Tu te doutes bien que ce sont ses mots à elle.

Je hausse un sourcil, de plus en plus confus.

– Elle a cru que j'étais sourd. C'est pour ça qu'elle me causait avec tous ces gestes. Du coup, quand elle a passé un coup de fil à sa copine, elle lui a parlé sans filtre. Et dans ma langue maternelle. Je viens de te retranscrire ce qu'elle pense de toi.

Je souris, sincèrement amusé. Flatté aussi, mais ça, je ne vais pas le dire.

– Ah oui ? Elle a parlé d'autre chose ?

– De ma calvitie.

– Aïe.

– Elle a également dévoilé l'intégralité du marché que tu as passé avec elle.

Je vois. Elle est du genre à ne pas savoir tenir sa langue. Du moins avec sa meilleure amie.

– Sinon, au sujet de notre affaire, poursuit-il, elle ne se doute de rien.

Tant mieux. Elle n'a pas besoin de savoir dans quelles magouilles je trempe.

– Bon, il faut que je file. Courage.

– Il va m'en falloir, en effet.

Alors que je m'approche de lui pour lui ouvrir la porte, il me flanque une violente tape sur les fesses.

– Je voulais juste vérifier si elles étaient aussi fermes qu'elles en avaient l'air, fait-il, pince-sans-rire.

– Parle de ça à quiconque et je te fais réexpédier en France dans un sac mortuaire.

Et je ne plaisante qu'à moitié.

Mon « collègue » parti, je colle mon front au battant. Il va falloir que j'aille expliquer à cette petite furie qui se fait passer pour ma copine qu'avec moi, il ne fait pas bon avoir la langue bien pendue.

J'ai à peine commencé à me diriger vers l'escalier que déjà, ma mère nous appelle.

– À table, tout le monde !

Et quand elle donne cet ordre, il faut être fou pour lui tenir tête. Ma sœur le sait et me rejoint très vite.

– Bonne journée ?

– Elle aurait pu être meilleure, répond-elle. Et toi ? Tu es sorti avec ta copine ?

– Non, j'avais du boulot. Adelia a trouvé de quoi s'occuper en se rendant chez le coiffeur, inventé-je. Des trucs de fille…

Jenny acquiesce distraitement. Soudain, ses prunelles semblables aux miennes s'éclairent d'une lueur amusée. Je me tourne pour suivre son regard, des fois que ça me fasse marrer aussi.

Eh ben non.

Ma fausse petite amie apparaît en haut des marches. Je fais la grimace en constatant qu'elle n'a même pas essayé de se coiffer. Quelle tête de mule ! On dirait un Kiki, cette espèce de bonhomme très laid tout droit issu des années 1990 que ma mère conserve sur une étagère dans sa chambre.

– Le coiffeur, hein ? murmure Jenny.

– Mouais.

– Ben vu la coupe, j'espère pour toi qu'il ne lui a pas aussi fait le maillot.

Je ferme les yeux en retenant un juron. Lorsque je les rouvre, Adelia est devant moi. De près, on dirait un de ces animaux cracheurs dont j'ai oublié le nom. J'imagine qu'il faudrait qu'on s'embrasse. Ou du moins, qu'on ait un geste tendre l'un envers l'autre pour donner le change face à ma sœur. Mais avec Jenny qui nous scrute, c'est tout sauf naturel, d'autant que les cheveux d'Adelia qui partent dans tous les sens me donnent l'impression d'être au zoo en train de nourrir les lamas. Oui, voilà, c'est à cet animal qu'elle me fait penser. Mais parce que je suis courageux – sinon, je ne serais pas kidnappeur –, je m'approche lentement d'elle sous l'œil attentif de Jenny. Adelia écarquille les yeux, se tend ostensiblement, mais ne bouge pas.

– À table ! s'impatiente maman.

Sauvé par le gong !

En arrivant dans la salle à manger, je constate qu'Adelia tient un sac en papier kraft dans ses mains. Je me demande bien ce qu'elle transporte. Alors que tout le monde s'installe autour de la table pour goûter à l'apéritif, elle se racle la gorge.

– Hum, vous m'accueillez dans votre maison alors je vous ai fait un petit présent pour vous remercier.

– C'est adorable ! s'extasie ma mère.

– J'adore les cadeaux ! s'exclame ma sœur.

– Moi aussi.

– Euh, toi tu n'as rien, Milo.

Elle sourit, en plus, comme si ça lui faisait plaisir de m'en priver.

– Ou disons plutôt que c'est elle, ton cadeau, plaisante Jenny.

Pas vraiment, non...

D'un pas gauche, Adelia se lève, se tourne vers mon père et lui tend un paquet, les yeux pétillants. Papa se fige en commençant à déchirer le papier aux motifs de personnages Disney. Je ne sais pas ce que c'est, mais ça ne lui plaît pas. Bizarre, papa est quelqu'un de facile à contenter. À côté de moi, Jenny se hisse sur ses pieds pour essayer d'apercevoir le contenu de la boîte.

– Merci, grommelle-t-il sans desserrer les dents.

Le visage d'Adelia exprime désormais l'inquiétude. Celui de mon père, la tristesse. On dirait qu'il va se mettre à pleurer d'une minute à l'autre.

J’en saisis la raison quand je vois le couteau de son ennemi juré dans son étui.

Est-ce qu’elle l’a fait exprès ?

– Hey ! Tu ne vas pas lui donner ça, tout de même !

– Hein ? C’est un simple couteau, je ne suis même pas sûre qu’il coupe, il est avant tout décoratif. Pourquoi est-ce que tu t’énerves ?

– C’est bon, ce n’est pas grave, tente de la rassurer mon père avec une expression accablée qui ne trompe personne.

Sous le regard effaré d’Adelia, il se lève et se dirige vers la cuisine en toute discrétion.

– Ben bravo, grogne Jenny en se mettant debout à son tour pour le suivre.

Ça fait à peine une journée que ma fausse petite amie est dans les parages et elle a déjà fichu une pagaille pas possible. Je lance à Adelia un regard furibond.

– Tu l’as fait exprès ? tonné-je.

– Hein ?

– Le couteau. Tu as fait exprès de l’acheter à mon père ? Tu te doutais que tu foutrais la merde, non ?

– Comment l’aurais-je su ? Je ne comprends même pas de quoi tu me parles ! Toi et moi, on se connaît à p…

– *Cazzo !* m’exclamé-je, prêt à lui fermer le clapet.

Heureusement pour elle, elle se tait. Elle s'est déjà plantée avec le cadeau de mon père. Si en plus, elle révèle notre marché devant ma mère, elle est bonne pour un aller sans retour dans le coffre de ma voiture.

– *Mamma !* appelle Jenny.

Ma mère s'excuse et va rejoindre sa fille. Seul avec ma fausse petite amie, je la fixe avec toute ma colère.

CHAPITRE 8

ADELIA

Tout le monde a déjà été face à une situation qui lui échappait. Par exemple lorsqu'un prof de physique explique la théorie des cordes à des enfants de sixième. Ou quand, dans une romance, l'héroïne tombe amoureuse du mauvais garçon tout en était consciente qu'il lui fera du mal. On ne pige rien, d'accord ? Eh bien là, c'est pareil. Je n'ai strictement rien compris à la situation qui vient de se dérouler ici.

J'ai voulu faire plaisir aux Piromalli, et me voilà seule dans le salon avec un Milo qui me regarde comme s'il était John Wick et que j'avais tué son chien.

– Tu m'expliques ce qui vient de se passer ?

J'ai un mal fou à retenir un rire nerveux.

– J'aimerais bien, Milo, je t'assure.

Ma plaisanterie meurt dans ma gorge sous son regard furibond. Il avance de quelques pas vers moi et j'en fais autant en arrière, jusqu'à ce que mon dos heurte le mur derrière moi.

– Tu es en train d'essayer de me faire croire que tu n'as pas fait exprès de choisir un couteau fabriqué par l'ennemi de mon père ? Que tu n'as pas délibérément essayé de dévoiler notre deal à ma mère ? Tu es en train de te foutre de moi, c'est ça ?

Oh non ! Ça explique mieux pourquoi ils ont tous agi comme des fous. Je ne suis pas tombée sur une famille de timbrés. C'est juste qu'à défaut d'avoir mis la main à la pâte, j'ai mis les pieds dans le plat.

– Je suis désolée. Je te promets de mieux contrôler ma langue. En revanche pour le couteau, je ne savais pas, je te jure. Je…

Mes mots s'étranglent quand il colle son front au mien. Son geste n'a rien d'amoureux : son regard est un concentré de haine qui m'est entièrement destiné.

– C'est ça, ouais. Tu vas essayer de me faire gober que tu es une pauvre fille un peu stupide, c'est ça ? Qu'est-ce que tu as, au juste ? Personne ne peut être nul à ce point, Adelia, ni cumuler autant de maladresses. Ce n'est pas possible.

Cette fois, j'explose.

– Je suis nulle, je l'admets. Si je ne l'étais pas, j'aurais déjà dégoté un bon traiteur et je ne serais pas ici, à faire semblant d'être la petite amie d'un type détestable dans l'espoir que sa mère me file quelques recettes pour contenter la mienne, attaqué-je dans un chuchotis qui redouble sa colère. Et je cumule les maladresses et la malchance, c'est un fait, sans quoi je ne serais jamais tombée sur toi. Toujours est-il que de nous deux, je ne suis pas la plus à plaindre…

Je savoure pendant quelques instants le doute qui s'installe dans ses yeux avant de balancer ma pique finale.

– Je suis peut-être maladroite, mais je suis surtout une personne mal conseillée. Si j'étais toi, je regarderais bien du côté de mes potes.

J'ai marqué un point. Je le vois à son hésitation. J'attends quelques secondes qu'il me présente ses excuses, mais il se contente de me toiser, le visage neutre. Le fait qu'il n'ajoute rien ne suffit pas à apaiser ma colère. Aucun de nous n'est prêt à baisser les armes ni à ébaucher un premier pas vers la paix.

J'espère que tu n'as pas mal aux pieds, mec, parce que je suis capable de rester comme ça très, très longtemps.

Nous sommes tout près l'un de l'autre. Si près que nous respirons le même air chargé d'électricité. De l'extérieur, nous ressemblons peut-être à deux amants sur le point de se jeter l'un sur l'autre. La vérité, c'est que ma seule envie, là, c'est de lui enfoncer les globes oculaires dans le crâne en me servant de mes pouces. J'ai vu ça dans un film et j'avais laissé cette scène dans un recoin de mon esprit jusqu'à maintenant. Voilà ce que ce type m'inspire.

– Milo !

La voix de Lina, la mère de mon faux copain, nous fait sursauter tous les deux. Je hausse un sourcil moqueur.

– Ben alors, tu n'y vas pas ? Ta *mamma* t'appelle.

– Milo ! répète-t-elle.

Nous nous toisons pendant encore quelques secondes, jusqu'à ce qu'il s'en aille en poussant un grognement. Une fois seule dans la salle à manger, je soupire et me précipite dans l'escalier pour rejoindre ma chambre. Les mots de Milo m'ont chamboulée, parce qu'ils ravivent des blessures profondes.

« Nulle. » « Stupide. » Durant une période de ma vie, ces qualificatifs m'ont collé à la peau et il n'est pas question que je laisse quiconque me les balancer de nouveau à la figure.

J'ai besoin de prendre du recul pour y voir plus clair. Aussi, je me saisis de quelques affaires que j'ai achetées aujourd'hui, y compris de mon téléphone, et enfouis dans ma poche ce qui reste de l'argent qu'il m'a donné. Je ne sais pas si je vais rompre l'accord qui me lie à Milo, ou si je vais simplement aller à l'hôtel quelques jours. Dans tous les cas, je ne peux pas le laisser me traiter comme si j'étais sa marchandise. Je ne lui appartiens pas. Ni à lui, ni à personne. C'est non négociable.

La maison est plongée dans un silence sépulcral quand je descends l'escalier. J'essaie de faire le moins de bruit possible, mais l'une des marches craque sous mon pied.

– Où est-ce que tu vas, comme ça ?

Mince, Lina m'a entendue. Je n'ai pas envie de commencer une discussion avec elle. Pas alors que je suis énervée.

– Je vais la rattraper, lui répond Milo. Elle s'en va.

Je me dépêche de traverser le salon désert puis le hall en direction de la porte.

– Certainement pas, fils. Si elle a besoin de prendre l'air, tu dois la laisser respirer. Respecte sa volonté. De toute manière, personne ne peut être retenu éternellement contre son gré.

Ces paroles prononcées avec douceur me filent les larmes aux yeux. Lina m'a tout l'air d'être quelqu'un de bien. Je culpabilise de m'en aller, parce qu'elle va se faire du souci pour moi. Elle me fait penser à Giulia, ma propre mère. Cet imbécile de Milo a de la chance de l'avoir, il devrait en être conscient plutôt que de lui mentir en faisant semblant d'être en couple avec moi.

Je quitte la maison, le cœur lourd et l'esprit perdu. Je n'ai pas la moindre idée de ce que je vais faire ni de ce qui est bien pour moi. En parcourant le grand jardin, je sens les pulsations de mon cœur battre dans mes tempes. Je m'attends à tout moment à ce que Milo me rattrape pour me hurler dessus combien je suis bête de réagir de la sorte. Sauf que je ne peux pas faire autrement. Je suis trop à cran.

J'atteins la route qui mène à Paradisio et décide de la longer jusqu'en ville. Ensuite, j'aviserai. Ce n'est sûrement pas ce que j'ai fait de plus malin dans ma vie, étant donné que la nuit est en train de tomber et que la chaussée n'est pas éclairée, mais je suis bien trop énervée pour réfléchir posément. Et puis, je suis stupide, non ?

Je me décale néanmoins d'un mètre vers le bas-côté pour ne pas me faire écraser, parce que je suis peut-être bête, mais pas suicidaire. Des voix contradictoires tournent en boucle dans ma tête.

Tu vois ? Je te l'avais dit : tu n'arriveras jamais à rien. Quelle idée d'avoir accepté ce marché ! Comme si tu étais capable de maintenir une relation saine avec quelqu'un…

Bien sûr que tu en es capable. D'ailleurs, tu as eu la bonne réaction. En sortant t'aérer l'esprit, en refusant qu'il te traite comme si tu étais une moins-que-rien, tu instaures justement les bases pour une relation saine.

Tu es au courant que cette « relation », c'est pour de faux ?

Ce n'est pas pour autant qu'il faut accepter tout et n'importe quoi. Adelia a eu bien raison de s'opposer à lui.

Sauf qu'en réagissant comme une gamine, elle va faire foirer le deal, privant ses parents adoptifs de toute chance de sauver ce restaurant pour lequel ils se sont tant battus. Elle va encore les décevoir.

Comme elle a déçu ses propres parents. C'est pour ça qu'ils l'ont abandonnée, non ?

Tais-toi. Tu ne sais même pas ce qui s'est passé.

– Stop !

Mon cri retentit dans la pinède, effrayant les oiseaux qui s'envolent dans les cieux assombris. J'entends le bruit des pneus d'une voiture. La voilà qui s'arrête à ma hauteur.

– Va-t'en, crétin ! Je ne veux pas monter dans ta bagnole.

– C'est pourtant ce que je croyais, je vous ai entendue crier « stop » à travers la vitre ouverte.

Oh mince ! Primo, ce n'est pas Milo. Secundo, je viens d'insulter une vieille dame dont les cheveux blancs forment une sorte de couronne cotonneuse autour de son visage bienveillant. Troizio, et tant pis si ce mot ne figure pas dans le dictionnaire : la mère Noël existe et elle se déplace à bord d'une Fiat verte plus vieille que Silvio Berlusconi.

– Alors, tu grimpes ou je redémarre ?

Je prends deux secondes pour réfléchir au danger que représente l'auto-stop et décide que cette femme est aussi menaçante qu'une nouille trop cuite. Je contourne la voiture en courant et me hâte de monter du côté passager. L'habitacle sent un déconcertant mélange d'herbe et de bonbon. La mère Noël fumerait-elle en distribuant des douceurs ?

– Ce n'est pas moi, c'est mon petit-fils, explique-t-elle en démarrant, comme si elle avait lu dans mes pensées. Enfin, je l'avoue, ça m'arrive aussi parfois.

Mais à mon âge, qui m'en voudrait ? Ça soulage les rhumatismes. D'ailleurs, vous devriez essayer. Vous avez l'air à cran.

Son sourire canaille est contagieux.

– C'est vrai.

Sans quitter la route sinueuse du regard, elle gratifie sa boîte à gants d'un vigoureux coup de poing. En s'ouvrant, le couvercle révèle un sachet transparent contenant du cannabis. Posé juste à côté, il y a un paquet de bonbons entamé. Je me contente de prendre une fraise Tagada en remerciant cette drôle de mère Noël.

– Où est-ce que je vous dépose, mon lapin ?

J'inspire profondément pour me donner du courage.

– À la gare, ce serait parfait.

– Ça aurait été avec joie, mais il y a un dégât des eaux.

Encore ? Après la maison de Milo, la gare aussi. Je vais commencer à croire que la Sicile entière a besoin de refaire ses tuyauteries.

– Bon, alors, emmenez-moi manger quelque chose et j'aviserai ensuite. Et puis, si vous n'avez rien prévu d'autre, vous pouvez vous joindre à moi pour le repas.

Je pars en Sicile pour trouver des recettes et, pourquoi pas, des bons coups, et j'en suis réduite à inviter une septuagénaire à partager mon dîner. Sexy !

– Je veux bien ! Mon mari n'aura qu'à se faire chauffer des pâtes. Je l'appelle dès qu'on arrive.

Voilà comment, près d'une heure plus tard, je suis en train de déguster un tiramisu dans un petit restaurant local.

– Le repas vous a plu ?

Je hoche la tête.

– Mais il manquait quelque chose, n'est-ce pas ?

– C'est exact. Les *penne al ragù* étaient bonnes sans toutefois être délicieuses. Pareil pour le dessert. Ça va vous paraître prétentieux, mais ce que je recherche, c'est l'exceptionnel. Est-ce que vous avez ça dans la région d'Agrigente ? Je suis prête à y mettre le prix.

Je m'accroche à ce dernier espoir. Avec l'argent que Milo m'a donné, je pourrais loger à l'hôtel quelques nuits, le temps de me retourner. Puis je pourrais apprendre de nouvelles recettes chez quelqu'un d'autre. Je suis justement devant une enfant du pays, qui doit connaître les meilleures tables. Les meilleurs…

– Dans le temps, il y avait effectivement une trattoria exceptionnelle à Paradisio. Ils ne cuisinaient aucun mets rare, rien d'onéreux, aucun chichi… c'étaient des plats que vous et moi, nous aurions pu préparer tous les jours. Des pâtes, des pizzas, des spécialités locales banales…

– Mais alors ?

– Dès que vous les mettiez en bouche, vous étiez séduit. Je ne saurais expliquer ce qui rendait leur cuisine unique. Si précieuse et à la fois si simple. Sans doute un soupçon de magie.

Je note ses yeux qui brillent et son sourire enjoué. Elle ne ment pas, elle adorait vraiment cet endroit. Elle me fait penser à Giulia quand elle me parle de la gastronomie de son enfance.

– Et comment s'appelait ce restaurant ?

Je pense avoir déjà deviné le nom, mais je demande quand même au cas où.

– La trattoria da Piromalli, soupire-t-elle, rêveuse. Les propriétaires ont dû fermer leur restaurant et sont partis à l'autre bout du monde. Mais qui sait, peut-être assisterons-nous à un miracle ?

CHAPITRE 9

MILO

J'ai merdé sur toute la ligne. À croire que je suis plus doué pour mettre quelqu'un dans mon coffre plutôt que dans mon lit. Même quand c'est pour de faux.

Elle est là, devant moi, à me fixer rageusement, et je ne peux pas faire autrement que de l'imiter. Alors même qu'elle m'a expliqué qu'elle n'y était pour rien dans le choix du cadeau, et que je la crois. Gandolfo est un collègue fidèle, mais il lui arrive parfois de faire preuve d'un humour douteux. Si l'on ajoute à cela son côté rancunier, on obtient une petite catastrophe comme celle qui s'est déroulée quelques minutes plus tôt. Je vais lui flanquer une telle dérouillée qu'il aura besoin d'une paille pour déguster ses repas.

Je devrais demander pardon à Adelia, mais c'est plus fort que moi. J'en suis incapable.

– Milo !

La voix de ma mère nous fait sursauter tous les deux. Adelia se permet de hausser un sourcil moqueur.

– Ben alors, tu n'y vas pas ? Ta *mamma* t'appelle.

– Milo !

Je pousse un soupir et m'en vais rejoindre ma mère dans la cuisine en espérant qu'elle n'en aura pas pour longtemps. J'entends ma fausse petite amie qui monte l'escalier d'un pas lourd. Elle va sûrement s'enfermer dans notre chambre pour bouder. Pour le coup, je suis presque content de rejoindre ma mère et de m'épargner la crise de larmes d'une fille que je ne baise même pas. Mais lorsque je croise le regard furibond de celle qui m'a mis au monde, je ne suis plus si sûr d'avoir échappé au pire.

– Milo ! Mais ça ne va pas de traiter ta copine comme ça ? Je pensais pourtant t'avoir appris le respect.

Je n'ai même pas le temps d'ouvrir la bouche pour répondre qu'elle enchaîne :

– Elle s'est plantée avec le cadeau, et alors ? Tu l'avais mise au courant de ce qu'il ne fallait pas nous offrir ?

– Non, bien sûr, on ne se connaît pas depuis…

– Alors, pourquoi est-ce que tu as réagi aussi vivement ? Tu l'as traitée comme une moins-que-rien alors que moi, tout ce que je vois, c'est une fille qui a essayé de faire plaisir à sa belle-famille.

Ma mère marque un point. De son point de vue, les choses sont simples, mais pas du mien. Là où elle perçoit une fille maladroite ou malchanceuse, je vois une ennemie. Je n'en veux pas à ma mère. Elle n'est pas au courant des affaires dans lesquelles je trempe. Elle cherche seulement à bien faire, et je devrais lui en être reconnaissant. Comme à Adelia, quelque part. Mais je me suis tellement endurci ces dernières années que j'ai un mal fou à ne plus considérer les personnes extérieures à ma famille comme des dangers.

– Je suis désolé. J'ai peut-être un peu perdu les pédales.

Ma mère ébauche une grimace.

– Je suis heureuse de te l'entendre dire, mais c'est à elle que tu devrais présenter tes excuses, tu ne crois pas ?

J'acquiesce. C'est ce que je ferais si j'étais moins bête. Parce que si elle pète un câble, c'en est fini de notre marché. Mes parents avaient l'air tellement heureux de croire que je m'étais casé que je n'ai pas le droit de leur faire faux bond. Encore moins avant les fêtes d'été, cette période particulièrement difficile pour les cœurs endeuillés. C'est pourquoi je recule d'un pas en direction de la sortie, prêt à ravaler ma fierté pour offrir un peu de bonheur à ceux que j'aime.

Juste à cet instant, j'entends l'escalier qui craque et je panique. Elle va filer. Non seulement j'aurai perdu mon marché avec elle, mais j'aurai en plus planté mon contrat avec les Fiori. Ça, il n'en est pas question. Je prends aussitôt la direction de la porte.

– Où est-ce que tu vas, comme ça ?

Je me retourne pour voir ma mère attraper un rouleau à pâtisserie. Elle serait encore capable de me le planter dans la tête.

– Je vais la rattraper. Elle s'en va.

Comme je l'avais prévu, elle brandit son arme dans ma direction.

– Certainement pas, fils. Si elle a besoin de prendre l'air, tu dois la laisser respirer. Respecte sa volonté. De toute manière, personne ne peut être retenu éternellement contre son gré.

Je pourrais lui opposer que je connais mille et une manières de « retenir quelqu'un contre son gré », le coffre de ma voiture pourrait en témoigner également. Mais je préfère m'abstenir de commenter. Tout aimante qu'elle est, ma mère pourrait m'émasculer pour cet aveu.

– De toute manière, elle n'a pas pu aller bien loin, renchérit mon père en nous rejoignant.

Sauf si elle tombe sur quelqu'un comme moi. Je ne sais toujours pas ce que lui veut le grand boss. Si ça se trouve, elle vaut son pesant d'or, alors qu'est-ce qui me prouve que nos rivaux ne vont pas essayer de la kidnapper, eux aussi ? Ce n'est pas comme s'ils n'étaient pas du genre à vouloir leur part du gâteau.

– Il faut que je monte.

Dans ma chambre, je constate qu'elle a pris une bonne partie de ses affaires ainsi que l'argent que je lui ai donné. C'est mauvais signe, elle a l'intention de se barrer pour de bon. Si j'avais su, je n'aurais pas été aussi généreux. Quelle tête de mule, quand même ! J'ai été désagréable, mais il n'y a pas de quoi péter un câble en trois actes, si ?

Comme le veut la procédure, je me dépêche d'appeler Albinoni. Procédure dont je n'ai jamais eu à me servir, puisque je ne plante aucune mission. Enfin, il faut bien une première fois à tout. Puis une deuxième, une troisième… depuis qu'elle a croisé ma route, je suis devenu le kidnappeur le plus minable de Sicile.

– Milo ! Alors, c'est un si mauvais coup pour que tu veuilles déjà me la ramener ?

Comme la plupart du temps, il est d'humeur à plaisanter.

– Elle vient de s'échapper. Je me lance à sa poursuite dans quelques minutes.

– Ah, mais alors, c'est toi, le mauvais coup. C'est pour ça qu'elle s'est tirée. Ben ça alors…

Les blagues en dessous de la ceinture de mon meilleur pote me font rire, sauf quand j'ai foiré un contrat.

– Plus sérieusement, enchaîne-t-il, où est-ce que tu es ?

– Chez moi. Elle est partie à pied. On s'est disputés à cause de ce con de Gandolfo. Je t'expliquerai plus en détail quand on l'aura retrouvée.

– T'as intérêt, mec. Moi aussi, je veux rigoler. J'envoie Nonna la rattraper, elle est dans le secteur. Je lui fais confiance pour lui donner envie de rester.

– Ça marche. Je te revaudrai ça.

Je m'adosse au mur de ma chambre en soupirant, partiellement soulagé. Nonna est la grand-mère maternelle d'Albinoni. Si elle est d'une bienveillance remarquable en règle générale, elle sait aussi se montrer persuasive lorsque cela s'avère nécessaire. J'ai entièrement confiance en elle.

Mon téléphone vibre près d'une trentaine de minutes plus tard en m'indiquant l'arrivée d'un message.

Albi : Tu as de la chance,
Nonna a rattrapé les dégâts.
Tu as intérêt à te pointer au ristorante
Verdi avec un bouquet de fleurs,
une boîte de chocolats, ou avec ta bite
dans un paquet-cadeau si tu préfères.
Démerde-toi pour la ramener
à la maison et surtout,
pour qu'elle y reste.

Je vais même faire mieux que ça. Je vais venir avec mes excuses, et les lui présenter comme j'aurais dû le faire dès le départ.

Je jette un coup d'œil à travers la vitrine du restaurant aux murs blancs et verts et aux nappes rouges. Je distingue aussitôt Nonna et Adelia. En même temps, elles sont les dernières clientes de cet établissement qui doit compter sept ou huit tables tout au plus. Pas le meilleur à mes yeux, puisque j'ai tendance à tout comparer à notre propre trattoria et je sais ce que je vaux, sans fausse modestie, mais il n'est pas trop mal quand même. J'entre en silence et fais un signe de tête au serveur, qui me laisse passer sans problème.

Une fois devant Adelia, je m'aperçois que demander pardon – sincèrement – n'est pas aussi facile que je le pensais. Concentrée sur sa discussion avec Nonna, elle ne m'a pas vu arriver.

– Oh ! Mais regarde-moi ce jeune homme ! Si je n'avais pas quatre-vingt-dix ans, je lui sauterais dessus. Mais toi, tu le peux. Si j'étais toi…

– Salut, Adelia. Bonsoir, Nonna.

– Vous vous connaissez ? questionnent-elles de concert.

– Nonna est une institution ici, à Paradisio, expliqué-je. Quant à Adelia, elle est ma petite copine et loge en ce moment chez moi.

Les yeux de la vieille dame manquent de jaillir hors de leurs orbites. C'est fou ce qu'elle joue bien la comédie.

– Quoi ? C'est de lui que tu me parlais quand tu as évoqué un « gros con qui te fait suer » ?

Je m'attends à ce qu'Adelia nie. Elle acquiesce vivement et Nonna ricane. Belle bande de traîtresses.

– Bon, je vais y aller. Je n'ai plus vingt ans et si je me couche après vingt-deux heures, je n'arriverai plus à me lever demain matin. Je passe par la caisse et je…

– Et rien du tout, s'insurge Adelia en se dandinant sur sa chaise pour fouiller dans sa poche dont elle sort quelques billets. C'est « le gros con qui me fait suer » qui régale.

Ben voyons ! Fatalement, Nonna profite de l'aubaine et s'en va sans demander son reste. Adelia fait mine de se lever, mais je m'installe à la place qu'occupait mamie Mafia. J'appelle la serveuse pour qu'elle m'apporte un café tandis qu'Adelia se renfrogne. Je prends quelques instants pour trouver mes mots.

– Je suis désolé, Adelia. J'ai mal réagi.

– Mal réagi ? Tu t'es comporté comme un macho de pacotille.

J'encaisse le coup amplement mérité et me retiens de lui dire que si je me suis comporté comme un misogyne à deux balles, elle s'est tenue comme une gamine.

– Je n'ai pas l'habitude d'être avec… d'être avec une fille. Les histoires d'amour, les romances, ce n'est pas pour moi.

Pour une fois, je ne lui mens pas. Je ne suis jamais resté longtemps avec quelqu'un.

– Tu m'étonnes ! crache-t-elle. Je ne vois pas ce qui pourrait séduire une femme, chez toi.

– Mon cul.

Elle ouvre de grands yeux étonnés.

– Mon cul musclé, bien arrondi… certaines ont carrément les mains qui les démangent d'envie de toucher pour vérifier s'il est aussi ferme qu'il en a l'air.

La voir rougir est un régal pour les yeux, jusqu'à ce qu'elle cache son visage écarlate derrière ses mains.

Dommage !

Lorsqu'elle repose ses paumes sur ses genoux, elle a repris entièrement contenance. Son expression n'est plus timide ou gênée. Je dirais plutôt incisive. Je me planquerais sûrement sous la table si je n'étais pas un kidnappeur rompu aux ennemis coriaces. Sérieusement, elle a un regard à faire peur. D'un mouvement de tête, je désigne ses affaires posées à ses pieds.

– Qu'est-ce que tu vas faire ? Prendre la fuite ?

– Ce serait déjà fait si la gare n'avait pas été inondée.

Je retiens un sourire. Sacrée menteuse, cette Nonna.

Ce que je vais faire est sans doute stupide, mais j'ai besoin de la rassurer si je veux qu'elle reste. Sinon, elle filera dès que j'aurai le dos tourné et je ne suis pas en mesure de la surveiller H24 pendant quatre à cinq semaines.

– Dans ce cas, pourquoi est-ce que tu n'as pas emprunté un taxi vers la ville la plus proche ? Tu avais de quoi le payer, avec ce que je t'ai donné.

Elle se mord les lèvres. Je me force à revenir à ses yeux.

– Je rêve ou tu es en train de me donner des idées pour que je te fasse faux bond ?

C’est exactement la question que je voulais qu’elle me pose.

– Non, bien sûr que non. Je ne tiens pas à ce que tu files. Le marché dont nous sommes convenus compte beaucoup pour moi. Cela étant dit, je veux que tu saches que tu es libre. Tu n’es aucunement ma prisonnière et si, pour une raison ou une autre, tu avais l’intention de mettre un terme à notre pacte, je serais celui qui t’accompagnerait à la gare, si c’est ce que tu souhaites.

Elle me dévisage, tâchant sûrement de jauger ma sincérité. J’ai l’air détendu, mais je suis sur le qui-vive.

– Je reste.

Impossible de ne pas lui montrer que je suis soulagé.

– Attends deux secondes avant de te réjouir, Milo, ce n’est pas forcément une bonne nouvelle pour toi.

Je penche la tête sur le côté, un sourire au coin des lèvres.

– Je devrais avoir peur ?

– Seulement si tu es une petite nature.

Elle joue avec moi. C’est bon signe.

– J’ai quelques conditions.

– Quelques ?

– Conditions.

– J’avais entendu du premier coup. C’est le pluriel qui m’a interpellé.

– Petite nature.

L'envie de la mettre dans mon coffre pour ne plus voir cet éclat insolent dans ses prunelles n'a jamais été aussi intense.

– Si on passait aux choses sérieuses, Adelia ? Je pense que les employés ont envie de fermer leur local, ils ont sûrement plus intéressant à faire de leur nuit que nous servir, toi et moi.

Elle change de position sur sa chaise en opinant.

– Bien. Première condition : tu arrêtes de me traiter comme une marchandise. Tu n'as peut-être pas l'habitude des filles, mais…

– Ce n'est pas ce que j'ai dit, la coupé-je.

Il ne manquerait plus qu'elle me prenne pour un puceau.

– J'ai bien compris, reprend-elle avec un sourire. Ce que je veux, c'est que tu me traites comme ton égale.

– OK…

– Ça implique, par exemple, de ne plus me laisser en plan pendant toute une journée avec une nounou sourde et muette qui…

– Gandolfo n'est ni sourd ni muet, je pensais que tu l'avais remarqué.

Elle rougit à nouveau, mais cette fois, elle ne se cache pas et semble essayer de maîtriser sa gêne. Sous ses airs de jolie fille sans défense, Adelia aime garder le contrôle sur ses émotions. Un bon point pour elle.

– C'est ce que j'ai cru comprendre, en effet. Il a plutôt la langue bien pendue.

– Ça dépend pour quoi. Ce qu'il faut que tu saches, c'est que je serai sans doute amené à te laisser à nouveau. Mon travail est assez compliqué.

Ça ne colle pas vraiment au scénario du mec qui bosse dans un restaurant, mais c'est une évidence. Je vais devoir m'absenter en fonction des requêtes des Fiori.

– Je pourrai me « garder » toute seule. Rester parfois avec tes parents, histoire qu'on commence les cours de cuisine. Ou alors, je pourrai t'accompagner. Ton resto ne doit pas être si mauvais que ça, si ?

Je me gratte le cuir chevelu, mal à l'aise à l'idée de l'imaginer me regarder ligoter quelqu'un pour le mettre dans mon coffre.

– Hum… à l'occasion, peut-être.

Elle paraît déçue. Je dois faire mieux que ça si je ne veux pas qu'elle essaie à nouveau de filer en douce.

– Je ne travaille pas demain. On pourrait passer la journée ensemble. Qu'est-ce que tu en dis ?

– C'est un rencard ?

– Bien sûr que non ! J'ai juste pensé que ça nous permettrait d'apprendre à mieux nous connaître afin d'être plus crédibles auprès de mes parents.

La panique est audible dans ma voix. Si j'avais su qu'elle était du style à s'accrocher, jamais je ne lui aurais proposé un marché. Je comprends enfin qu'elle plaisante à son regard pétillant.

– Dommage. J'avais tellement envie de tâter tes fesses pour voir si elles étaient aussi fermes qu'elles en avaient l'air…

Jolie vengeance.

– Message reçu. J'oublie la conversation téléphonique que tu as eue avec ton amie.

Je fais un geste de la main censé imiter une gomme qui efface mon cerveau sans trop savoir à quoi ça ressemble vu de l'extérieur. À un mec qui se gratte le front ?

– Va pour un rencard demain, Casanova, plaisante-t-elle en me gratifiant d'un clin d'œil auquel je ne réagis pas.

– On rentre ?

– On rentre.

Au moment où elle ouvre son portefeuille sûrement acheté aujourd'hui, je la devance et paie son repas ainsi que celui de Nonna. Je laisse un pourboire plus que correct à la serveuse pour récompenser sa patience. Moi non plus, je n'aime pas quand une mission traîne en longueur.

J'ouvre la porte pour laisser passer Adelia. Ses pieds restent plantés dans le sol et elle attend que je sorte le premier, envoyant au diable ma tentative de galanterie. J'avais cru le comprendre, elle ne me rendra pas les choses faciles. Elle est même sans le moindre doute la femme la plus difficile que j'aie eu à kidnapper.

Dehors, elle se plonge dans la contemplation des illuminations des fêtes d'été destinées aux touristes. Elles sont classiques pour nous, mais pas pour les autres. Elles représentent des éléments importants pour l'histoire d'Italie, et plus particulièrement de la Sicile. Il y a déjà le croissant de lune de l'époque mauresque, ainsi que la croix chrétienne. Puis d'autres plus joyeuses, comme des étoiles, des cornets de glace. Même les troncs des palmiers sont couverts de guirlandes lumineuses.

– Qu'est-ce que c'est ?

Du bout de l'index, elle désigne la silhouette lumineuse d'une tête de femme aux cheveux de Méduse.

– C'est la Trinacria, l'emblème de la Sicile.

– Le truc à trois jambes avec des serpents qui lui sortent du crâne ?

Sa description vexe mon orgueil chauvin en même temps qu'elle me fait presque sourire.

– Oui, ce « truc ».

– Ma mère en a une en céramique accrochée au mur du salon, et une autre au restaurant. Je ne lui ai jamais demandé ce que c'était parce que ça me faisait peur, petite, cette grosse tête à trois jambes.

Je lève les yeux au ciel.

– Il ne faut pas. La Trinacria est notre protectrice à tous. Avec elle, point de mauvais œil. Elle est même connue pour porter chance.

Adelia paraît songeuse.

– Un souci ?

Un sourire paisible étire ses lèvres.

– Je me disais juste que tu aurais bien besoin d'en avoir une en céramique chez toi, toi aussi. Des fois qu'une touriste un peu folle te tombe dessus…

Et pour le coup, je souris avec elle.

CHAPITRE 10

ADELIA

Au moins, cette fois, personne ne me fixe quand j'ouvre les yeux. Milo roupille tranquillement sur le fauteuil. Je prends le temps de l'observer en douce, maintenant qu'il ne peut pas me voir le mater. Il paraît zen. Détendu. J'en profite, parce que c'est assez rare. Du peu que je le connais, je pressens qu'il est toujours sur ses gardes, comme s'il guettait en permanence un danger éventuel. Même hier au restaurant, il me donnait cette impression. Attendait-il un ennemi caché sous une assiette ? Un spaghetti tueur, peut-être ? Dans tous les cas, ce matin, on ne dirait pas le même homme. Les premiers rayons de soleil qui filtrent à travers les volets que nous avons oublié de fermer baignent son visage, lui accordant une douceur nouvelle. J'avais déjà noté la quasi-perfection de ses traits. En dehors de son nez un peu de travers, une ancienne fracture probablement, tout est harmonieux. Sans cette crispation qui l'accompagne en permanence, il est encore mieux. Il pourrait être mannequin pour une marque de parfum. Ou acteur. C'est vrai qu'il y a pire, comme partenaire de deal. Et, cerise sur le gâteau, il ne ronfle pas.

Hier, il m'a prouvé que j'étais libre en me proposant de me conduire à la gare. Il ne pouvait pas m'offrir un meilleur gage de confiance. Compte tenu de mon passé, j'ai besoin de sentir que je maîtrise la situation. Que je ne suis pas sa chose. Sans le savoir, il a marqué des points en sa faveur.

Je me lève lentement, sans un bruit, prends quelques habits dans l'un des sacs jonchant le sol – un jour, il faudra que je range – et me dirige vers la salle de bains. Une fois prête, je descends l'escalier à pas de loup en évitant la marche qui craque pour ne pas réveiller toute la maisonnée. Il est sept heures et je ne connais pas les habitudes des gens qui logent ici. Arrivée en bas, je me faufile en direction de ce que je pense être la cuisine. Je ne m'y suis pas encore rendue et, en règle générale, c'est un endroit que j'apprécie. Chez Pascal et Giulia, j'y ai passé le plus clair de mon enfance. Eux, je pense qu'ils auraient pu ne vivre que dans cette pièce, ça ne les aurait pas gênés si le reste de leur maison s'était écroulé.

En poussant la porte entrouverte, mon cœur rate un battement. Pendant une ou deux secondes, j'ai cru que la personne qui me tourne le dos était Giulia. En quittant l'Alsace pour venir en Sicile, je ne pensais pas qu'elle me manquerait tant. On n'a pas souvent été séparées, tout au plus une ou deux fois quand je partais en vacances. On se voyait moins aussi quand j'étais en couple, ma moitié s'accommodant mal de ma famille. Mais depuis cette rupture, je suis devenue plus proche d'elle que jamais.

La mère de Milo se retourne pour m'offrir un sourire dont la chaleur se diffuse dans toute la pièce.

– Bonjour, Adelia. Je suis ravie de te retrouver.

– Moi de même, madame Piromalli.

Est-ce que ça a un sens, ce que j'ai dit ?

– Appelez-moi Lina. Madame Piromalli, c'était ma belle-mère et elle était aussi amère qu'un zeste de pamplemousse. Si je deviens comme elle, n'hésite pas à me remettre à ma place, fait-elle en ponctuant sa phrase d'un clin d'œil.

Elle dégage une telle douceur que je m'en veux de lui servir cette mascarade. Milo ne devrait pas lui faire ça, mais j'ai trop à y gagner pour faire machine arrière. Sans compter que ça la décevrait.

– Entendu, madame… euh, Lina.

Nouveau sourire désarmant qui me fait penser à celui de Milo en plus doux. Ils ont un don dans cette famille pour se rendre charmants quelles que soient les circonstances ?

– Tu veux un café ?

– Oui, s'il vous plaît !

– Un vrai cri du cœur. Je vois que nous avons le même besoin de caféine au saut du lit. Viens, je te montre une recette familiale.

Elle me fait signe de la rejoindre près de la machine à expresso. Pour moi, ces cafetières servent toutes sensiblement le même café. Je ne vois pas comment on pourrait faire une recette unique à partir de ça.

Voir Lina se saisir d'un citron et d'une râpe pour préparer un peu de zeste me fait changer d'avis. Elle en mêle une pincée au café qu'elle met dans le réceptacle. Sceptique, je regarde l'or noir couler, emplissant la pièce de son odeur réconfortante. Je pense à Giulia. À ce que je pourrais lui apporter comme recette grâce à cette femme qui constitue une véritable légende aux yeux des locaux.

Lina me remet la tasse, une moue attendrissante sur son visage rond. Je la garde quelques instants dans mes mains, savourant simplement la chaleur, avant de céder parce que Lina semble attendre mon verdict avec une hâte presque enfantine.

J'approche le breuvage de mes lèvres et retiens une grimace de dégoût pour ne pas froisser ma fausse future belle-maman. C'est amer !

– La première gorgée n'est pas la meilleure. Tu peux persévérer ou laisser tomber. Je ne t'en voudrai pas.

Contrairement à ce que d'autres personnes ont pu penser de moi, je ne suis pas du genre à baisser les bras. Pour la deuxième fois, je trempe mes lèvres dans la boisson chaude. Ce coup-ci, le résultat est loin d'être décevant. Derrière la première sensation d'amertume se cache le côté pétillant du citron.

Cette dame possède le don de créer l'inoubliable à partir d'ingrédients ordinaires. À présent, je suis pleinement réveillée et en forme, grâce au mélange détonnant de Lina. Sous son regard curieux, je prends une photo de ma tasse à moitié vide à côté du citron entamé. Je l'envoie à Giulia tandis que Lina me tourne le dos pour se saisir d'un sachet de viennoiseries.

– Je suis allée à la boulangerie chercher un petit déjeuner. Tu as faim ?

– J'ai toujours faim, répliqué-je en m'asseyant devant elle.

Jamais aucun des petits amis que j'ai eus jusqu'ici ne m'a présentée à sa famille. C'est une situation que j'ai toujours fuie de peur de ne pas savoir comment me comporter. À présent que je suis dans cette cuisine avec Lina, je me rends compte qu'en fait, ça n'a rien de sorcier. C'est presque naturel. Sans doute parce que je suis dans une fausse relation avec Milo et qu'il n'y a aucun véritable enjeu.

Je ferme les yeux en ronronnant quand je déguste un croissant. Je pensais que la France avait l'apanage des viennoiseries. Je me trompais.

– C'est un régal, Lina.

– Et encore, tu n'as pas goûté les miens. Sans fausse modestie, je trouve que je ne m'en sors pas trop mal.

Je réponds à son sourire complice avant d'aborder un sujet sérieux.

– Justement, Lina, je voulais vous parler de quelque chose. Je travaille moi aussi dans un genre de trattoria.

Ses yeux s'illuminent au mot « trattoria ».

– Quel genre d'établissement ? Je veux tout savoir. Comment est-ce qu'il s'appelle ? Qu'est-ce qu'on peut y manger ?

– Oh, c'est un tout petit commerce. On compte trois tables de quatre personnes, un peu plus en été quand on peut déployer notre terrasse sur le trottoir. La décoration est simple, mais elle représente bien le concept. Comme un poster représentant un vol de cigognes au-dessus de l'Etna. Lorsqu'on a inauguré le restaurant Eatalsace, il devait regrouper à la fois les spécialités de l'est de la France, là où l'on vit, et celles d'Italie, pays d'origine de ma mère adoptive.

Je m'attends à ce qu'elle tique en entendant le terme « adoptive », comme la plupart des gens. Ce n'est pas ce qu'elle fait.

– Très bon concept. J'aime les mélanges.

Je lui souris, reconnaissante qu'elle ne s'attarde pas sur cette filiation atypique.

– Merci. Je me plais beaucoup dans cet endroit qui représente nos racines. J'y ai grandi, je faisais mes devoirs à table tandis que mes parents cuisinaient ou servaient les clients. C'est un peu comme ma deuxième maison.

– On a connu ça nous aussi, avec notre trattoria, soupire-t-elle avec un brin de nostalgie. Et alors, ce mix italo-alsacien ? Je suis curieuse d'en entendre plus.

– Au début, quand j'étais petite, ma mère préparait énormément de plats italiens. Je me souviens avoir évolué dans une odeur de tomate quasi permanente. Il y avait de la couleur et de la gaîté partout, des styles culinaires différents qui se mariaient dans la bonne humeur. Les bretzels côtoyaient les gressins, le chou fermenté courtisait le jambon de Parme et d'autres plats italiens dont j'ai oublié le nom, tellement ça fait longtemps que je n'en ai pas mangé. Puis petit à petit, par facilité j'imagine, mes parents en sont venus à les remplacer par des spécialités locales. Sauf que des bistrots alsaciens, il y en a déjà plein les rues de ma région ! Notre restaurant avait perdu ce qui le rendait unique.

– Son âme duelle.

– C'est exact. Le temps que mes parents s'aperçoivent que les affaires ne marchaient plus, ma mère avait oublié son savoir-faire. Pire encore. Elle n'avait plus…

– D'inspiration ?

– Voilà. Ma mère ne savait plus quoi faire, elle avait effacé de sa mémoire la plupart des recettes qui dataient de sa jeunesse.

– Elle a besoin de se renouveler en renouant avec son passé.

– Ce qui explique ma présence en Sicile.

Je me mords les lèvres, mais il est trop tard. Je me suis rendu compte de ma bourde dès l'instant où j'ai prononcé ces mots.

Je pourrais espérer qu'elle n'a pas entendu, mais à en croire la manière dont elle me scrute, c'est râpé.

Si Milo voulait faire croire à une longue romance, c'est mort.

Si Milo voulait faire croire à une histoire solide, c'est mort.

Si Milo voulait…

Quelqu'un toussote derrière moi. Je me retourne et vois Milo, torse nu et en pantalon de pyjama sur le seuil de la porte de la cuisine. Je sursaute si violemment que j'en fais tomber ma cuillère.

Si Milo voulait ma mort, c'est réussi.

– Quand vous êtes-vous rencontrés ?

Je ferme les yeux, comme quand j'avais trois ans. À défaut de me faire disparaître moi, ça les éclipse eux. Magique !

– Il y a seulement quelques jours, à l'hôtel Dolce Vita.

– À l'hôtel ? Qu'est-ce que tu fichais là-bas ?

– Il y avait une fuite d'eau, à la maison.

– Encore une, ne puis-je m'empêcher de renchérir.

J'ouvre les yeux. Tout le monde me regarde comme si j'étais une demeurée. Je décide de me taire à nouveau.

– Elle m'a plu dès que je l'ai vue confondre les cuisines avec la cage d'ascenseur. Nous nous sommes retrouvés accidentellement en ville, et je suis tombé sous son charme.

– Moi, je suis tombée parce qu'une abeille m'a piquée, ajouté-je. Je suis allergique à leurs piqûres.

– Il paraît que c'est fréquent, commente Lina. Donc entre vous, c'est récent.

– Ça l'est.

Il y a comme un blanc que je me sens obligée de combler.

– Mais l'intensité de l'amour ne se mesure pas au temps passé ensemble, n'est-ce pas ?

– Tu as tellement raison ! s'extasie sa mère.

J'entends des pas derrière nous. La sœur de Milo vient de nous rejoindre.

– C'est si mignon qu'on dirait un conte de fées, commente Jenny avec nettement moins d'entrain que sa mère. C'est bizarre, Milo. Tu n'es pas du genre à t'engager ni même à te laisser griser par une aventure. D'habitude avec toi, c'est juste du cul et…

Milo se hâte d'apposer la main sur la bouche de sa sœur pour la réduire au silence.

– On ne va pas parler de mes anciennes histoires de cul devant maman et l'amour de ma vie, si ?

Jenny hausse les épaules comme si elle n'y voyait rien de choquant. L'œil méfiant, il finit par la libérer mais reste néanmoins à côté d'elle pour la faire taire en cas de problème.

– Quoi qu'il en soit, je suis vraiment contente que vous vous soyez trouvés, tous les deux, s'enthousiasme Lina. J'espère pouvoir prendre le temps de mieux te connaître, Adelia, même si nous ne restons ici que pour un peu plus d'un mois. Tu as l'air d'être quelqu'un de bien.

J'écrabouille mentalement la petite bouffée de culpabilité qui me serre les entrailles.

– Ce sera un plaisir, Lina.

– On pourrait même cuisiner ensemble, qu'est-ce que tu en dis ?

Milo répond à ma place.

– C'est une excellente idée, maman. Mais ce sera une autre fois. J'ai prévu d'emmener Adelia quelque part.

Flûte ! Notre journée ensemble m'était entièrement sortie de la tête. J'éprouve soudain une certaine dose d'appréhension à l'idée de me retrouver seule avec lui, en tête à tête.

– Très bonne idée, fils. Il y a tant de choses à voir et à faire dans la région !

– Profitez bien de votre lune de miel, il paraît que ça ne dure jamais longtemps.

Je fronce les sourcils, étonnée. Est-ce que Jenny me déteste ?

– Viens, Adelia, on y va.

J'examine quelques secondes la main qu'il me tend. Si je ne la prends pas, ça va paraître louche aux yeux de sa famille, alors je joue le jeu et m'en saisis. Dès que je la touche, un léger courant court sur mes doigts. Sans doute l'électricité statique. Comme on nous observe toujours, je pousse le bouchon jusqu'à faire quelques pas vers lui. En me voyant approcher, ses yeux trahissent un bref éclat de panique, mais il ne recule pas. Je regrette mon audace dès l'instant où, sans que je comprenne comment, je me retrouve plaquée contre son torse doux, chaud et musclé. En plus, il sent divinement bon. Son regard est un défi. À aller plus loin ou à m'arrêter ?

– Je ne connais pas bien les us et coutumes siciliens, mais je crois qu'il faudrait que tu mettes un tee-shirt.

– Je confirme, approuve sa mère. On ne dira pas de mon fils qu'il se promène torse nu en ville comme le font les touristes !

Comme il commence à s'écarter, je le retiens pour plus de crédibilité, me hisse sur mes pieds et dépose un bref baiser au coin de ses lèvres. Sa main libre s'attarde quelques instants sur mon dos, m'arrachant un frisson. Puis il file se changer. Je me rends compte que je retenais mon souffle à l'instant où je croise le regard amusé de Jenny.

– Il y a de l'alchimie entre vous, on ne pourra pas dire le contraire.

J'acquiesce en me retenant de m'éventer. C'est moi ou il fait drôlement chaud, ici ?

J'ai beau demander où on va, Milo ne desserre pas les dents et se contente de rouler en fixant la route.

– On dirait un kidnapping vu le peu d'informations que tu me donnes, pesté-je.

Un sourire énigmatique incurve ses lèvres.

– Si c'était un kidnapping, tu serais dans le coffre. Là, c'est une surprise. Pourquoi est-ce que tu penses toujours à mal ?

J'ouvre la bouche pour me récrier, mais il n'a pas tort. Pour des raisons qui me sont propres, j'ai fini par prêter de mauvaises intentions aux gens. Mais je préfère ne pas lever le voile sur les fantômes les plus laids de mon passé.

– OK. On va la refaire. Merci de m'avoir concocté une surprise, Milo. C'est juste que j'ai l'habitude de garder un certain contrôle sur les événements.

Il m'offre un regard bref mais intense avant de reporter son attention sur la route.

– Je connais ça.

– Oh, je ne l'aurais pas cru ! ironisé-je.

Un éphémère éclat de rire secoue sa gorge. Le son est sexy et communicatif. Comme nous ne discutons plus, j'en profite pour me concentrer sur le paysage méditerranéen. Un sol de couleur vive parsemé de touches d'herbe et des pins qui viennent jeter leurs cimes émeraude dans l'intensité céruléenne du ciel. C'est un décor à l'opposé de mon Alsace, mais tout aussi beau.

Nous nous garons sur un parking au milieu de nulle part.

– C'est ici que tu vas me découper en morceaux pour me jeter aux requins ?

– Il n'y a pas de requins en Sicile. On t'aurait plutôt donnée en pâture aux cochons, ils mangent tout, même les ordures.

Je le toise avec animosité, ce qui lui fait prendre conscience de ses paroles pour le moins maladroites.

– Ce n'est pas ce que j'ai voulu dire. Et de toute manière, si j'avais voulu te zigouiller, je ne l'aurais pas fait dans un lieu si fréquenté.

Il désigne les véhicules qui nous entourent. C'est vrai que le parking est presque plein. Cette fois, il sort en premier de la voiture et a le temps de m'ouvrir la portière parce que je suis occupée à envoyer un SMS avec ma position à Juliette, juste au cas où. Est-ce que je me méfie de Milo ? Pas franchement. Avec moi, il n'a pas un comportement alarmant et, les rares fois où c'est arrivé, comme ce jour où je me suis réveillée ligotée, il y avait toujours une explication logique à cela. Il faut que j'arrête de psychoter. Tout le monde ne me veut pas du mal.

Je m'extrais du véhicule et attrape la main que Milo me tend. C'est vrai que le terrain est escarpé.

– On va faire une randonnée ?

– Tu le sauras très vite, petite impatiente.

Je récolte une nouvelle fois un bref sourire complice. J'ai l'impression qu'il se retient. Qu'il se force à imposer une certaine distance entre nous. Il n'en a pas besoin : il ne m'intéresse pas.

CHAPITRE 11

ADELIA

Oh mon Dieu.

Elle est immense et d'une beauté incroyable.

Je parle bien évidemment de la Vallée des temples d'Agrigente. Une zone archéologique classée au patrimoine de l'Unesco.

J'ai déjà vu des vestiges des époques anciennes, comme tout le monde. Lors d'un voyage scolaire à Rome, le Colisée m'a laissée sans voix. La découverte de ce site me fait à peu près le même effet.

Les temples de la Concorde et d'Héra sont particulièrement remarquables. Je visualise aisément les habitants d'un temps révolu flâner entre les hautes colonnes rougeâtres, leurs cœurs remplis de vœux pour l'avenir.

Rêveuse, je me promène dans cet endroit mêlant à la fois une nature luxuriante et un patrimoine archéologique exceptionnel. Les couleurs sont vives, telles que je les aime. Ici, la pierre donne aux bâtiments une teinte rosâtre ou orangée qui contraste avec la violence bleutée du ciel. Je suis subjuguée. Et non loin de nous, la mer sublime ce tableau idyllique. Je ne suis pas étonnée qu'on y ait construit un temple. Cet endroit est magique.

Contrairement à d'autres touristes, nous ne prenons pas de guide. Milo répond à toutes les questions que je lui pose. Parfois, il montre des signes d'impatience, mais je le soupçonne de le faire exprès pour me faire croire que je l'agace. Il est toujours sur ses gardes, il ne se lâche jamais entièrement. Même ici, dans ce petit écrin hors du temps, il demeure partiellement hermétique à ce qui l'entoure. Je ne saurais comment expliquer cette réserve que je perçois chez lui, mais je la sens quoi qu'il fasse et où qu'il soit.

– Tu connais bien ta région, on dirait.

Il hausse les épaules.

– C'est parce que je n'en suis jamais sorti.

Cet aveu, pourtant simple, semble lui avoir coûté.

– Tu n'as pas envie d'aller vivre ailleurs, comme tes parents ?

Moi, je ne me suis jamais posé la question. Je ne me voyais pas vivre loin de Pascal et Giulia, et vu comme ils me manquent, ça confirme mon intuition.

– Si.

– Alors, pourquoi est-ce que tu ne tentes pas de partir ? Et ne me dis pas que tu as une petite amie ici, je le prendrais mal.

– Disons que je suis attaché à cette région.

Dans la façon dont il a prononcé cette phrase, je perçois que son attachement n'est pas uniquement issu du chauvinisme. Il y a autre chose. Mais je suis certaine que si je l'interroge, il m'enverra paître.

Aux alentours de quatorze heures, Milo m'invite à déjeuner dans un restaurant grec où les employés sont vêtus en costume d'époque, portant des sortes de tuniques qui dévoilent plus qu'elles ne cachent. Une serveuse est particulièrement jolie avec ses longues boucles brunes qui lui tombent sur les reins.

Je me demande ce que ça donnerait si Giulia revêtait un de ces costumes antiques et Pascal, une tenue alsacienne. Je ne suis pas sûre que ça fonctionne, côté marketing, mais l'image qui se dessine dans ma tête m'amuse. J'étouffe un gloussement en buvant une gorgée de vin sicilien, si sucré qu'on dirait du jus de mûres. Un régal.

Le repas, lui, est plutôt simple mais savoureux, inspiré de l'époque gréco-romaine. Nous avons mangé un minutal, un hachis grossier mêlant viande, fruits et légumes, dont la recette date de l'Antiquité. Je ne connaissais pas, et je me suis régalée. J'apprécie l'endroit tant pour sa nourriture que pour la sensualité qui se dégage du service comme du décor. Certaines mosaïques évoquent même des scènes d'amour. Elles sont plus chastes que celles que j'ai pu voir dans les documentaires portant sur les lupanars de Pompéi, mais elles demeurent agréablement voluptueuses.

Lorsque je finis de contempler une mosaïque représentant un couple qui s'embrasse sur les marches d'un temple, je découvre le regard de Milo posé sur moi. Surpris, il a un léger mouvement de recul avant de se reprendre. Je décide de le torturer un peu.

– Pourquoi est-ce que tu me fixais ?

– Tu as laissé plein de miettes sur ton pull.

Mince, je passe encore pour une crado. Ça m'apprendra à vouloir jouer avec lui.

Je baisse la tête pour vérifier ses dires. Effectivement, quelques minuscules bouts de pain sont tombés à un endroit stratégique. Je les secoue d'un geste de la main et souris.

– Tu reluquais ma poitrine ?

Il a de la chance. L'arrivée de la serveuse venue nous apporter la carte des desserts me fait oublier tout ce qui ne contient pas de sucre. Comme tout le reste, la pannacotta au miel que j'ai commandée est délicieuse, au point que je ferme les yeux de contentement. Encore une fois, quand je les ouvre, je surprends le regard de Milo.

– J'ai l'impression que tu aimes ce que tu manges.

– C'est parce que tu sais bien choisir les repas.

Il me décoche un sourire d'une rare sincérité.

– Il fut un temps où c'était mon métier.

Je fronce les sourcils.

– Il fut un temps ? Tu n'étais pas encore serveur, hier ? Ne me dis pas que tu fais déjà comme les vieux et que tu confonds ce qui t'est arrivé la veille et ce que tu as vécu durant ton enfance !

Il rit à nouveau.

– Non, ce n'est pas ça. Je n'ai jamais dit que j'étais serveur.

– Tu ne travailles pas dans un resto ?

– Si, mais je suis livreur avant tout.

Je hoche la tête, pas entièrement convaincue. Je suis prête à parier qu'il m'a affirmé qu'il l'était.

– Et donc, avant, tu y faisais autre chose.

Dans son regard, je devine qu'il n'en dira pas plus. C'est marrant parce que ce n'est pas une information primordiale. Ça ne devrait même pas m'intéresser outre mesure.

– C'est une habitude chez toi, de distiller les informations au compte-gouttes ?

– Les données personnelles, c'est comme les vêtements. Quel est l'intérêt de tout balancer d'un coup alors qu'on peut offrir un long effeuillage ?

Je m'étouffe à moitié avec mon verre. Est-ce qu'il me drague ?

– Bon, sinon, il y a aussi Google. Je suis sûre de pouvoir trouver un tas de choses à ton sujet.

– Bien sûr, mais pas les plus intéressantes.

Je plisse les yeux, contrariée qu'il joue avec ma curiosité.

– Qu'est-ce qu'il y a de si captivant à savoir de la part d'un simple livreur ?

Au moment où je prononce ces mots, je me rends compte qu'ils peuvent être mal interprétés.

– Désolée, ce n'est pas ce que j'ai voulu dire. Je pense qu'aucun métier n'est supérieur à un autre.

Lorsque je lève les yeux vers lui, il a un petit air moqueur à la fois craquant et agaçant. Je décide de m'attarder sur ce deuxième effet, parce que ça me semble plus facile.

– On y va ? Ou tu as l'intention de poursuivre ton interrogatoire ? reprend-il.

Je hausse les épaules avec une désinvolture toute fausse.

– On y va. Les questions sont toujours plus douces au soleil.

Il me rend mon sourire en se levant d'un mouvement souple.

Nous nous promenons sur le site archéologique, profitant des vestiges de civilisations éteintes et de l'été sicilien, même si j'avoue que parfois, c'est l'ombre que je recherche pour me rafraîchir. C'est un après-midi hors du temps, hors du monde. Je mentirais si je n'admettais pas que je passe un excellent moment en compagnie de Milo. Il se montre drôle à souhait, même s'il se laisse rarement aller à rire avec moi. Je lui pose des dizaines de questions. Il en esquive certaines et répond aux plus simples. Il a une façon bien à lui de voir les choses, de les interpréter. Il est marrant à écouter.

En fin d'après-midi, nous décidons qu'il est temps de rentrer.

– Ma mère veut t'apprendre à préparer des *arancini*, ce soir. Ça te va ?

– Hein ? Euh, oui. Bonne idée !

J'ai passé une journée si agréable, loin de mon train-train quotidien, de mes histoires de cuisine et de la pression que je me mets pour faire plaisir à Giulia, que j'en avais oublié la raison pour laquelle j'ai accepté de passer un marché avec Milo.

– D'accord. Je lui dis de préparer tous les ingrédients. On devrait être sur place dans une heure.

Nous ne parlons pas sur le trajet de retour. Pour ma part, je profite simplement du paysage en silence.

Le calme de l'instant est rompu par la sonnerie de son téléphone. Une sonnerie classique. Pas personnalisée. La contrariété qui se peint sur ses traits lorsqu'il jette un coup d'œil à l'écran de son téléphone ne m'échappe pas. Il répond quand même en utilisant la fonction mains libres.

– Albinoni, qu'est-ce que tu veux ?

Je me demandais s'il était désagréable avec tout le monde ou juste avec moi. Désormais, je détiens la réponse.

– Je suis dans la voiture avec Adelia, enchaîne-t-il à la hâte, comme s'il s'agissait d'une information capitale.

Hein ? Il a déjà parlé de moi à son interlocuteur ?

– J'espère que je n'interromps rien de croustillant, mon pote. Je m'en voudrais de te couper en pleine action, et je sais que tu es du genre à répondre au téléphone même dans les moments les plus intimes. Je me trompe ?

– Balance ce que tu as à demander, Albi.

– Comme tu voudras, mais ne viens pas me reprocher d'avoir cassé ton coup.

– Là tout de suite, le seul truc que tu me casses, ce sont les couilles. Allez, va au but.

– Il faut que tu viennes au hangar de Sparacello. On a un truc pour toi.

– Ça ne peut pas attendre ?

– Pas trop, non.

Albinoni lui fournit encore quelques détails qui m'échappent. Je ne comprends rien de ce qu'ils se racontent. C'est comme s'ils s'exprimaient dans un langage codé. Ou alors, c'est moi qui ne maîtrise pas les expressions siciliennes.

– OK, j'arrive.

Il raccroche en me lançant un regard d'excuse.

– Ça ne sera pas long, promet-il en se garant sur un parking quasiment désert.

– Ne t'en fais pas, j'ai de quoi lire sur mon smartphone. J'ai une centaine de romans stockés dans une appli.

– Génial ! Si tu as besoin de batterie, tu peux te brancher sur le câble de l'allume-cigare. Surtout, ne sors pas de la voiture, d'accord ?

Son ordre me met la puce à l'oreille. Qu'est-ce qu'il me cache ?

– Pourquoi ? Il y a des zombies dans les parages ?

Pas de réponse.

– Qu'est-ce que je risque, au juste, si je sors ? Vous allez lâcher les chiens ?

– Non, on est contre la maltraitance animale.

Je fronce les sourcils. Est-ce qu'il veut dire que le fait de me mordre serait considéré comme de la maltraitance envers des chiens ?

– Non, mais qu'est-ce que tu insinues, là ?

– Rien du tout. Toi en revanche, tu pourrais te perdre.

– Moi ? N'importe quoi. J'ai un sixième sens pour…

– Pour les problèmes ? Oui. Je confirme, tu les trouves et tu les adoptes à une vitesse hallucinante. Pour l'orientation, en revanche, c'est une autre histoire. Je sais que tu n'es pas une cliente mystère.

J'ouvre la bouche pour protester, puis la referme. Il a raison sur toute la ligne et comme il m'a vue prendre la salle à manger de l'hôtel pour la cage d'ascenseur, je ne peux même pas le nier.

– Macho, grommelé-je entre mes dents serrées.

Amusé, il se penche pour déposer un baiser fugace sur ma tempe. La peau me brûle là où se sont posées ses lèvres. Je reste sans voix et il en profite pour sortir de la voiture.

– C'était juste un petit entraînement pour tout à l'heure, fait-il en refermant la portière.

Je lui dédie un doigt d'honneur bien mérité et me cale dans mon siège. Heureusement qu'il a une bagnole confortable, ce guignol, parce que je suis sûre et certaine que je vais devoir l'attendre longtemps. Je l'observe s'éloigner de sa démarche féline, comme s'il foulait à peine le sol. Arrivé à proximité d'un hangar en tôle, il se retourne brusquement. Je baisse la tête, surprise en flagrant délit de matage. Lorsque je relève les yeux, il a disparu.

Bon débarras !

J'ai beau adorer lire, mon roman en cours ne parvient pas à me captiver suffisamment. Je le vois au nombre de fois où je redresse la tête pour regarder autour de moi alors qu'en général quand je bouquine, le monde pourrait s'écrouler autour de moi que je n'arrêterais pas mon chapitre. Inutile de m'acharner, je sais que ce n'est pas la qualité du roman qui est en cause. Je suis tout bêtement contrariée parce que Milo a titillé ma curiosité sans me donner la moindre chance de la satisfaire.

Des voix me parviennent sur ma gauche. Je me tourne pour voir trois types en costume qui sortent du bâtiment et traversent le parking. Des hommes d'affaires, sûrement. Je m'ennuie tellement que je les passe en revue, de leurs chaussures cirées à leurs costumes. Il y en a un qui transporte un sac en plastique duquel dépasse un paquet-cadeau assez volumineux. Voilà un père Noël pas franchement discret. Au milieu du trio, un homme court sur pattes déguste des frites imbibées de ketchup. Lorsqu'il passe devant moi, il balance son carton vide sur le sol alors qu'il y a une poubelle juste à côté.

– *Cazzo !* Non, mais quel con ! Et l'écologie, bordel !

Je m'empresse d'appuyer sur un bouton pour ouvrir la fenêtre. S'il y a une chose que je déteste en ce bas monde en dehors de porter des vêtements trop serrés et les morceaux dans la glace au chocolat, ce sont les gens qui ne font pas attention à l'environnement alors que notre planète part à vau-l'eau.

En colère, j'appuie frénétiquement sur le bouton, mais rien ne se passe. À quoi bon avoir une voiture si elle ne vous obéit pas ?

Néanmoins, je parviens à ouvrir la portière. Je passe la tête par l'ouverture et laisse jaillir ma colère avec la force d'un Aurélien Barrau sous stéroïdes.

– Hé ho ! Votre boîte en carton, vous la mettez à la poubelle, s'il vous plaît.

Bon, d'accord, ça manque un chouïa d'autorité, mais le cœur y est.

Le mec du milieu se retourne. Je ne vois pas bien son visage. Je l'entends dire quelque chose à ses amis, qui ricanent bêtement. Seul le nom Greta Thunberg parvient à mes oreilles.

– Hey ! insisté-je.

L'homme me fait coucou en riant, comme si je lui avais raconté la meilleure blague au monde, puis disparaît au coin de la rue avec ses accompagnateurs.

Il va de soi que je fulmine.

Qu'est-ce que je risque, sérieusement ? Milo n'en saura rien. Il est occupé à faire je ne sais quoi avec je ne sais qui. Et puis, je n'ai que quatre ou cinq mètres à parcourir.

Je sors de la voiture, ferme la portière sans bruit et ramasse le bout de carton avec le sentiment d'être en train d'accomplir un acte militant. Après tout, l'un des plus beaux combats a débuté par le refus d'une grande dame de céder sa place dans le bus. En matière de lutte, il n'y a pas de « petits » gestes, il n'y a que des engagements.

Au diable Donald Trump et autres climatosceptiques !

Je jette le morceau de carton dans la poubelle. Franchement, ça ne me prend même pas dix secondes. C'est à la portée de tout le monde. Je ne comprends pas qu'on puisse être aussi fainéant.

Juste au moment où je vais sagement retourner à la voiture, j'entends comme un grondement derrière moi. Ou plutôt un genre de vrombissement, comme si des centaines d'abeilles géantes volaient ensemble. Ça provient du hangar en tôle, et le son s'échappe par une porte en métal qui semble avoir connu des jours meilleurs. Je me demande bien ce que ça peut être.

Je parcours trois ou quatre pas en direction de l'auto de Milo.

– Et puis zut !

Je fais demi-tour et colle l'oreille à la porte du bâtiment. Le bruit est effectivement plus fort. Je ne devrais pas faire ça. Quoi qu'il se cache de l'autre côté, ce ne sont pas mes affaires. D'ailleurs, c'est sûrement inintéressant.

Après avoir vérifié que le parking est toujours désert, je trouve un petit trou près de la porte fermée. Ça me permet d'entrevoir ce qui se passe à l'intérieur. Et là, mon cœur se glace.

Sous la lueur blafarde des néons, près d'une vingtaine de personnes travaillent derrière des machines à coudre. Les aiguilles s'activent en rythme autour d'une matière noire. Je crois que ce sont des chaussures en cuir, ce qui n'a rien d'étonnant en Italie, réputée pour la qualité de celles-ci. Je m'intéresse ensuite à ceux qui travaillent. Des femmes, mais aussi quelques hommes. Tous ont la peau très mate. Enfin, j'aperçois un enfant s'affairant derrière une machine. Puis un autre. J'en dénombre cinq au total.

Qu'est-ce qu'ils font là ? Certains doivent avoir à peine dix ans. On est loin de l'âge légal !

Une des travailleuses ébauche un mouvement brusque pour se saisir d'un morceau de cuir, ce qui fait étinceler un objet sur son poignet. Curieuse, je focalise toute mon attention sur ce que j'imagine être un bracelet trop épais à mon goût, mais qui suis-je pour critiquer la mode ? Alors que je vais faire demi-tour pour retourner à la voiture, j'aperçois une sorte de chaîne qui pend du bijou de la femme. Il me faut quelques instants pour comprendre que l'objet en question n'est pas un banal accessoire de mode, mais une paire de menottes ! Mon cœur fait un bond quand je constate qu'elle n'est pas la seule à en porter. Il n'y a pas un homme, une femme ni un enfant qui ne soit attaché à une machine.

Ceci n'est pas une usine quelconque et ces gens ne sont pas des employés communs. Ce sont des gens retenus contre leur gré, sans doute des migrants abusés par de fausses promesses, exploités par des crapules sans âme.

Je fais la seule chose qui me semble logique. Je donne un coup de pied dans la porte et me fais un mal de chien aux orteils. Puis j'actionne la poignée et le battant s'écarte normalement.

La porte était ouverte dès le départ…

Tous les visages se tournent vers moi, d'abord avec effroi puis avec curiosité.

– Bonjour, les salué-je en italien. Est-ce que vous êtes ici de votre propre chef ?

Ils n'ont pas l'air de me comprendre, alors je passe à l'anglais. Plusieurs secouent la tête de droite à gauche. L'un d'eux me demande si je suis de la police.

– Non. Je… je passais juste par là. Je peux les appeler, si vous le voulez. Ils vous libéreront !

– Non, s'il vous plaît ! Ils vont nous reconduire à la frontière, explique une femme.

Je hoche la tête. Dans ma cage thoracique, mon cœur bat à tout rompre. Je ne devrais pas être ici, c'est une certitude. Mais maintenant que je suis là, je ne peux plus rester sans rien faire. Ça ferait de moi une complice.

Et Milo, est-ce qu'il est complice, lui aussi ?

– Qu'est-ce que je peux faire pour vous aider ?

– *Diki. Diki*, répète un garçon d'une douzaine d'années.

– Diki ? Je ne connais pas de Diki. Je…

– *Diki*, s'il vous plaît…

Enfin, je percute. *Diki* n'est pas une personne. C'est « *the key* ». La clé, en anglais.

– Où ça ?

– La table ! s'exclame l'enfant en désignant l'avant de la salle.

Effectivement, il y a un bureau. J'y cours, consciente que ceux qui les maintiennent prisonniers pourraient revenir à tout moment. Je fouille dans l'incroyable bazar qui règne sur le bureau. Il n'y a que des papiers. Certains tombent par terre. Il y a deux tiroirs. Aucun des deux ne s'ouvre facilement. Ils sont verrouillés par des petites serrures bringuebalantes. Je pourrais peut-être les casser !

– J'arrive, lancé-je pour rassurer ceux qui attendent.

Je cherche un objet pointu. Je n'ai aucune connaissance en la matière. Si au moins, j'avais mon téléphone, je pourrais chercher un tuto « comment casser un verrou en dix secondes » sur YouTube. Malheureusement, mon appareil est resté dans la voiture avec… avec Milo. Et s'il est revenu ? S'il me trouve ici. Si…

En fouillant dans une étagère, je mets la main sur un tournevis. Obnubilée par ce que je suis en train de faire, je ne prête pas attention aux cris des ouvriers et tape violemment avec la pointe dans le bois fragile qui entoure le verrou.

Puis tout s'emballe.

Deux mains fermes s'enroulent autour de mes avant-bras. Je lâche le tournevis et décolle dans les airs. Mon dos rencontre un mur de manière assez brutale. L'arrière de mon crâne aussi, et ça ne fait franchement pas du bien.

Paniquée, je vois deux types qui me maintiennent contre une paroi. Ils hurlent tellement fort que je ne comprends pas trop ce qu'ils racontent. Ce qui est sûr, c'est qu'ils sont furax. Après moi, sans le moindre doute.

– Vous me faites mal !

– De quelle association vous êtes ?

– Hein ?

– Pourquoi est-ce que vous êtes là ? Qu'est-ce que vous nous voulez ?

– Je… je…

– Vous n'êtes pas de la police, vous.

– Je passais juste par là. Je ne voulais pas…

Je tremble tellement que je ne sais même pas s'ils me comprennent. Un troisième type vient nous rejoindre. Je le reconnais. C'est celui qui a jeté son carton par terre. Mon visage semble lui revenir à lui aussi.

– Eh, mais c'est la Greta Thunberg de mes deux. Elle fait partie d'une asso, c'est sûr.

– Je vous le répète, je n'adhère à aucune association. Je ne faisais que passer, j'ai vu de la lumière et… je suis entrée.

Dans ma tête, ça avait l'air un peu moins décousu.

Le gros porc fait comme si je n'étais pas en train de parler et flanque un coup de coude à l'un des gars qui me maintiennent contre le mur pour prendre sa place. Je ne sais pas ce qu'ils ont tous à jouer les sourds, dans ce coin de la Sicile. L'enfoiré me serre si fort que ça me fait crier.

– Ah, on fait moins la maligne, hein ?

Je jure que je ne le fais pas exprès. C'est un acte réflexe. L'instinct de survie. Je recule la tête en arrière jusqu'à ce qu'elle bute contre le mur et l'abats de toutes mes forces sur le nez du gros fainéant. Il me relâche aussitôt. Je n'ai pas le temps de fuir qu'il me rattrape et me flanque une gifle.

Bon sang ! J'ai l'impression que la moitié de ma tête va exploser. Et j'ai peur. Peur de ce que ces types violents pourraient me faire. Je vais mourir loin de ma famille, dans une usine qui pue le rat crevé. On retrouvera mon corps après Noël, à moitié grignoté par les poissons. Et punaise, ce que j'ai mal au crâne ! Qu'est-ce qui m'a pris de me prendre pour Zidane et de mettre un coup de boule à un gangster ?

Au milieu des trente-six chandelles qui dansent devant mes yeux, j'aperçois un visage connu.

– Milo ?

CHAPITRE 12

MILO

J'ai su, à l'instant où je les ai laissés dans la voiture, elle et son regard impertinent, qu'elle me causerait des problèmes. Si je me fais éjecter du monde de la Mafia après ce fiasco hors du commun, ce sera ma faute.

Irrémédiablement énervante. Voilà ce qu'elle est. Incapable d'obéir à un ordre simple. Non, mais, c'est quoi, son problème ?

À peine a-t-elle prononcé mon prénom qu'elle s'évanouit. Ça aussi, c'était prévisible.

Après une seconde d'hésitation, parce qu'elle a quand même bien mérité de se ramasser la figure par terre, je la réceptionne dans mes bras, la soulève comme un fétu de paille et colle son visage à mon torse pour lui épargner de voir des choses qui pourraient la choquer.

Même si elle en a déjà assez vu.

– C’est qui celle-là ? s’enquiert Loggio, un des sbires censés surveiller ce hangar.

– À tous les coups, c’est une militante. Cette folle s’est mise à me hurler dessus parce que j’ai jeté un carton par terre, intervient cet imbécile de Mauro.

Lui, je n’ai jamais pu l’encadrer. Mais il fait partie de l’équipe des Fiori, alors…

– Ensuite, elle est entrée ici et a essayé de libérer tous ces cons qui bossent pour nous.

– C’est toi le con, Mauro, protesté-je avec calme.

Conformément à ce que j’imaginais, sa petite figure bouffie s’empourpre.

– Répète ça pour voir.

Je soupire. Si je le voulais, je pourrais envoyer ce petit bonhomme en graisse dans le décor d’un simple mouvement de l’auriculaire. J’exagère à peine, et il le sait.

– Elle en a trop vu.

– Et qu’est-ce que tu proposes, qu’on la flingue ?

Cette brute épaisse de Mauro hausse les épaules.

– La flinguer, quand même pas, tempère Loggio. Mais il faudrait lui faire peur, qu’elle capte qu’elle n’a pas intérêt à ouvrir sa gueule. Imagine si elle allait raconter ce qu’elle a vu aux journaleux.

Je ne suis pas l’un d’eux. Je ne fais pas partie de la famille Fiori ni de leurs hommes de main. Je suis indépendant et je ne suis jamais mêlé à ce genre d’histoire. Mais je connais suffisamment leurs pratiques pour savoir que « faire peur » peut aussi bien prendre la forme d'une menace verbale que d'une mutilation. Adelia est déjà assez maladroite comme ça, alors avec un orteil en moins…

– Elle est avec moi.

Je ne sais pas pourquoi je la protège autant. Sûrement parce que je l'ai indirectement impliquée dans mes histoires de famille. Si mes parents ne la voient pas rentrer avec moi, ou si elle rentre esquintée, je le paierai. C'est certain.

Les hommes me dévisagent avec un mélange de curiosité et de suspicion.

– Je ferai en sorte qu'elle ne parle pas. Si ça vous pose un problème, voyez ça avec les Fiori, nous nous sommes déjà mis d'accord.

Bien sûr, aucun d'eux n'est assez fou pour aller contre l'avis des boss.

Sur ce, je tourne les talons et emmène Adelia dehors. Elle se réveille à l'instant où je la pose dans la voiture. Dès qu'elle ouvre les yeux, elle pousse un hurlement strident qui me fait regretter de ne pas l'avoir directement cachée dans mon coffre. Par chance, le parking est désert. J'attache sa ceinture et me dépêche de contourner le véhicule pour m'asseoir derrière le volant.

– Milo, ces hommes…

– Je sais. Tu es en sécurité, maintenant. Je t'emmène loin d'ici.

Tout en roulant, je l'espionne du coin de l'œil. Elle garde le silence et mon petit doigt me dit que ce n'est pas bon signe. Elle est raide comme un sucre d'orge et ses pupilles sont dilatées telles celles d'une droguée. Sa poitrine – plutôt jolie, soit dit en passant – se soulève à intervalles courts sous l'effet de sa respiration saccadée. Tout en elle transpire la peur. Une part de moi s'en veut de l'avoir embarquée là-dedans. C'est un univers que je ne souhaite à personne de connaître. Une autre partie, la plus pragmatique, cherche un moyen de faire en sorte qu'Adelia n'ébruite pas cette histoire. Il y va de mon infiltration dans le monde glauque de la Mafia, de ma couverture envers mes parents, mais surtout, il y va de sa survie.

Je suis proche des Fiori. Je suis presque un membre de leur famille, c'est pourquoi ils tolèrent certains écarts de ma part. Toutefois, il y a une règle d'or à ne jamais briser : le silence. Il est leur plus grand bien.

Ce dont Adelia a besoin, c'est d'un endroit calme. Rassurant. Ça tombe bien, c'est aussi là que je souhaite me rendre. Je roule jusqu'à la plage, presque déserte à cette heure-ci. Une fois garé dans la rue, je contourne la voiture pour aller ouvrir la portière. Adelia ne réagit pas, le regard braqué droit devant elle.

– Adelia, on est arrivés.

Ma voix la fait sursauter. Je n'ai pourtant pas parlé fort. J'éprouve une légère onde de culpabilité en constatant qu'elle est en état de choc. Je lui tends la main pour l'aider à s'extirper du véhicule. Elle fixe ma paume à la manière dont un parent le ferait pour s'assurer que son enfant s'est bien lavé les mains. La tête de mule française refuse mon aide et se lève toute seule. Je reste néanmoins près d'elle parce que sa démarche ne me semble pas très assurée, un peu comme si elle avait les jambes en coton. Ça n'a rien d'étonnant, au vu de ce qu'elle vient de vivre.

– Si tu t'assieds sur le muret, ça sera plus facile pour enlever tes chaussures.

Elle me fixe sans comprendre où je veux en venir.

– À cause du sable, expliqué-je comme si je parlais à une fillette.

A-t-elle seulement remarqué que nous sommes près de la mer ?

Bien sûr, elle n'en a rien à faire de mon conseil et s'avance en direction de la plage. Ses baskets blanches s'enfoncent dans le sable. Devinez qui est bon pour passer l'aspirateur partout dans la voiture et à la maison ?

Je garde mes reproches pour moi. Après tout, c'est ma faute si Adelia est dans cette situation. J'aurais dû verrouiller la voiture. Mieux, j'aurais dû tenir ma promesse et ne pas la laisser seule.

Ou alors, tu n'aurais simplement pas dû tremper dans ce genre d'affaires.

Adelia avance jusqu'à ce que ses pieds touchent l'eau. Ses baskets vont être fichues, c'est sûr. Puis elle s'assied à même le sable. Après une brève hésitation, je m'installe à ses côtés. Pas trop près pour ne pas la brusquer, mais suffisamment proche pour garder un œil sur elle et la soutenir en cas de besoin.

Dans un silence indestructible, nous fixons longuement l'éternel ballet des vagues. La mer a cette faculté de nous rassurer par cette illusion de monotonie. Malgré les tempêtes et les naufrages, elle représente la régularité et l'éternité. Comme le disait Stendhal, la mer console. Je ne sais pas trop pourquoi, mais ce vieux bougre avait raison.

Du coin de l'œil, je remarque qu'Adelia tremble. L'espace d'un instant, j'hésite à l'attirer à moi. La chaleur corporelle, il n'y a rien de tel pour lutter contre le froid. Mais après ce qu'elle a vu, il serait étonnant qu'elle ne me rejette pas. Je me débarrasse de ma veste et la pose sur ses épaules sans obtenir la moindre réaction de sa part.

Une sorte de murmure s'ajoute au ressac de la mer. Je mets un certain temps à comprendre que ça vient d'Adelia.

– Est-ce que tu peux répéter ?

– Ces gens, c'étaient des migrants. Maintenus prisonniers par des mafieux, ou un truc dans le genre. C'est bien ça ?

– Oui.

– Dans ce cas, il faut appeler la police ! On ne peut pas les laisser dans cette situation. Ce n'est pas humain, ce qu'on leur fait subir.

– La police, hein ? Pour quoi faire ? Pour qu'on les renvoie chez eux ?

Elle se mord les lèvres.

– Alors, une association. Il doit aussi y en avoir, en Sicile. Il n'est pas question qu'on les laisse aux mains de la Mafia.

– Et il n'est pas question que je te laisse faire ça. Ces hommes…

Je me raidis, sur la défensive. Pourquoi est-ce que le regard qu'elle pourrait poser sur moi m'affecte ?

Ce sont des conneries, tout ça !

– Est-ce que tu es l'un d'eux, Milo ? Est-ce que tu es un mafieux ?

Je pourrais mentir. Lui raconter des foutaises comme je le fais avec ma famille. Mais je décide de lui servir la vérité, parce que c'est la seule chance qu'elle reste de son plein gré, et sans griller ma couverture avec mes parents.

– Je ne fais pas officiellement partie du clan Fiori.

Elle attend la suite. Je suis convaincu qu'au fond, elle sait déjà de quoi il retourne.

– Mais c'est tout comme.

Elle se lève gauchement. Je bondis sur mes pieds. Il n'est pas question que je la laisse m'échapper. Elle commence à marcher dans la direction opposée. Je la rattrape en posant une main sur son épaule, ce qui la fait hurler de terreur. Elle se retourne. Ses iris sont de véritables poignards.

– Enlève tes sales pattes de là, Al Capone de mes deux.

Elle est terrifiée. Ça se voit. Pourtant, elle trouve encore la force de m'insulter. C'est absolument déplacé de ma part, mais je trouve ça super bandant. Néanmoins, j'obéis tout en restant sur mes gardes. Si elle détale, je serai obligé de la plaquer au sol.

– Laisse-moi t'expliquer. Accorde-moi une chance. Je te livre la vérité telle que je ne l'ai jamais dite à personne.

Comme je l'avais prévu, elle mord à l'hameçon. Chez elle, la curiosité est plus forte que le bon sens.

– Je ne suis pas livreur. Pas pour un resto, en tout cas.

– Sans blague ?

Elle ne sourit pas. C'était prévisible.

– Je suis kidnappeur.

Mon aveu ne la fait même pas sourciller.

– Pour la Mafia ?

– Oui et non. En vrai, je suis en freelance.

– En freelance ? Sérieusement ? Comme les auteurs et les correcteurs dans les maisons d'édition ?

– Oui, c'est à peu près ça, je suppose.

Je garde le silence quelques instants, le temps de la laisser digérer les informations que je lui livre.

– Freelance… Quelle différence entre ça et faire partie intégrante de leur gang ?

J'imagine que je mérite le mépris qui suinte dans sa voix.

– La liberté.

Elle me regarde sans comprendre.

– Voilà comment ça marche : les Fiori me proposent des contrats.

– Par contrats, tu veux dire des gens à enlever, j'imagine, ironise-t-elle. Tout est dans le lexique… Heureusement que je n'ai rien à voir avec la Mafia, sinon j'aurais pu moi aussi faire l'objet d'un de tes contrats.

Je hoche la tête, incapable de rebondir sur une plaisanterie. Je suis terrifié à l'idée de lui cacher une vérité si loin de sa réalité qu'elle ne peut pas même la soupçonner. Tout comme elle, je me demande bien ce qui pousse les Fiori à vouloir la kidnapper…

– Les Fiori me proposent des contrats. Le fait d'être indépendant me donne le choix d'accepter ou non ces missions. Si j'étais un membre du groupe, je perdrais mon libre arbitre.

Mais je gagnerais leur confiance.

– Tu as déjà refusé une mission ?

– Oui.

– Pour quel motif ?

– Pour des raisons personnelles.

D'un regard, je lui fais comprendre qu'elle n'a pas intérêt à me poser davantage de questions à ce sujet. Elle garde le silence quelques instants, les yeux braqués sur moi. Elle m'observe avec une intensité qui me met mal à l'aise, mais je ne me détourne pas. Mon but est de lui donner confiance pour qu'elle n'ait pas envie de partir.

– Pourquoi est-ce que tu fais ça ?

– Quoi ? Kidnapper les gens ?

Elle hoche la tête.

– Pour l'argent.

– Je ne te crois pas.

– Tu devrais. Je t'assure, ça paie très bien. D'où penses-tu que provenait l'argent avec lequel tu as payé tes fringues ?

Du bout de l'index, je désigne les vêtements qu'elle porte. Peut-être que si elle se sent coupable d'avoir profité de ce magot, elle me lâchera la grappe…

Mais si l'espoir faisait vraiment vivre, ça se saurait…

– Non, ce n'est pas ça. Du peu que j'ai vu, tu es quelqu'un d'intelligent. Et tu as un cœur. Il suffit de voir la manière dont tu protèges tes parents, en faisant notamment appel à mes faibles talents d'actrice pour jouer le rôle de ta petite amie. Tu pourrais avoir mieux. Plus honnête. Alors, pourquoi est-ce que tu fais ça ? Si c'est pour l'adrénaline, il y a le saut en parachute et…

– C'est pour mon frère.

Je me maudis à l'instant où je prononce ces mots. Je n'avais pas prévu de lui dévoiler quelque chose d'aussi personnel, mais maintenant que je suis lancé, je ne peux plus me taire.

– Il fait partie du clan Fiori ?

– Faisait.

Elle ouvre la bouche puis la referme avec la gêne qu'éprouvent les gens quand ils découvrent qu'ils ont mis les pieds dans le plat.

– Il travaillait pour les Fiori quand il a été tué. Par qui ou pourquoi, c'est quelque chose que j'ignore.

Des rivaux, j'imagine. Alors, je me rapproche des Fiori en faisant des petits boulots pour eux. Je suis déjà le meilleur ami du fils du clan. Je l'étais avant le drame. Mais la confiance, ça se gagne. Si j'intègre pleinement le clan, j'imagine que ça m'ouvrira les portes pour le reste. Si Albinoni, mon meilleur pote, avait su quelque chose, il me l'aurait dit. Son père, c'est une autre histoire. Il ne fait confiance qu'à son clan, et encore… Dans tous les cas, je suis prêt à tout pour avoir le nom du connard qui a brisé ma famille.

Inutile de lui expliquer combien nos vies ont été affectées après ça. Je détourne le regard. Pas parce que j'ai honte. Simplement, je ne veux pas lire de pitié dans le sien.

Je sursaute brusquement lorsque les deux paumes froides d'Adelia cueillent mon visage en coupe.

– Pour un apprenti mafieux, je trouve que tu sursautes un peu trop, me charrie-t-elle avec un sourire railleur.

– Qu'est-ce que tu veux ? Et pour ta gouverne, tu as deux glaçons en guise de paluches.

Elle sourit de plus belle.

– Merci pour ta sincérité. Je voulais juste que tu saches que je comprends ce que tu fais. Je n'approuve pas, loin de là, mais je comprends. Moi aussi, je suis prête à tous les sacrifices pour ma famille.

– Faire semblant de sortir avec moi est un sacrifice ?

– Oh que oui, un des pires qui soit.

Je ne sais pas si elle est sérieuse. Dans le doute, je suis vexé.

– Je ne vais pas vendre la mèche à tes parents. Et si tu as… euh… du boulot à faire pendant que je suis là, je te couvrirai.

– Euh, OK.

Ce moment est à la fois important et gênant.

– Tu te sens prête à rentrer ?

Heureusement pour moi, elle acquiesce. Je ne prononce pas un mot dans la voiture. Je ne suis pas à l'aise avec le fait de lui avoir dévoilé des choses aussi intimes. Ça fait si longtemps que je n'ai pas parlé de mon frère que j'avais oublié le désespoir dans lequel ça me plonge. Alors, pourquoi avoir abordé le sujet avec elle ? Je suis maso ou quoi ?

Je verrouille le moindre sentiment sous une chape d'impassibilité. J'emprisonne tout dans un recoin de mon cœur de la même manière que j'enferme des gens dans mon coffre.

Rien ne doit dépasser. Rien ne doit transparaître.

– Milo ?

– Oui ?

– Je sais que je ne suis pas en position de te demander quoi que ce soit, mais s'il te plaît, fais quelque chose pour les migrants. Parce que si ce n'est pas toi qui t'en occupes, c'est moi qui le ferai.

Et je la crois tout à fait capable d'intervenir. Elle est plus farouche qu'elle en a l'air. Je peux bien en toucher un mot à Albinoni, mais je ne garantis pas de résultats.

En arrivant chez moi, je constate avec plaisir qu'il n'y a plus personne. Je ne me sens pas de taille à affronter mes parents ce soir. Parfois, les personnes qui vous sont le plus proches ont la faculté de voir ce que vous cherchez le plus à cacher.

– Tu as du chocolat ?

La question d'Adelia me prend au dépourvu.

– Quoi ?

– Est-ce que tu as du chocolat ? répète-t-elle en articulant chaque syllabe comme si elle s'était adressée à un idiot. Tu n'as pas l'air bien et quand on est dans cet état, ce qui fait le plus plaisir, ben c'est le chocolat.

Elle me laisse sans voix. Elle profite de mon silence pour se diriger vers la cuisine.

– Ça ira. Certains trucs soulagent mieux que le chocolat et ne se répercutent pas directement sur ton IMC.

Elle ressort de la cuisine, une tablette de chocolat à la main, et m'adresse un doigt d'honneur.

– Mon IMC t'emmerde, Milo.

– Ce n'est pas ce que j'ai voulu dire, alors pas la peine de le prendre comme ça.

Elle tend le bras dans ma direction.

– J'ai dit que je ne voulais pas de chocolat.

– De toute manière, je n'avais plus envie de le partager avec toi. Mais tes parents ont laissé un petit mot sur la table de la cuisine et je me suis dit que ça t'intéresserait.

Effectivement, elle me tend un bout de papier et non une friandise. Je le lui prends des mains et me dépêche de lire.

Milo et Adelia,

Nous vous avons attendus pour préparer un repas, mais apparemment, vous êtes bien occupés. Du coup, nous sommes partis au restaurant et ensuite, on se fera un ciné. Profitez de votre soirée en amoureux !

P.-S. : Envoyez-moi quand même un SMS pour me prévenir que vous allez bien.

Mon cœur se serre en lisant ce message. Je reconnais la bienveillance de ma mère, et aussi sa peur de perdre un autre enfant. Je dégaine mon téléphone pour la rassurer. Quand je relève les yeux, Adelia a disparu.

Elle est déjà couchée quand je la rejoins dans la chambre et moi, je suis toujours aussi secoué. C'est bête, mais j'ai le sentiment d'avoir besoin d'elle. D'avoir besoin de son contact. Elle m'observe, les sourcils froncés, mais ne me propose pas de la rejoindre.

En l'espace de trois heures, tu lui as révélé que tu kidnappes des gens pour le compte de la Mafia sicilienne. À quoi t'attendais-tu ? À ce qu'elle se déshabille pour te faire la fête ?

Je m'installe sur mon fauteuil sans un mot pour elle. Je donnerais cher pour retrouver mon lit, mais cette situation, c'est moi qui l'ai voulue. Si elle ne me propose pas de partager son – mon – lit, eh bien je dormirai ici. Quel que soit l'état de mon dos après cette cohabitation.

– Milo.

La douceur dans la voix d'Adelia m'interpelle. Il y a trente minutes, elle me faisait la gueule – et à raison.

– Oui ?

Ses yeux s'attardent quelques instants sur les miens. Ils sont chargés d'hésitation.

– Ne ferme pas les volets cette nuit, s'il te plaît.

– Si tu y tiens…

Je me tourne et me retourne dans mon fauteuil comme une âme en peine jusqu'à ce que, épuisé, je finisse par sombrer dans un sommeil agité.

CHAPITRE 13

ADELIA

Je me réveille en sursaut, haletante après un mauvais rêve. Assise au milieu du lit, je ramène les jambes contre ma poitrine en tremblant de tous mes membres. Ce cauchemar, je le fais régulièrement depuis toujours. Il resurgit lorsque j'angoisse ou quand je suis triste.

Ce qu'il a d'effrayant ? Rien, à première vue. Il n'y a pas de monstre, pas de tueur fou, pas de clown et pas de choux de Bruxelles. Personne ne me poursuit, personne ne me veut de mal. C'est ça, le pire. Il n'y a strictement personne. Je suis seule. C'est ce sentiment qui me fait paniquer. Cette impression d'être seule au monde. Que pourrait-il y avoir de plus terrifiant ?

– Adelia ?

Entendant mon prénom, je me tourne en direction de la porte.

– Euh, bonjour Lina. Tout va bien ?

– Oui, oui. Je t'ai entendue crier, alors j'ai eu peur.

Voilà, je passe encore pour une dingue.

– Je suis désolée de vous avoir réveillée. Vraiment.

– Oh, pour me réveiller, il faudrait que tu te lèves aux aurores, *principessa* ! Je te prépare un café au citron ?

– Avec plaisir, Lina. Laissez-moi juste le temps de prendre une douche et je vous rejoins.

Une fois prête, j'accueille avec grand plaisir le mug fumant que me tend ma fausse belle-mère. Elle l'ignore, mais sa présence me fait un bien fou. Je n'étais déjà pas en forme au réveil après mon cauchemar, alors, quand j'ai remarqué l'absence de Milo, mon humeur s'est encore assombrie.

Quand je pense qu'hier, j'ai failli lui demander de coucher avec moi… Enfin, pas au sens sexuel ! C'est juste que j'ai remarqué qu'il était tendu sur son fauteuil et j'ai voulu être sympa en lui proposant de me rejoindre dans le lit. C'est vrai, on devrait être parfaitement capables de partager le même matelas sans avoir envie de se jeter l'un sur l'autre, n'est-ce pas ? Parce qu'aussi attirant soit-il, il n'en demeure pas moins un kidnappeur qui travaille pour la Mafia sicilienne. Même s'il fait ça pour venger la mort de son frère, et que ça me touche bien plus que ça ne le devrait. Parce que c'est tellement humain que personne ne peut résister à un projet aussi dingue et aussi juste.

Juste ? C'est illégal, ouais ! Un danger, voilà ce qu'il est, Milo. Un danger terriblement séduisant, mais surtout définitivement interdit. Je me sais en sécurité pour l'instant car aucun parrain sur cette planète n'aurait quoi que ce soit à gagner en me kidnappant. Mais si jamais je commettais une erreur, maintenant que je suis si près de la Mafia, qui sait ce qui pourrait m'arriver ?

– Adelia ?

– Oui ?

– Ton café est en train de refroidir.

– Ah, mince. Pardon !

Je récolte un sourire complice de la part de Lina. Elle pose sa tasse vide dans l'évier et ouvre un placard.

– Vous habitiez ici, avant ?

Elle hoche la tête.

– Oui. C'est la maison qui a vu grandir mes enfants. Lorsque nous sommes partis à Chicago, Jenny, Federico et moi, nous l'avons laissée à Milo. Je ne m'attendais pas à ce qu'il en prenne autant soin. J'en suis ravie.

– C'est vrai qu'avec son caractère de feu, il aurait pu la brûler.

J'ignore pourquoi, mais le visage de Lina se tord dans une grimace douloureuse. Je ne comprends pas vraiment ce que j'ai pu dire de mal, mais dans le doute, je change de sujet.

– Hey, c'est votre mari, là ?

Du bout de l'index, je désigne la fenêtre. Lina semble soudain reprendre vie. Ses traits renouent avec leur douceur coutumière.

– Oui ! Il installe une guirlande lumineuse sur la terrasse, pour égayer les nuits d'été. Enfin, il essaie.

Effectivement, l'échelle donne du fil à retordre à Federico, qui ne parvient pas à la déplier. Après avoir observé quelques-unes de ses bourdes en riant avec Lina, je propose d'aller dans le jardin lui filer un coup de main.

– C'est gentil, Adelia, mais j'ai besoin de toi, moi aussi. Quant à mon mari, c'est juste qu'il avait l'habitude de décorer le jardin avec Milo.

– Peut-être pourra-t-il le faire à son retour.

– Oui, sans doute, répond-elle, évasive.

J'ai loupé un épisode ?

– Alors, en quoi puis-je vous aider, aujourd'hui ? la questionné-je en commençant à laver nos tasses.

– Je me suis dit qu'on pourrait préparer à manger ensemble, toutes les deux. Peut-être aussi avec Jenny, si elle est d'humeur. Qu'est-ce que tu en dis ?

J'écarquille les yeux en me souvenant brusquement de l'avoir laissée en plan la veille.

– Mince ! Je ne me suis même pas excusée pour hier. Je suis vraiment désolée de vous avoir posé un lapin. Milo et moi, on a…

On a fait une balade, on s'est garés sur un parking où j'ai engueulé un gros porc qui s'est révélé être un mafieux, puis votre fils m'a sauvée des griffes de cet homme pour me révéler qu'au lieu de livrer des pizzas, il livre des gens dans son coffre. Sans leur consentement, cela va de soi.

– Oh, ça ne fait rien, *principessa*. Que crois-tu ? Mon mari et moi, on a aussi été de jeunes amoureux, à ne pas pouvoir se passer l'un de l'autre au point d'oublier le reste de la planète. Je t'assure, ce petit égoïsme des nouveaux couples, c'est tout ce que je souhaite à mon fils. Après avoir été seul si longtemps, le savoir avec quelqu'un comme toi me rend tellement heureuse.

J'essuie nerveusement les tasses en évitant son regard. Je me sens coupable de mentir à cette femme. Si son fils n'était pas un quasi-mafioso doublé d'un menteur, il serait sans doute en couple à l'heure qu'il est.

– Désolée, je te mets mal à l'aise, Adelia. Je suis plus douée pour la cuisine que pour faire la conversation.

Je lui souris avec indulgence.

– C'est une chose que nous avons en commun. Sauf que dans mon cas, je ne m'en sors pas en cuisine non plus.

Elle éclate d'un petit rire touchant.

– Je ne te crois pas.

– Vous en aurez bientôt la preuve. Je vous jure que je suis une véritable catastrophe. J'espère que vous êtes assurée tous risques. Glissements de terrain, inondations, incendies… avec moi, on n'est jamais à l'abri de rien.

– Pourquoi n'irais-tu pas chercher ton téléphone ? Comme ça, tu pourrais prendre des notes et des photos de chaque étape pour envoyer le tout à ta maman.

– Bonne idée, merci.

– Super. Pendant ce temps, je vais préparer tous les ingrédients.

Je la laisse seule pour aller récupérer mon smartphone dans ma chambre. J'en profite pour consulter mes messages. Il y en a plusieurs de Juliette, qui me demande si j'ai déjà succombé au charme de mon beau Sicilien. Elle réclame aussi une photo de lui. J'en prendrai une en douce, comme ça, elle arrêtera d'insister. Si possible, une où il n'est pas à son avantage, histoire de me venger. Parce que mine de rien, il m'a laissée toute seule encore une fois. J'envoie un texto à Giulia pour lui promettre que j'aurai bientôt une recette alléchante à lui proposer.

Ma batterie est presque vide. C'est en voulant récupérer le chargeur que je remarque la présence d'un petit carnet sur ma table de nuit. Je serais prête à parier qu'il n'était pas là la veille. Je ne devrais peut-être pas faire ça, mais je m'en empare quand même. La curiosité est, avec la gourmandise, mon plus gros défaut. Je l'ouvre à la première page.

Petite curieuse,

Je savais que tu finirais par ouvrir ce carnet. D'ailleurs, cela vaut mieux pour moi, parce que sinon tu vas croire que je t'ai plantée alors que ce n'est pas le cas. Aujourd'hui, je dois partir pour des raisons que tu préfères ne pas connaître. Il faut que je répare quelques erreurs. C'est comme ça, dans mon monde. Tout se paie.

Je fais la grimace. Est-ce qu'il est en train de me dire qu'ils vont le torturer ou un truc dans le genre ?

Je voulais juste te remercier de ne pas t'être défilée après ce que je t'ai déballé hier. Je ne sais pas si toutes les Françaises sont aussi folles que toi, mais je compte bien profiter de ta folie jusqu'à la fin.

Aujourd'hui, tu vas préparer un premier plat avec ma mère. Essaie de ne pas démolir ma cuisine. Ce petit carnet est pour toi, pour que tu puisses noter tout ce que tu apprendras avec elle. Conserve-le précieusement, car chaque recette de Lina Piromalli constitue un trésor.

Milo.

Pourquoi est-ce que je souris bêtement ? Je suis à ce point en manque d'attention qu'un petit mot laissé dans un carnet tout ce qu'il y a de plus banal m'émeut ?

Pauvre fille !

Je prends le calepin bleu ciel avec moi et le pose sur la table de la cuisine. Les yeux de Lina s'attardent un instant dessus, mais elle se contente de sourire.

– Qu'est-ce qu'on prépare de bon ? Des *arancini* ?

Elle secoue la tête.

– Non, ma belle. Avec le recul, je pense que pour cette première séance, c'est le pain qui s'impose.

Du pain ? Je vis au pays de la baguette ! Il me suffit de descendre à la boulangerie au coin de la rue pour en avoir. J'aurais espéré qu'on cuisinerait quelque chose de plus élaboré. J'essaie de cacher ma déception du mieux que je le peux, mais Lina est bien trop perspicace pour moi.

– On croit à tort que le pain est banal, mais détrompe-toi, il est la base de tout. Sans un bon pain à tremper, à quoi sert-il de préparer une bonne sauce ? Un repas n'est pas un repas sans un pain de qualité. Et puis, tu verras, travailler la pâte a des vertus thérapeutiques, je te le promets.

Une vingtaine de minutes plus tard, je dois admettre qu'elle a raison. Je ris en malaxant la pâte et le stress lié aux événements de la veille me semble bien loin, à présent. La pâte est souple, agréable à pétrir, et elle dégage déjà un arôme prometteur qui me met l'eau à la bouche.

– Qu'est-ce qui s'est passé ici ? s'enquiert Jenny en nous rejoignant.

Effectivement, la cuisine est un champ de bataille. J'ai mis de la farine partout, même dans mes cheveux.

– C'est l'ouragan Adelia, l'informe Lina. Je ne sais pas comment elle a fait, mais il y a presque plus d'ingrédients autour que dans son bol.

Je m'attends à ce que Jenny fasse une remarque désobligeante, mais elle se contente de me sourire.

– Tu ne te débrouilles pas trop mal.

– Merci.

– Tu te joins à nous, ma fille ?

– Pas avant d'avoir bu mon café.

Finalement, après avoir pris son petit déjeuner, elle choisit de sortir aider son père qui galère à tailler les arbustes qui bordent le jardin. Tout en préparant une nouvelle dose de pâte – je crois que Lina a l'intention de nourrir le quartier entier pendant trois jours –, nous observons Jenny et Federico qui s'affairent autour du pin. C'est fou ce qu'il est facile de s'intégrer au sein de cette famille. Pour un peu, j'en oublierais que c'est pour de faux.

Après cuisson, nous nous rendons compte que mes pains sont plus plats que ceux de Lina alors que j'ai suivi scrupuleusement ses instructions. Chez elle, ça forme de jolies boules bien rondes.

– Tu as voulu représenter des mocassins, Adelia ?

– Hum… non. C'est juste que je n'ai jamais été douée en cuisine. Je ne comprends pas pourquoi Giulia m'a envoyée ici plutôt que de venir, elle.

– Giulia ? s'étonne Lina.

– Oui, c'est le prénom de ma mère adoptive.

Un sourire nostalgique se dessine sur ses lèvres.

– Vous connaissiez une Giulia ?

– Oh, j'en connais beaucoup. C'est un prénom très commun en Italie. Un peu comme Marie en

France, j'imagine. Tu veux noter la recette dans ton carnet ?

– Je vais chercher un stylo.

Une fois la recette recopiée dans le calepin, les pains sont prêts à être dégustés. C'est vrai que les miens sont plats, mais ils n'ont pas mauvais goût. L'acidité de la levure est absente et je peux presque sentir la chaleur du soleil des champs de blé en été sur ma langue.

– Le principal, c'est que ce soit bon, m'encourage Lina.

– Milo ne serait pas de cet avis, la contredit Federico en goûtant à une de mes créations. Tu sais combien il tenait à la forme. C'est vrai qu'ils sont bons, Adelia.

– On s'en fiche de ce qu'il en penserait, mon psychorigide de frangin. De toute manière, il n'est pas là.

Je décèle une certaine rancune dans le ton de Jenny malgré son sourire. Je n'ai jamais eu de frère ou de sœur. Ou alors j'en ai, mais je l'ignore. Après tout, je ne sais rien de mes parents biologiques. Cela dit, l'animosité que je perçois chez Jenny à l'encontre de Milo va au-delà de la rivalité frère-sœur que j'ai pu voir au sein de fratries classiques comme celle de Juliette. Et en même temps, elle semble l'aimer. Dans tous les cas, leur relation attise ma curiosité.

Nous avons déjeuné de panelles, des beignets de pois chiche originaires de la région de Palerme.

Après avoir scrupuleusement noté la recette pour Giulia, j'ai goûté six ou sept beignets afin de m'assurer qu'ils étaient aussi délicieux qu'ils en avaient l'air. C'était le cas. Savoureux et croquants.

– Bon, je vais aller faire quelques achats en ville, annonce Jenny après le repas.

Moi aussi, je ressens le besoin de me dégourdir les jambes, histoire d'évacuer quelques dizaines de calories sur le millier que je viens d'ingurgiter.

– Est-ce que je peux venir avec toi ?

Ma question semble étonner tout le monde. Jenny me décoche un sourire enthousiaste.

– Bien sûr, ça fait un moment que je n'ai pas fait une sortie entre filles, même si c'est juste pour aller au magasin. Et puis, ça nous permettra de faire plus ample connaissance. J'ai plein de questions à te poser.

Plein de questions ? Bon sang, je suis le genre de femme qui, pour échapper au loup, se jette directement dans sa gueule.

CHAPITRE 14

ADELIA

Je crois que j'aime bien Jenny. Le premier magasin qu'elle a choisi n'en est pas vraiment un. C'est une bibliothèque. Une bibliothèque ! Des romans par centaines et des sièges moelleux. Il ne manque qu'un chat à caresser et une tasse de thé pour que mon bonheur soit parfait. Je pioche une jolie romance et me dirige vers le canapé où Jenny est déjà installée. Occupée à griffonner dans un calepin, elle me sourit avant de se replonger dans ses notes. Je n'ai même pas le temps de poser une fesse que le générique de l'animé Pokémon retentit dans toute la bibliothèque. Il faut vraiment être sans gêne pour laisser son mobile en mode général dans un endroit qui incite au calme. Je jette un coup d'œil circulaire autour de moi pour trouver le coupable et l'humilier d'un regard réprobateur, mais tous les visages que je croise sont aussi perplexes que le mien.

– Il cache bien son jeu, le malotru !

La musique s'éteint. Je respire, soulagée, mais elle reprend quelques secondes plus tard.

– Pourquoi est-ce que tu ne réponds pas ?

Je me tourne vers Jenny, étonnée de sa requête, avant de comprendre que je suis le malotru.

– Ne me jetez pas la pierre, me justifié-je à voix haute. Je n'ai choisi ni ce téléphone ni cette sonnerie, et je pensais qu'il était en mode silencieux.

Sans tenir compte de l'éclat de rire général auquel se mêle Jenny, j'extirpe le smartphone de mon sac et cours m'isoler au hasard d'un rayon. Je réponds en reconnaissant le numéro de ma mère.

– Maman, tout va bien ?

– *Principessa !* Cette recette que tu m'as envoyée, elle est excellente. Et les photos de pain… ça m'a mis l'eau à la bouche ! Ma mère m'en faisait quand j'étais petite, mais je les avais oubliés ! Ça m'a fait super plaisir de les retrouver.

J'ai bien pris soin de lui soumettre l'œuvre de Giulia. Pas la mienne.

– Merci. J'étais inspirée.

– Je vois ça. Qui te l'a donnée, cette recette ? Ton amoureux ?

– Hein ? Qui t'a dit que j'avais un amoureux ? N'importe quoi. Cette recette vient de…

– Juliette.

Je ferme les yeux. Bien sûr, ma meilleure amie a vendu la mèche. Elle n'a pas voulu mal faire : Juliette n'a pas une once de malveillance en elle. Seulement, elle ne sait pas tenir sa langue. Je n'aurais pas dû lui raconter, c'est ma faute.

– Euh, oui. J'ai rencontré quelqu'un. Un coup de foudre.

Un silence dérangeant suit ma réplique.

– Toi ? Un coup de foudre ?

– Je sais, c'est difficile à croire, mais… c'est arrivé. Je ne sais pas où ça va nous mener, d'autant plus que je dois revenir à la maison dans un mois, mais… on verra bien. Les relations à distance, il paraît que ça peut marcher.

– Pense à te protéger.

– Oh, bien sûr. Je prends la pilule et je mets un préservatif. Enfin, c'est plutôt lui qui le met, cafouillé-je nerveusement.

Je croise le regard réprobateur d'une lectrice alors je change de rayon.

– J'en suis ravie, *principessa*, mais ce n'est pas de ça que je parlais.

Je ferme les yeux et me pince l'arête du nez en devinant ce qui va suivre.

– Il faut que tu fasses attention, ma chérie. Après ce que tu as traversé ces derniers temps, tu dois protéger ton cœur.

D'autres trouveraient Giulia intrusive. Pas moi. C'est juste une mère qui s'inquiète pour sa fille, qu'une personne sans scrupules a fait souffrir durant un peu plus d'un an. J'ai été le souffre-douleur, le bouc émissaire. Ma famille et Juliette m'ont aidée à ramasser les miettes de mon âme. Je ne laisserai plus personne me mettre en morceaux. Mais ce n'est pas pour autant que je vais vivre emmurée dans une forteresse.

– Ne t'inquiète pas, maman. Mon cœur est en lieu sûr.

– Bien ma douce, mais au moindre pépin, tu appelles et on rapplique. Papa et moi, on a suivi un cours de crève-manga.

– Krav-maga. Et c'était il y a près de quinze ans, si ce n'est plus. Je crois que j'étais encore à l'école, non ?

– Oui, mais c'est comme le vélo. Ça ne s'oublie pas.

Je ne peux pas m'empêcher de sourire, attendrie.

– En tout cas, ne t'inquiète pas pour moi, Giulia. Je saurai me défendre quoi qu'il advienne.

– Je reconnais bien là ma princesse aux crocs de dinosaure.

– Il faut que je te laisse. Je t'aime, mammasaurus.

Je raccroche, le cœur empli d'amour envers celle qui m'a élevée comme si elle m'avait mise au monde. Quand je surprends le regard de Jenny posé sur moi, je sursaute et me cogne la tête contre une étagère.

– Désolée de t'avoir fait peur. Ça va ?

– Oui, je… j'étais juste en train de choisir ma prochaine lecture.

Embarrassée qu'elle ait probablement entendu la conversation que je tenais avec ma mère, j'attrape le premier livre qui me tombe sous la main. C'est en l’agitant sous son nez que je me rends compte qu’il s’agit d’une version illustrée du *Kamasutra*. Je rougis jusqu’à la racine des cheveux.

– Non que je m’y intéresse, mais de ce que je connais de la sexualité de mon frère, je ne pense pas qu’il ait besoin de ça.

Mortifiée, je repose le bouquin et choisis sagement une romance de Noël qui m’a l’air aussi intéressante qu’innocente. Jenny me la prend des mains avec un sourire complice.

– Viens, on va l’emprunter avec ma carte.

Mon visage commence à retrouver une température normale alors que la bibliothécaire scanne les ouvrages que nous avons choisis. Je note que Jenny a emprunté plusieurs livres portant sur l’architecture.

– Tu fais des études d’architecture ? demandé-je alors que nous grimpons à bord de sa voiture.

– Dans mes rêves, oui ! Je travaille à la trattoria de mes parents, à Chicago. Je ne me vois pas les laisser pour suivre mon cursus. Milo les a déjà un peu abandonnés pour rester en Sicile, alors…

– Milo ? Il travaillait avec eux ?

Elle hoche la tête.

– Oui, et crois-moi, il était nettement plus talentueux que moi, en cuisine. J’ai deux mains gauches et je me plante avec la monnaie la moitié du temps.

– Je comprends parfaitement ce que tu dis. Je suis dans le même cas que toi. À ceci près que j’ai essayé autre chose. J’ai voulu proposer mes talents de photographe pour différents clients mais ça n'a pas marché. Alors je suis revenue à la trattoria de mes parents où je m'occupe de la caisse et des réseaux sociaux.

La queue entre les jambes et le cœur en miettes, mais ça, je le garde pour moi.

– Ce n'était peut-être juste pas le bon moment pour toi, tente-t-elle de me consoler.

Ou alors, l'autre avait raison et je suis simplement trop nulle.

– Oui, peut-être. Si on n'essaie pas, on ne le saura jamais.

Je lui dédie un clin d'œil pour lui faire comprendre qu'elle n'est pas la mieux placée pour me faire la leçon. Je pense qu'elle a saisi le message, puisqu'elle n'insiste pas.

– Juste une question. Pourquoi est-ce que tu dis que ton frère a abandonné tes parents alors que ce sont eux qui sont partis de l'autre côté de l'Atlantique ?

Ses iris scintillent d'une lueur indéfinissable.

– Il ne t'a rien raconté, c'est ça ?

Je secoue la tête de droite à gauche avec l'impression d'être en train de violer l'intimité de Milo. Ma curiosité naturelle me donne envie d'en savoir plus sur cet homme si intrigant, mais je ne suis pas horrible au point fouiner dans son passé sans son accord.

– Euh, en fait…

– Mes parents étaient au plus bas, me coupe Jenny. D'ailleurs, nous l'étions tous, mais dans leur cas, c'était encore pire. Alors quand ils ont proposé de s'installer à Chicago pour changer de vie et penser à autre chose, j'ai tout plaqué pour les suivre, pour les soutenir. Y compris mon âme sœur. Il s'appelait Marco. Nous étions ensemble depuis le collège et l'annonce de mon départ a précipité notre séparation. J'étais convaincue que Milo nous suivrait, d'autant qu'il était célibataire et d'un naturel indépendant. En dehors de son meilleur ami, il n'avait pas réellement d'attache. Mais il a refusé.

– Et tu t'es sentie abandonnée.

– Abandonnée et trahie.

Elle me dédie un sourire contrit, même si son regard demeure chargé d'amertume.

– J'espère qu'il ne fera pas la même chose avec toi. Je ne te connais pas, mais je t'apprécie.

Je lui rends son sourire en cachant ma propre culpabilité, parce que je suis en train de lui mentir.

– Tu sais quoi ? On devrait aller boire un coup avant de rentrer.

Nous jetons un coup d'œil à l'horloge de la voiture. Il est à peine dix-sept heures.

– Ça te dit, un chocolat chaud à la sicilienne ? J'imagine que tu as déjà goûté les glaces italiennes, alors je te propose ça pour changer un peu.

– Pour moi, le premier commandement devrait être de ne jamais dire non à du chocolat.

Près de deux heures plus tard, je déguste mon troisième chocolat chaud en compagnie de Jenny.

Elle est vraiment géniale, cette fille. Adorable. Touchante. Et drôle.

Assises autour d'une table en terrasse, nous admirons les dattiers qui ornent la place centrale de Paradisio, jetant une ombre bienvenue sur le sol brûlant. La danse de leurs feuilles pennées sous la brise me fascine. C'est chaleureux et exotique. La serveuse a posé entre nous une assiette de *buccellatini*, des biscuits siciliens aux figues. Les paillettes colorées croquent sous la dent tandis que le cœur fruité est une explosion de saveurs sucrées. Que je commence à aimer la douceur de vivre de cette île ! Comment Giulia a-t-elle fait pour s'en aller d'ici ?

– Et voilà comment Marco a mis fin à une histoire vieille de près de sept ans, se lamente Jenny. Par un SMS dans lequel il m'avouait m'avoir rendue cocue. Les gars sont des porcs.

– Les filles aussi, crois-moi.

Et je sais de quoi je parle. Certaines personnes que l'on considère comme des sœurs sont les plus à même de vous planter un poignard en plein cœur. Sûrement parce qu'elles connaissent son emplacement exact.

– Et toi, avec Milo, ça baigne ?

– Oui, rien à redire. C'est récent, donc pour l'instant, tout va pour le mieux.

Jenny me sourit.

– La première fois que je l'ai vu, je l'ai trouvé à croquer malgré son numéro de charme raté.

– Son numéro de charme raté ?

Je lui raconte son jeu de latin lover ténébreux. Nous rions toutes les deux aux éclats, moi parce que je revois la scène, elle parce qu'elle l'imagine. De fil en aiguille, nous en venons à parler de certains acteurs italiens. Son préféré est Michele Morrone, principalement en raison de son corps. Je ne peux pas la contredire.

– Le torse de mon frère n'est pas mal non plus. Si doux au toucher…

Je fronce les sourcils, trouvant que c'est une remarque plutôt bizarre de la part d'une sœur envers son frère.

– Euh… oui. Vraiment doux.

Pourquoi est-ce que j'ai dit ça, au juste ? Je n'ai pourtant bu que du chocolat chaud !

À cet instant, Jenny tape dans ses mains avec tant de vigueur que toutes les têtes se tournent dans notre direction.

– Démasquée !

– Quoi ?

– Tu ne sors pas vraiment avec Milo.

– N'importe quoi. Tu as bien vu que je dors avec lui.

– Dans la même chambre, oui.

Je secoue la tête, prête à tout nier en bloc.

– Mais pas dans le même lit. Est-ce que je me trompe ?

– Sur toute la ligne.

– Vraiment ?

Je maintiens son regard du mieux que je le peux. C'est-à-dire pas très bien.

– Alors pourquoi est-ce que tu me parles du torse tout lisse de mon frère alors qu'il est couvert de cicatrices ?

Je me mords les lèvres, hésitante. J'ai déjà vu Milo torse nu, mais je ne l'ai jamais caressé pour la simple et bonne raison que nous ne sommes pas réellement ensemble.

– Adelia, si mon frère a un souci, je préfères le savoir. Je te jure que je ne lui dirai pas que tu m'as tout révélé. De toute manière, je l'ai deviné seule…

J'hésite, mais elle paraît si sincèrement inquiète que je craque.

– Ton frère n'a aucun souci.

En dehors du fait qu'il kidnappe des gens pour de l'argent pour en apprendre plus sur la mort de ton autre frère, bien sûr.

– Pourquoi est-ce qu'il fait semblant d'être avec toi, dans ce cas ?

– Pour tes parents, Jenny. Parce qu'il veut leur faire plaisir, les rassurer… Il m'a juste dit qu'ils en avaient vraiment besoin. Il s'inquiète pour eux.

Mon aveu semble attendrir Jenny. Elle en veut terriblement à Milo de ne pas les avoir suivis à Chicago, c'est compréhensible. Mais parallèlement, elle l'aime d'un amour fraternel infini. Ça se voit, et ça me chamboule.

– Et toi ? Qu'est-ce que tu y gagnes ?

– Tu veux dire à part le fait de me rincer l'œil sur le corps athlétique de Milo ?

Qu'est-ce qui m'a pris de dire ça ? Je suis pompette ou quoi ?

– Hum, j'apprécierais qu'on arrête de parler de l'anatomie de mon frangin, j'ai abordé le sujet pour te piéger. Je suis désolée.

– Ton frère m'a promis que tes parents partageraient leurs recettes avec moi. Ça fait un peu bizarre dit comme ça, mais pour tout t'avouer, c'est la raison de mon séjour en Sicile. D'ailleurs, pourquoi est-ce que je te révèle tout aussi facilement ? Tu es un agent du FBI ?

Elle rit, amusée.

– Pas du tout. Je crois que c'est à cause du *cuor di nocciole*. C'est une liqueur à la noisette. Il y en avait dans le chocolat chaud. Tu ne l'as pas vu sur le menu ? Je ne pensais pas qu'ils en mettraient autant. Un dernier chocolat avant de rentrer ?

Je hoche la tête. Tant pis pour mes poignées d'amour !

– Sans liqueur sicilienne, cette fois.

Quand nous nous levons pour partir, je me prends le pied dans la chaise et trébuche sous le regard ahuri des autres clients du café. Je ne suis pas tombée, mais mon tibia a tapé dans le pied de la table. Je vais avoir un bleu énorme si je ne fais rien.

– On peut s'arrêter à la pharmacie sur le chemin ?

– Je pense que mon frère doit avoir des capo…

– C'est pour de la crème à l'arnica, la coupé-je. Ne te fais pas d'illusions, Jenny. C'est pour de faux, je t'assure. Après votre départ, je rentrerai sagement chez moi.

– Bien sûr.

Elle affiche un sourire trop éclatant pour être sincère.

CHAPITRE 15

MILO

– Bordel de merde, grommelé-je en grimpant dans ma voiture.

Soulever mes fesses pour récupérer la clé dans la poche arrière de mon jean constitue une véritable torture. Une torture que j'ai amplement méritée.

J'entends un bruit de graviers juste à côté de moi. Je me tourne pour voir apparaître le visage inquiet d'Albinoni de l'autre côté de la vitre. Comme je ne l'ouvre pas – je ne suis pas d'humeur –, il tapote dessus pour me faire comprendre ses intentions. J'obéis.

– Désolé, mec. Je viens d'arriver. Il ne t'a pas trop amoché, Eduardo ?

Eduardo, c'est le plus costaud des hommes de main de Silvio. Pressentant que mon meilleur pote ne va pas me lâcher la grappe aussi facilement que je le voudrais, je soulève mon tee-shirt pour lui montrer l'ampleur des dégâts sous la lueur vacillante des lampadaires du parking.

– La vache, c'est moche.

– Tu peux parler ! Ton torse à toi ressemble à celui d'un ours.

Je n'en pense pas un mot et je sais très bien qu'Albinoni ne fait pas référence à l'esthétique de mon torse, mais aux hématomes dont il est couvert.

– Si ça se trouve, ça va plaire à ta nana.

– Je n'ai pas de nana. On fait juste semblant, je te rappelle.

Il lève les yeux au ciel.

– Si tu t'étais contenté de faire semblant avec elle, tu ne serais pas intervenu auprès de Mauro pour la défendre. Tu l'aurais laissé lui donner une leçon. Tu t'es interposé, et par conséquent, tu as pris les coups à sa place. En plus de cela, quelqu'un a laissé la porte de l'atelier des migrants ouverte et ils ont trouvé la clé comme par magie, tous les soupçons pèsent sur toi, même si on n'a aucune preuve. Je te connais. Tu n'aurais pas pris tous ces risques pour rien. Soit elle te plaît, soit tu veux la sauter. Je ne vois pas d'autre explication.

OK, il n'a pas tort. Hier soir, alors que tout le monde dormait, j'ai tenu la promesse que j'avais faite à Adelia et j'ai libéré les migrants. De toute façon, depuis le début, ça me rendait malade de les voir là, attachés. Même des gosses. Alors j'ai fait ce que j'avais à faire. J'ai coupé la caméra extérieure à distance, je leur ai filé la clé des menottes et j'ai laissé la porte du bâtiment ouverte après leur avoir fait jurer qu'aucun d'eux ne me balancerait s'ils se faisaient coincer. Je leur ai donné l'adresse d'une association qui leur viendra en aide, le reste, ce n'est plus à moi de gérer.

– Si cette tête de mule a pu sortir de la voiture et se retrouver dans ce hangar, c'est parce que j'ai été négligent. Je n'ai pas pris mes précautions et ça aurait pu déraper encore plus. J'ai merdé, pas elle. Normal que j'en assume les conséquences. Quant à la porte ouverte, je n'y suis pour rien.

Je lui dédie mon expression la plus impassible. Albinoni m'observe sans un mot, un coin de la bouche relevé dans un sourire sardonique.

– C'est tout à ton honneur, mec. Parfois, il m'arrive d'oublier que certains humains ne sont pas des enfoirés. Cela dit…

– Cela dit ?

– Tu veux quand même la sauter.

Je lui dédie un doigt d'honneur et fais démarrer le moteur de la voiture en souriant. En temps normal, je n'aurais pas dit non à une petite sauterie avec Adelia. Elle est vraiment bien foutue et le plus souvent, les femmes avec un sale caractère sont les meilleures au pieu. Mais avec mes parents qui entrent aussi dans l'équation, je ne veux pas jouer avec le feu.

– Prends soin de toi, crétin. T'es notre meilleur kidnappeur, me lance Albinoni juste avant que je ferme la fenêtre.

La vache, le moindre mouvement me fait mal. J'ai morflé un peu partout, mais surtout au ventre. Je ne sais pas pourquoi Eduardo s'est acharné de la sorte sur la partie centrale de mon corps. Je lui aurais bien cassé la gueule en retour, mais étant donné que c'était une punition exigée par Silvio lui-même, je n'étais pas autorisé à me défendre. Et encore, j'ai de la chance. Le fait que je sois le meilleur ami de son fils m'assure une certaine bienveillance de sa part. D'autres auraient pris plus cher que moi, voire se seraient fait raccompagner à la porte des Fiori, et pas par la manière douce.

Le monde de la Mafia est impitoyable. Je ne comprends pas que mon frère ait pu le choisir alors qu'il nous avait, nous.

Ce que je ne comprends pas non plus, c'est pourquoi je dois utiliser mes abdominaux endoloris même pour appuyer sur les pédales. Et dire que demain, ce sera pire !

Arrivé chez moi, je réprime un grognement. Une guirlande lumineuse mal enroulée sur la rambarde de la terrasse m'agresse les yeux. Je la reconnais aux ampoules multicolores, dont la bleue clignote par intermittence à la suite d'un court-circuit survenu il y a des années. Cela faisait des lustres que plus personne ne s'en servait, et la voir ne me met pas spécialement de bonne humeur. Et pour cause : c'est mon frère qui l'avait achetée. Au départ, elle ornait le pin devant la trattoria familiale. Désormais, il n'y a plus de pin, plus de trattoria, plus de frère. De tout cela ne subsiste qu'une famille brisée. Putain de guirlande !

Je réprime mon envie de couper le jus et rentre à l'intérieur. Je dois cligner des yeux pour m'assurer que je suis bien réveillé tant l'image devant moi me semble irréelle : mes parents assis sur un canapé faisant face à celui dans lequel Jenny et Adelia se marrent, un jeu de société déposé sur la table basse. Comme si elle faisait partie de ma famille pour de vrai. Un délicat fumet de pain frais vole dans les airs, conférant à la scène une ambiance encore plus chaleureuse. Bon sang de bonsoir, on se croirait dans la version sicilienne de *Sept à la maison.*

– Bonk ! crient-ils à l'unisson.

Puis ils se penchent sur la table pour faire rouler des billes en métal sur ce jouet en bois que je n'avais pas revu depuis… depuis trop longtemps.

Je me racle la gorge pour marquer ma présence et quatre têtes curieuses se tournent vers moi.

– On ne t'avait pas entendu arriver, explique ma mère.

– Pas étonnant, vu comme vous vous égosillez sur ce jeu.

– Adelia, je te présente monsieur rabat-joie, ironise Jenny.

– Oh, je le connaissais déjà, t'inquiète.

Puis elles se marrent à nouveau. Si elles s'y mettent à deux pour me torturer, je suis fichu. Leur duo me fait plus peur que Mauro et Eduardo déchaînés.

– Fils, j'allais justement me retirer du jeu, tu veux reprendre la partie ?

Je réprime un frisson d'horreur. Il devrait pourtant savoir que je ne joue plus aux jeux de société depuis la mort de Nino.

– Merci, mais non, papa.

Ma mère doit capter mon malaise parce qu'elle me sourit avec bienveillance. Jenny flanque un coup de coude à Adelia avec le manque de discrétion qui la caractérise depuis l'enfance. Déjà à trois ans, elle se croyait maligne quand elle fauchait du chocolat dans ma réserve en croyant que je ne remarquais pas la moustache brune qu'elle avait tout autour des lèvres. Si elle avait dû jouer les kidnappeuses à ma place, elle n'aurait même pas réussi à capturer Adelia.

– Ben alors, tu ne te lèves même pas pour saluer ton amoureux ?

Adelia s'étrangle avec son verre d'eau et fusille ma sœur du regard avant de braquer ses yeux perdus vers moi. Je hausse les épaules avec autant de discrétion que possible. Adelia se lève et s'avance vers moi d'un pas gauche, l'air aussi gênée que si elle avait sa culotte coincée entre les fesses. Merde, c'est moi qui lui fais cet effet-là ?

– On n'est pas obligés de… chuchoté-je lorsqu'elle arrive à ma portée.

Mais elle me réduit au silence en scellant ses lèvres aux miennes et en glissant ses bras autour de mon cou pour plaquer nos corps ensemble.

Ensuite, il ne se passe absolument rien. Même mon premier baiser était plus sympa que ça, pour dire. Elle ne bouge pas du tout. Est-ce qu'elle respire encore ? Ah oui, j'ai senti son souffle sur mon visage. Est-ce qu'elle a bu ?

Elle se colle un peu plus près, ce qui réveille les douleurs dans mon torse. Je remue pour qu'elle me lâche. Après quelques secondes qui me semblent interminables, elle s'écarte en me jetant un regard noir.

Malaise 1-Alchimie 0.

Je vois qu'elle prend sur elle pour ne pas se montrer trop désagréable devant mes parents.

– Tu as faim, mon lapin ?

Sur les lèvres de ma dulcinée se dessine un nouveau sourire sardonique que je vais m'empresser d'effacer.

– Oh que oui, je ne suis pas contre me mettre enfin un truc vraiment appétissant sous la dent.

À mon tour de la narguer.

– Ça tombe bien, il y a du pain dans la cuisine.

– Je vais te le chercher, se propose Adelia.

Elle disparaît sans me laisser le temps de répondre et revient chargée d'un panier en osier recouvert d'un torchon à carreaux rouge et blanc. Avec son tee-shirt écarlate, on dirait le Petit Chaperon rouge. Elle me tend le panier en soulevant le tissu. Les pains les plus proches de moi sont petits et laids. Qui a façonné des Quasimodos en miniature ? C'est nouveau, ça. Ceux de derrière ont l'air normaux.

J'essaie d'en attraper un mais Adelia, plus vive, retourne le panier si vite que je me retrouve avec un bout de pain difforme entre les mains, ce qui semble la rendre particulièrement joyeuse.

– Eh ben, il t'en faut peu pour être heureuse, lancé-je à voix haute.

– C'est pour ça qu'elle t'a choisi, frangin, balance Jenny.

Adelia me prend le pain des mains pour me le fourrer dans la bouche, étouffant mon grommellement. Je dois mordre comme un malade pour réussir à percer cette croûte si épaisse. J'abandonne ma tentative de le croquer.

– La vache, j'ai failli me casser une dent. Vous l'avez acheté où, ce pain ? À la boulangerie ou à la cimenterie ?

Un silence de mort fait suite à ma question.

– Bon, je crois que je vais monter me coucher. Je suis fatiguée, ce soir, fait Adelia en bâillant à outrance.

– Bonne nuit, Adelia.

– À vous aussi, Lina. Bonne nuit à vous tous.

Je la laisse partir avec une drôle d'impression.

– J'ai raté un épisode ?

– Tu as loupé la série tout entière, générique compris, réplique Jenny.

– Pourquoi ?

– Elle avait préparé ce pain pour toi, explique mon père avec douceur. Ton commentaire idiot l'a blessée.

– Elle aussi, elle aurait pu me blesser avec son pain. C'est une arme de destruction massive, ma parole !

– Quoi qu'il en soit, elle était toute contente à l'idée de te faire goûter sa création, renchérit ma mère. La sincérité est une qualité, Milo. Mais elle ne doit jamais être dépourvue de bienveillance.

Plutôt que de répondre, j'essaie à nouveau de croquer dans mon pain. La texture est affreuse, mais la saveur est bonne malgré l'arrière-goût de culpabilité qu'elle me laisse dans la bouche.

Lorsque, plus tard dans la soirée, j'emprunte l'escalier pour rejoindre Adelia, j'ai pris une décision. Il faut que je mette fin à nos petites chamailleries. Elle a tendance à me faire sortir de mes gonds, c'est vrai. Je n'ai pas l'intention de la blesser, et c'est pourtant ce que je fais chaque fois que j'ouvre la bouche.

Mais c'est plus fort que moi, tout en elle me pousse à bout.

J'ouvre la porte doucement au cas où elle dormirait, si bien qu'elle ne remarque même pas ma présence. Allongée sur la couette, elle porte un tee-shirt informe à l'effigie de Gigi D'Agostino, un D.J. italien qui fait encore la fierté de notre nation. Le vêtement dévoile de jolies jambes musclées qu'elle s'empresse de cacher sous la couette quand elle remarque ma présence. Elle ne daigne même pas m'accorder un regard. Je baisse les yeux sur le bouquin qu'elle tient entre ses mains. Parler de sa lecture me semble une bonne entrée en matière.

– Oh, tu fais partie de celles qui lisent des romances ? Laisse-moi deviner… Elle trébuche sur une peau de banane dans une librairie, un mec se penche pour l'aider à ramasser ses livres puis ils tombent amoureux en faisant un bonhomme de neige ?

Mince, ça sonne ironique. Dans ma tête, ça avait l'air amical.

La réaction d'Adelia ne se fait pas attendre. Elle pose ses deux billes sur moi et ouvre les hostilités.

– C'est toujours mieux que cette histoire : elle se perd en cherchant les cuisines de l'hôtel, il se la joue Michele Morrone puis lui offre une promenade presque mortelle dans des bosquets bourrés d'abeilles avant de la ligoter pour lui demander de faire semblant d'être sa petite amie. Dit comme ça, ça ressemble à tout sauf à une romance, tu ne trouves pas ?

– Ça tombe bien, parce que ça n'en est pas une, rétorqué-je.

Oups, ça m'a échappé. J'étais censé calmer le jeu. Au lieu de quoi je jette de l'huile sur le feu. Dans le monde des pompiers, je suis le psychopathe pyromane.

Elle ferme son livre avec force et le pose sur sa table de nuit. Il est muni d'une étiquette de la bibliothèque de Paradisio. Dans le temps, j'y emmenais souvent ma sœur. J'imagine qu'elle a dû y aller avec elle. Conscient des efforts d'Adelia pour s'adapter à ma famille et jouer son rôle au mieux, je tente de me radoucir.

– Ton pain n'était pas si mauvais.

En guise de preuve, je lui décoche un énorme sourire pour lui montrer que j'ai encore toutes mes dents malgré la dureté de sa préparation culinaire. Elle ne répond même pas. Je me gratte le cuir chevelu, mal à l'aise. Ça me coûte de l'admettre, mais je n'ai aucune expérience avec les filles. Pas du point de vue relationnel, en tout cas. Mes rapports avec elles se sont toujours réduits au sexe pur et dur – c'est le cas de le dire – et maintenant que je suis confronté à Adelia, j'en comprends la raison. Son mode de fonctionnement est pour moi aussi mystérieux que la météorite qui a anéanti les dinosaures.

– À quoi est-ce que tu penses ?

– À toi.

– À moi ? s'étonne-t-elle.

Pour le coup, elle n'a pas l'air énervée, alors je décide de développer pour aller dans ce sens.

– Oui. À toi, et aux dinosaures.

Vu comme elle me regarde, je fais fausse route. Je lui dédie mon sourire le plus charmeur pour la calmer. Bien entendu, ça ne prend pas. Que je veuille les mettre dans mon coffre ou bien dans mon lit, mon charme silencieux agit toujours sur les femmes. Il a fallu que celle que je dois garder à mes côtés sur une longue durée soit la seule sur qui je n'ai pas le moindre effet.

Fichu karma !

– Si tu n'as rien de plus intéressant à dire, bonne nuit.

Elle tend le bras au maximum pour éteindre la lumière, me laissant dans le noir au milieu de la pièce. Après m'être cogné le petit orteil contre un meuble non identifié – c'est bête, c'était un des seuls endroits où je n'avais pas mal –, je parviens à trouver le fauteuil qui fait office de lit. Je me défais de mon tee-shirt en étouffant une plainte. Mon corps est toujours aussi douloureux. J'aurais bien mis un peu de glace dessus, mais j'ai la flemme de retourner dans la cuisine. Dans la salle de bains, j'ai ouvert mon tube de paracétamol, il était périmé depuis des lustres. Alors je fais avec.

La souffrance physique est la bienvenue, même si je dérouille, parce qu'elle efface un peu le bordel que j'ai dans la tête. Ma peine ne disparaîtra pas toute seule. J'ai arrêté de croire aux miracles. Elle ne s'en ira que le jour où je saurai qui a assassiné mon frère. Parce que même si l'enquête a conclu à un accident, je suis convaincu que c'est faux. Lorsqu'on joue avec le feu et qu'un incendie survient, c'est que quelqu'un a allumé la mèche. Le destin n'y est pour rien. Reste à savoir qui est l'enfoiré qui a fourni le briquet…

Je peine à m'endormir, comme toujours. À ceci près que cette fois, la douleur physique s'ajoute aux tourments qui règnent dans ma tête depuis qu'on m'a enlevé une partie du cœur. Des flammes destructrices dansent sur ma peau et je ne sais plus où commence le cauchemar et où s'arrête ma vie. Je hurle, je veux m'échapper. Mais de quoi ? Qu'est-ce qui est pire ? Le rêve ou la réalité ?

J'ouvre les yeux, en sueur, et tombe nez à nez avec le visage préoccupé d'Adelia, si proche du mien que je pourrais percevoir les imperfections de sa peau si elle n'était pas aussi… parfaite.

– Tu faisais un cauchemar ?

Elle a allumé la petite lampe de la table de nuit. Cette lueur douce tombe sur ses cheveux en bataille, la rendant plus attirante qu'elle ne l'est déjà.

Fuis, Milo…

– Ouais. Et maintenant que je t'ai vue, j'aimerais bien y retourner.

Ses yeux s'étrécissent comme deux meurtrières, puis elle me flanque un coup de poing dans les côtes en me balançant un « *vaffanculo*, Milo » que j'ai bien mérité. Mes poumons se vident douloureusement de tout leur air et je me plie en deux malgré moi sous son regard étonné. Elle a tapé pile-poil à l'endroit où Mauro m'a frappé le plus fort.

– Je te croyais plus costaud que ça, le kidnappeur. Si j'avais su que la Mafia embauchait des petites natures…

– Tu aurais présenté ta candidature ?

J'ai voulu répondre sur un ton désinvolte, mais cette fille est trop perspicace. Elle sait immédiatement que je mens, peut-être au son de ma voix, ou alors elle le voit dans mes yeux.

– Ça va, Milo ?

– Impecc. On n'est pas bien, là, à discuter en plein milieu de la nuit au lieu de pioncer ?

Elle fait un pas en arrière puis m'observe, les bras croisés sur sa superbe poitrine. Je dois faire un effort surhumain pour ne pas lorgner ses jambes.

– N'oublie pas d'éteindre quand tu auras fini de me reluquer, *bambolina* !

– Non, mais qu'est-ce que tu as sur le torse ?

– Ça s'appelle des tétons, et la plupart des filles en raffolent. Si tu veux toucher, il te faudra…

Je suis réduit au silence par une petite fusée qui s'écrase exactement là où ça fait mal. Adelia s'est accroupie entre mes jambes et ses mains curieuses inspectent les dégâts sur mon torse. Je ferme les yeux en soupirant. Moi qui voulais rester discret…

– Qu'est-ce qui t'est arrivé ?

– J'ai trébuché sur une de tes chaussures et je suis tombé. Tu devrais mieux ranger, franchement.

Son regard me fait taire. J'aurais mieux fait de garder les paupières baissées.

– Je suis sérieuse, Milo. Je veux, non, j'exige la vérité.

Et cette tête de mule ne me laissera pas me rendormir tant que je ne lui aurai pas tout raconté. Ou presque.

– La vérité, c'est que je n'aurais pas dû te laisser toute seule dans cette voiture devant le hangar. La vérité, c'est que j'ai merdé, et que j'ai dû en assumer les conséquences.

– Ils t'ont tabassé ?

La consternation dans ses yeux me fait passer l'envie de faire de l'humour. Je n'ai plus l'habitude que l'on s'inquiète pour moi, alors sa réaction me touche plus qu'elle ne le devrait.

– C'est comme ça que ça marche, Adelia. Je t'ai défendue et ils me soupçonnent d'avoir libéré les migrants. J'ai déconné, j'ai payé, c'est normal.

– Mais il faut appeler la police. Tu dois porter plainte pour coups et blessures.

Je ne peux pas m'empêcher de lui adresser un sourire.

– Toi, c'est sûr, tu crois encore au père Noël. Certains officiers marchent avec les Fiori, sinon, ils ne seraient pas si puissants. Alors, tu me lâches.

Elle ouvre la bouche pour parler. Je la lui ferme en apposant un doigt sur ses lèvres. Ce contact nous surprend autant l'un que l'autre. Elle ne recule pas et moi, je n'ai aucune envie de retirer ma main.

– Et tu oublies que moi aussi, je trempe là-dedans jusqu'au cou, même si je ne fais pas officiellement partie de leur clan.

Elle ferme les paupières en inspirant profondément. J'admire sa poitrine qui se soulève. Lorsqu'elle rouvre les yeux, ils sont dépourvus de tout jugement négatif.

– Tu pourrais quand même aller aux urgences.

– Aux urgences ? Pour quelques contusions ? Tu exagères ! Tu me prends pour un débutant ?

Elle pince les lèvres. C'est mauvais signe.

– Débutant ou pas, tu auras des soins quand même. Tu préfères que ce soit moi qui m'en charge ou ta mère ?

Ma mère ? Certainement pas, elle poserait des questions.

– Toi.

Elle paraît si étonnée que je me marre, ce qui accentue ma douleur.

– Moi ? Tu en es sûr ? Tu sais que j'ai deux mains gauches, Milo. Tu as bien vu ce que j'ai fait aux pains. Tu veux qu'il t'arrive la même chose ?

– Ils n'étaient pas si mauvais. Je te fais confiance.

– Dis plutôt que tu n'as pas le choix.

Je lui souris.

– Bon, je vais aller te chercher des glaçons pour apaiser la douleur, fait-elle en tournant les talons.

– Attends.

– Quoi, tu veux que je te rapporte une bière ?

– Pas à cette heure-ci, non. Mais prends ton téléphone au cas où tu t'égarerais, les glaçons sont dans le congélateur qui se trouve dans la cave. Nous connaissons tous les deux ta propension à te perdre.

– Je devrais m'en sortir toute seule, merci. Il n'y a pas de raison que je tombe deux fois sur un kidnappeur. À moins que vous ne soyez légion en Sicile.

Je hausse les épaules, ce qui m'arrache une petite mimique de douleur qui la fait marrer.

– Si tu n'es pas de retour dans deux minutes, je lance un avis de recherche, la menacé-je.

Elle revient exactement quatre minutes plus tard, armée d'un paquet de glaçons. Sadique comme elle est, je m'attends à ce qu'elle pose tout le sachet sur mon torse sans crier gare, mais elle se contente de s'emparer d'un seul glaçon.

– Je vais le passer sur tes contusions. Ensuite, je t'appliquerai de la pommade à l'arnica, d'accord ?

Bien que je n'aime pas me sentir en position d'infériorité, il y a quelque chose dans cette situation qui m'amuse. Elle me donne un coup de pied dans le tibia pour me forcer à écarter les jambes.

– Un peu de douceur, espèce de brute, grogné-je pour la forme tout en lui obéissant.

Elle s'accroupit entre mes genoux et pour le coup, je ne peux pas m'empêcher de trouver la situation particulièrement érotique.

Ce n'est pas le moment de penser avec ta queue...

Elle prend une profonde inspiration puis pose le glaçon sur ma clavicule gauche. Surpris par le froid, je pousse un petit cri.

– Chut, la mauviette. Sinon, tes parents vont nous entendre et vont croire à autre chose.

– Qu'y aurait-il de mal à cela ? Nous sommes censés être ensemble, non ?

Elle ne répond pas et se contente de déplacer le glaçon le long de mon épaule. Je ferme les yeux en retenant mon souffle jusqu'à ce que la sensation de froid remplace la douleur. Puis, elle dirige la glace entre mes clavicules.

– Détends-toi, Milo. Je sais que ce n'est pas agréable, mais…

– En fait, ce n'est pas si mal.

Je peux presque deviner son sourire. Elle déplace le glaçon sur mon autre épaule avant de revenir pile-poil sur ma gorge.

– C'est même plaisant.

Qu'est-ce qui me prend de lui dire ça ?

J'ouvre les yeux pour mieux l'observer. Les siens sont rivés sur sa main. Elle évite de croiser mon regard, j'en suis convaincu. Elle semble aussi troublée que moi, puisqu'elle aussi, elle retient son souffle. Je le vois aux mouvements contrôlés de sa poitrine.

Elle se saisit d'un autre glaçon qu'elle promène lentement sur mon torse, partout où ma peau est meurtrie. C'est la première fois que je laisse quelqu'un s'attarder sur cette partie de mon corps depuis la mort de mon frère. Après l'accident, Albinoni m'a conduit chez le meilleur dermatologue d'Italie. Celui-ci a été en mesure de réparer les blessures que je m'étais faites en tentant de sortir mon frère des flammes, du moins en partie. On ne les voit plus, mais on peut sentir que la texture de ma peau n'est plus tout à fait la même, et cela m'a longtemps mis mal à l'aise. Pour autant, quand Adelia balade son glaçon sur ma peau, je ne ressens pas cette gêne. Peut-être justement parce que le glaçon fait barrière entre nous. Ou alors, c'est autre chose.

Hypnotisé par le mouvement de sa main sur mon corps, je la regarde descendre de plus en plus, contourner mon nombril puis s'occuper lentement de la partie la plus basse de mon abdomen.

Ma peau n'est plus glacée. Elle brûle d'un feu invisible mais ravageur que rien, sinon Adelia, ne saurait éteindre. J'ai beau lutter contre, rien n'y fait. J'essaie de camoufler mon érection en changeant de position.

– Ça va ? Je te fais mal ?

Tout ce que je parviens à faire, c'est lâcher un grognement d'ours mal léché, ce qui lui fait lever ses beaux yeux sur moi. Ils sont empreints de crainte mêlée de désir. Je devrais me lever pour m'éloigner d'ici, mais j'en suis incapable. Je suis subjugué par son regard, paralysé par l'électricité qui se dégage de nos deux corps.

– Bon, on va peut-être passer à la crème à l'arnica.

– Tu n'es pas obligée, ça va aller.

– Comme tu veux, mais ça ne me dérange pas.

– Je préfère qu'on évite, tu m'as assez martyrisé comme ça.

Qu'elle me lâche, vite !

– Pas la peine d'être désagréable. J'ai fait ça pour toi et je n'y ai pas pris le moindre plaisir.

Là-dessus, elle se lève d'un mouvement qui traduit son agacement. Mais, Adelia étant Adelia, elle trébuche sur ses propres orteils et chute en avant. Putain, mais comment c'est possible d'être aussi maladroite ? Je la rattrape par les poignets. C'était moins une. Un peu plus et elle me tombait dessus. Nos visages sont à peine à un centimètre l'un de l'autre, nos jambes sont emmêlées, elle est à moitié sur moi et ses cheveux détachés taquinent mon torse.

Les braises dans son regard contredisent ses paroles.

– Tu devrais t'éloigner, Adelia.

Et comme toujours, cette tête de mule fait le contraire de ce que je lui demande.

Plutôt que de me refroidir, elle me brûle. Plutôt que de fuir, elle m'embrasse.

D'abord timide, notre baiser gagne vite en intensité. Sa bouche est à la fois douce et entreprenante, et elle dégage un parfum des plus enivrants. Elle me surprend en mordant ma lèvre, fort et sans peur. Putain, elle est dingue ! Je peux affirmer sans me tromper que ce baiser n'a plus rien de ce simulacre maladroit que nous avons échangé dans le salon devant ma famille.

Je la relâche pour qu'elle se sente libre de s'en aller, un comble pour un kidnappeur. Loin de se soucier de sa liberté, elle en profite pour poser ses mains sur mon torse, touchant directement à ma peau, ma vulnérabilité. Je me raidis et m'empare à nouveau de ses poignets sans toutefois l'écarter, les yeux plantés dans les siens. Je ne sais pas ce que j'y lis. Une fragilité similaire à la mienne, sans doute, qui me pousse à la libérer à nouveau.

Ses doigts habiles se promènent librement sur ma peau, provoquant un surprenant mélange de douleur et de plaisir qui ne fait qu'accentuer mon désir. J'encercle sa taille de mes mains pour l'asseoir sur moi, pile sur mon sexe dressé pour elle. Adelia pousse un petit cri étonné qui me fait sourire contre ses lèvres. Les griffes plantées dans mes épaules, elle m'attise en se frottant éhontément sur ma verge à travers nos vêtements.

Très vite, nos habits sont de trop. Je la débarrasse de son hideux tee-shirt et prends quelques secondes pour admirer sa somptueuse poitrine avant de me pencher dessus pour cueillir le bout de ses seins entre mes dents. Elle sent divinement bon et, contrairement à la mienne, sa peau est d'une délicatesse des plus agréables. Un gémissement lui échappe, qui me semble la plus douce des musiques.

Je glisse ma main dans sa culotte en la regardant dans les yeux, puis enfonce un doigt en elle.

– Milo…

Sa main à elle se faufile sous mon boxer. Lorsque ses doigts se referment autour de ma verge, j'arrête de penser à des âneries.

On devrait s'arrêter. Le sexe complique toujours les choses, c'est pour ça que je n'établis jamais de relation avec les filles avec qui je couche.

Elle sent que je me tends, que je m'éloigne d'elle, et réagit en me serrant de plus belle dans sa main.

Ce n'est pas du jeu, ça…

Elle s'arrête et capture mon visage entre ses mains.

– Juste pour une fois, Milo. Il n'y a pas de raison que ça change quoi que ce soit entre nous.

Je la regarde dans les yeux, tentant de démêler le vrai du faux.

– De toute façon, ce n'est pas comme si j'avais prévu de rester en Sicile.

Elle n'a pas tort. Je décide de céder au plaisir, de lâcher prise, ne serait-ce que l'espace de quelques instants.

C'est délicieux. C'est génial. C'est absolument démentiel.

CHAPITRE 16

ADELIA

C'était une erreur. Une erreur monumentale, de la taille de l'Etna. Non, de l'Italie tout entière, Alpes comprises.

Je m'envoie en l'air avec deux types de personnes. Il y a celles qui me plaisent, avec qui j'ai envie de construire quelque chose. Et puis, il y a les coups d'un soir : celles envers qui je ne ressens que du pur désir physique. Celles-là, d'une manière générale, je ne les revois plus et ce, d'un commun accord.

Hier soir, j'ai mélangé les deux catégories en couchant avec un type imbuvable mais sexy que je vais être amenée à côtoyer pendant encore quelques semaines. Qu'est-ce qui m'a pris de faire ça ?

C'est mon inconscient qui répond à ma place :

1. il est incroyablement gaulé ;
2. tu t'es sentie bien avec lui, et pas juste pendant que vous couchiez ensemble ;
3. il t'a fait prendre un pied d'enfer ;

4. j'ai déjà dit qu'il était bien gaulé ? ;

7. ton état second post-coïtal est tellement intense que tu n'as même pas remarqué qu'il n'y avait pas de points 5. et 6.

Je fais taire mon imbécile de conscience d'un grognement silencieux.

Hier soir, je n'ai rien regretté sur le coup. J'ai filé dans la salle de bains, à la fois pour des questions d'hygiène et en raison d'un soudain accès de timidité, sans doute lié à la puissance de ce que j'ai ressenti avec lui. C'était d'une rare intensité et j'avais peur que ce ne soit pas réciproque, même si pour moi, ça se résumait à un incroyable plaisir physique et à une éphémère mais surprenante alchimie. Je suis restée un petit moment enfermée dans la pièce d'à côté, à essayer de reprendre mes esprits.

Lorsque j'en suis sortie, il dormait à poings fermés sur son fauteuil, alors que j'hésitais à lui proposer de partager mon lit. Donc pendant que je me démenais pour essayer de comprendre ce qui venait de se passer entre nous, lui, il pionçait tranquillement.

Par conséquent, j'ai dormi peu et mal, et je ne me sens pas d'humeur à l'affronter ce matin. C'est pourquoi, dès mon réveil, je décide que la meilleure approche, c'est la fuite. Aussi, je profite du fait que Milo dorme encore pour attraper quelques vêtements et quitter la pièce, non sans avoir jeté un dernier regard à son corps de rêve. Cela suffit pour que mes imbéciles d'hormones réclament un second round.

Eh bien, il n'y en aura pas !

Je m'habille prestement dans la salle de bains et descends les marches en évitant celle qui craque. Le rez-de-chaussée est désert, tout le monde a filé, et c'est tant mieux. Je ne m'imaginais pas discuter avec Lina comme si de rien n'était alors que je viens de m'envoyer en l'air avec son fils.

C'est la raison pour laquelle ça ne doit pas se reproduire.

Je jette un coup d'œil en direction de la porte d'entrée. C'est l'occasion idéale pour m'évader quelques heures, le temps de faire tomber la pression et, soyons francs, d'éviter Milo.

Bien décidée à prendre mes jambes à mon cou, je marche vers la porte comme on court vers la liberté. En passant devant la cuisine, l'arôme du café chatouille mes narines.

Non, Adelia, tu n'es pas un estomac sur pattes. Ne sois pas lâche, fuis !

Oui, mais en même temps, sans ma dose de caféine, je ne suis pas efficace. Je serais encore capable de me perdre. Mais ça ne serait pas si grave, puisque j'ai mon téléphone mobile avec moi. Si jamais je m'égare, je pourrai toujours prévenir quelqu'un. Je fais un pas de plus vers la sortie. Une odeur sucrée vient s'ajouter à celle du café.

Ça change la donne !

– Allez, un café, une douceur, et c'est tout, susurré-je.

En pénétrant dans la cuisine, je sais que j'ai déjà perdu. Il y a une cafetière pleine et encore chaude sur le plan de travail et, sur la table, un pandoro qui ne demande qu'à être grignoté. Qui suis-je pour refuser un petit déjeuner quand on me le propose si gentiment ?

J'attrape un mug sur l'étagère et le remplis de café à ras bord. Je prends aussi un long couteau, une assiette, et dépose le tout sur la table. Un petit mot accompagne le gâteau. Je reconnais l'écriture ronde et presque scolaire de Lina.

Adelia et Milo,

Nous partons jusqu'à ce soir, les enfants. Nous nous sommes dit qu'un peu d'intimité ne vous ferait pas de mal.

Oh mon Dieu, est-ce qu'elle nous a entendus, hier ? Je ne sais pas si j'ai été assez discrète !

Adelia, tu as sans doute déjà mangé du pandoro en France. C'est un mets typique de notre pays. Toutefois, je voudrais que tu goûtes le mien. Je l'ai préparé pour toi ce matin. Si tu aimes, je partagerai ma recette avec toi. D'ailleurs, puisqu'on parle de recette, nous allons cuisiner des arancini *ce soir. Pour cela, vous allez devoir chercher les ingrédients au marché, ensemble. Milo, ne me déçois pas en achetant ça au supermarché, je le saurai tout de suite. Je ne veux que de la première qualité !*

Je vous aime,

Lina.

Je me coupe une part de brioche italienne en me disant que je n'ai aucune raison de paniquer. Milo connaît la région comme sa poche puisqu'il y vit depuis l'enfance. Par conséquent, il n'a pas besoin de moi. Je vais donc déguster mon petit déjeuner tranquillement et m'échapper d'ici dès que possible.

Je prends une photo de ce qui se trouve sur la table pour l'envoyer à Giulia. Après une première gorgée de café salutaire, je porte le morceau de gâteau à ma bouche. Il fond contre mon palais dans un festival de sucre. C'est un régal, ce savant mélange de vanille et d'agrumes. Je l'avale en moins de temps qu'il n'en faut pour dire « Pô » et me coupe une deuxième tranche que je grignote tout aussi vite.

Jamais deux sans trois, comme on dit.

Je suis en train de me lever pour poser le couteau dans l'évier quand mon téléphone vibre sur la table. Je me précipite dessus pour éviter que les vibrations qui se répercutent sur le bois massif ne réveillent Milo et réponds à ma meilleure amie.

– Juliette ! Ça va ?

– On ne peut mieux. Mais toi, tu as la voix de celle qui s'est envoyée en l'air.

Elle a toujours eu un sixième sens pour ces choses-là. Pour la contredire, je me coupe une quatrième tranche que j'enfourne brutalement dans ma bouche.

– N'importe quoi, c'est juste que j'ai la bouche pleine.

– Tu as craqué ?

– Je n'y peux rien, ça se mange tout seul.

Silence au bout du fil.

– Rassure-moi, Adelia. On est bien en train de parler de ton Milo le kidnappeur ?

Rien ne sert de nier. Lorsqu'elle devine quelque chose, eh bien, il est inutile de protester, surtout en matière de sexe.

– Bon, d'accord. Hier soir, j'ai voulu le soigner, commencé-je en me coupant une nouvelle tranche de pandoro. Il faut avouer qu'il s'était fait tabasser à cause de moi.

– À cause de toi ? Mais dans quel genre d'histoire tu trempes, Adelia ?

– Je ne trempe dans rien du tout, Ju. Je me tiens loin de ces trucs-là, je t'assure.

– T'as intérêt, ma cocotte.

– Toujours est-il que pendant que je m'occupais de lui, je ne pensais plus à toutes ces histoires qui me tracassent en général. Je me suis sentie bien pour la première fois depuis longtemps.

– Je comprends, et je suis contente pour toi.

– Ensuite, les choses ont dérapé.

– Est-ce qu'il t'a fait du mal ?

– Du mal ? Tu parles ! Il m'a fait prendre un pied d'enfer. Pourtant, ça n'a pas duré si longtemps que ça mais bon sang, qu'est-ce que c'était intense !

Rien que d'y penser, j'ai les joues qui surchauffent. Je me sers un autre morceau de pandoro comme si le fait de me remplir l'estomac pouvait empêcher mon esprit de divaguer sur un terrain plus que glissant.

– Eh bien, c'est top, Adelia. Comme quoi tu as bien fait de partir en Sicile, même si tu es tombée sur un gars peu bizarre. Il est bien monté ?

– Oh oui, super bien gaulé. Mieux encore : il sait s'en servir, de son truc. Figure-toi que…

Une toux derrière moi me réduit au silence.

Sainte Rosalie, mère de la Sicile !

Mince ! Peut-être que si je ne bouge pas, il ne me verra pas. C'est vrai, la couleur de mon pull est assortie aux meubles de la cuisine. Niveau camouflage, on ne peut pas faire mieux.

– Il faut que je te laisse, chuchoté-je.

Je raccroche et range mon téléphone dans son sac. Du coin de l'œil, je suis les mouvements de Milo qui cherche un mug sur l'étagère. Il le remplit et vient s'installer devant moi sans un mot. Le couteau est à portée de main. S'il évoque ce que je viens de révéler à Juliette au sujet de ses attributs et de ses performances, je lui coupe le tout. Il ne parle pas super bien le français. Il avait pris cette langue en option au lycée, en LV2. Il dit que c'est tout juste s'il arrive à aligner quelques mots, mais avec ma veine légendaire et sa propension naturelle aux mensonges, il connaîtra ceux que j'ai employés pour décrire ses prouesses.

– D'où vient ce pandoro ?

– C'est ta mère qui l'a fait pour nous.

J'apprécie le fait qu'il ne parle pas d'hier soir. Agir comme si rien ne s'était passé est la meilleure solution pour tous les deux, j'en suis convaincue.

– Elle est vraiment sympa, ta mère, insisté-je pour meubler le silence. Toujours à penser à nous et à la meilleure manière de remplir nos ventres. A-do-rable. Voilà.

– Justement, c'est étonnant qu'elle ne nous ait laissé que cette minuscule part de brioche, tu ne penses pas ?

Aussitôt, je pose ma main pour cacher le petit mot dans lequel elle affirme qu'elle nous laisse un pandoro entier.

– Elle se soucie sûrement de notre ligne. C'est vrai, pourquoi serait-elle obligée de coller à l'image de la *mamma* italienne qui nourrit ses enfants à outrance ? Elle nous nourrit, c'est vrai, mais avec parcimonie.

J'essaie de soutenir le regard de Milo avec aplomb, mais quand je vois ses yeux, je ne peux pas m'empêcher de penser à la manière dont ils se voilent quand il jouit.

– Arrête de me déconcentrer !

– Quoi ? Mais, je n'ai rien fait.

– Bon, d'accord. J'ai peut-être un tout petit peu craqué, je l'admets. Mais qui aurait pu résister à quelque chose d'aussi appétissant, hein ? Pas moi ! C'était tellement tentant que j'ai mordu dedans à pleines dents. J'ai voulu m'arrêter, bien sûr, mais quand quelque chose me plaît, je ne suis pas du genre à me contenter d'une seule fois. C'est comme ça.

Je lâche le petit mot et croise les bras sur ma poitrine en levant le menton pour lui tenir tête. Il relève un coin de ses lèvres et j'ai la plus grande peine à ne pas venir cueillir le sucre glace qui s'y est accumulé.

– Adelia, on parle bien du pandoro, n'est-ce pas ?

– Ben oui, de quoi veux-tu qu'on discute ?

Je percute, enfin.

– Oups. Je ne suis pas le genre de fille à se contenter d'une seule *part*, me corrigé-je à la hâte. D'ailleurs, ça doit se voir à mes petites rondeurs.

– Elles sont très bien, tes rondeurs.

– Euh, merci.

Il paraît aussi surpris que moi par ce qu'il vient de dire. Pour deux personnes qui ne voulaient pas du tout parler de ce qui s'est passé hier soir, je trouve qu'on se débrouille plutôt bien.

– Au fait, à propos d'hier soir, commence-t-il.

– Il ne s'est rien passé.

Il me coule un regard vexé. Mince !

– Je veux dire, si, il s'est quand même passé quelque chose. Bien sûr. Et c'était plutôt agréable.

– Plutôt agréable ? Qu'est-ce que j'ai entendu, quand tu parlais au téléphone ? Ah, ça me revient. Oh oui, super bien gaulé. Mieux encore, il sait s'en servir. Tu ne vas tout de même pas me dire que tu parlais du pandoro.

Je suis intérieurement mortifiée, mais je ne me laisse pas impressionner pour autant.

– C'est vrai. T'es bien gaulé et tu sais très bien te servir de… tout ça.

Il me décoche un rictus insolent qui me met les nerfs en pelote.

– Mais si tu avais écouté jusqu'au bout, tu saurais aussi que tu es imbuvable, arrogant et dangereux. Alors ce sera une fois, mais pas deux, merci.

– Toi, tu es une exaspérante tête de mule qui a deux mains gauches. Donc nous sommes bien d'accord, pas de rab pour nous deux.

– Parfait !

– Génial.

Là-dessus, il se lève en laissant la vaisselle en plan sur la table et commence à marcher vers la porte.

– Hey, où est-ce que tu vas comme ça ?

Il s'arrête sur le seuil et se retourne lentement pour poser un regard agaçant et agacé sur moi.

– Tu ne trouves pas que c'est un peu déplacé de me faire une scène de ménage ? Je te rappelle que toi et moi, c'est pour de faux.

– Encore heureux ! Seulement, ta mère n'est pas de cet avis.

– Qu'est-ce que ma mère a à voir avec tout ça ?

J'attrape le petit mot posé sur la table et parcours la distance qui nous sépare pour le lui donner. Il le lit, les sourcils froncés.

– OK, je vais prendre une douche et ensuite, toi et moi, on va faire quelques achats dans une ville voisine.

À mon tour de froncer les sourcils.

– Toi et moi ? Tu peux bien porter les courses sans moi, non ?

Il penche la tête sur le côté avec un petit sourire en coin qui le rend aussi énervant que craquant.

Grrr, saleté d'hormones !

– Dois-je te rappeler ce qui s'est passé la dernière fois que je t'ai laissée seule ?

Bim !

– Je vais chercher quelques affaires dans ma chambre et c'est bon, on peut y aller.

CHAPITRE 17

MILO

J'évite le regard d'Adelia depuis qu'on est dans cette voiture. J'aimerais savoir ce qu'elle pense de notre nuit ensemble, mais je ne me vois pas lui poser directement la question, alors autant éviter le sujet. Je ne suis pas le genre de mec qu'elle fréquente, de toute façon, et je ne vois pas ce que je pourrais lui apporter de bon, puisqu'elle finira immanquablement dans les mains des Fiori.

Par chance, la route sinueuse entre mer et montagne captive son intérêt, et elle se plonge dans la contemplation de ce paysage typiquement méditerranéen. Pour calmer mes nerfs, je respire à pleins poumons l'air saturé du parfum rafraîchissant des pins. Cette odeur familière me ramène à l'enfance, aux pique-niques qu'on faisait en famille avant la débâcle. Adelia ne s'en rend pas compte, mais sa présence ravive des souvenirs doux-amers chargés d'émotions contradictoires. Elle me rappelle ce que l'on ressent quand on plonge ses mains glacées dans de l'eau chaude. Une vive douleur qui précède l'apaisement.

Nous arrivons à Palmarosa une trentaine de minutes après notre départ. Je me force à adopter une attitude sereine. Je ne dois rien laisser paraître.

– Est-ce qu'on va kidnapper quelqu'un, ici ?

– À part quelques légumes et un demi-kilo de jambon, non, rien d'autre n'est prévu pour mon coffre.

Je ne me tourne pas vers elle pour vérifier qu'elle a compris que je blaguais. Je n'ai pas envie de lire la réprobation dans son regard.

Dehors, je suis obligé de plisser les yeux en raison de la clarté. Je retourne vite fait à la voiture pour chercher mes lunettes de soleil.

– J'en ai une deuxième paire, si tu veux.

Elle secoue la tête.

– Non. J'ai envie de profiter de la luminosité. Je n'irais pas jusqu'à dire que là où je vis, il fait gris tous les jours. Ce serait une insulte à ma région. Mais cette lumière… s'extasie-t-elle, c'est la première fois que je l'expérimente. C'est magnifique.

Elle désigne la mer qui borde la ville, dont le turquoise embrasse l'azur profond du ciel. Pour moi, c'est un paysage habituel, mais je peux comprendre que pour elle, le spectacle soit exceptionnel. Elle prend son temps pour observer la danse des vagues qui viennent mourir sur la plage noire de monde. Un peu plus loin sur notre droite, la mer combat les rochers en pente escarpée. Tout en haut de cette colline, un phare d'un blanc immaculé semble la captiver.

– On y va ?

Je lui fais de grands yeux. Elle n'est pas sérieuse, tout de même ?

Eh bien, si, elle l'est. Il doit faire un peu moins de trente degrés et alors que les Siciliens fuient le soleil, Adelia exige qu'on gravisse une colline en plein cagnard, juste pour admirer la vue. Et même si ça m'embête prodigieusement, même si je meurs de chaud, même si j'ai peur que cette femme maladroite trébuche à chaque pierre de ce chemin escarpé, je retiens un sourire. Parce qu'il n'y a qu'elle pour ne pas se soucier de sa coupe complètement plantée à cause du vent marin. Les joues rougies par la chaleur et l'effort, elle contemple l'horizon bleuté. Moi, je ne vois qu'elle.

Je patiente, le temps qu'elle prenne des photos. Elle me parle de couleurs dont je ne saisis pas les nuances, mais son enthousiasme pourrait me contaminer si seulement je voulais me laisser amadouer. De retour dans la ville, elle ressort son téléphone pour immortaliser des choses que je n'aurais pas remarquées. Une nappe rouge sur la table d'un restaurant, qui volette au-dessus des pavés gris. Un citronnier aux fruits couleur soleil qui contrastent avec le ciel bleu. Le tronc tordu d'un vieil olivier. Je ne lui pose aucune question, mais j'ai l'impression de redécouvrir Palmarosa à travers son regard.

– Tu peux me parler de cette ville, Milo ?

OK. Donc on va parler de Palmarosa, mais pas de nous. Ça me va.

– Hum… c'est une ville médiévale.

Elle éclate d'un rire cristallin qui me force à sourire.

– Allez, tu peux sûrement m'en dire plus.

Je lui raconte la première chose qui me traverse l'esprit.

– Parfois, le soir, on venait manger une glace ici pour regarder les lézards qui sortent profiter de l'air frais. Mon frère appelait ça des dragons, quand on était petits.

Je me tais en m'apercevant que je suis en train de lui livrer un pan de mon enfance, un morceau de la vie heureuse que je menais ici avant que tout parte en fumée. En me rapprochant des Fiori, j'ai pris l'habitude de ne plus rien montrer, pour ne pas laisser paraître cette fragilité, cette blessure qui n'a jamais cicatrisé en moi. Et puis, elle m'a demandé des détails sur la ville, pas sur moi. Je passe pour un imbécile.

– Excuse-moi, je suis un peu con, parfois.

– Seulement parfois ?

Je la fusille du regard. Elle se marre de plus belle.

– Tu n'es pas con quand tu montres ton vrai visage, Milo. Tu es touchant.

Je m'arrête quelques secondes pour la regarder sans comprendre où elle veut en venir.

– OK. Donc je suis un enfoiré, mais un enfoiré touchant.

– C'est à peu près ça, oui, confirme-t-elle avec un sourire.

Je ne sais pas trop ce qu'elle entend par là. Est-ce qu'elle m'a encore insulté ? J'espère que ce n'est pas le cas. Je vais lui demander de s'expliquer, mais elle pousse un petit cri en apercevant quelque chose qui semble lui plaire. Un petit cageot de tomates d'un rouge aussi vif que le sang. Nous venons d'arriver au marché. Adelia entre dans une sorte de transe, s'extasiant devant des choses qui, pour moi, sont banales. À travers son objectif, j'apprends à apprécier ce que j'avais oublié d'aimer. Je renoue doucement avec mon quotidien d'ancien cuisinier à la recherche d'aliments frais pouvant flatter les papilles les plus exigeantes. Je ne dirais pas que je suis à l'aise. Ce n'est pas facile de se confronter à une passion que l'on a volontairement délaissée. Je me plie à l'exercice et achète les mets nécessaires pour la préparation des *arancini* de la même manière que je l'aurais fait avant. Du riz rond, un peu de safran. Même si ce n'est pas dans la recette, je ne résiste pas aux tomates bien rouges que je prends le temps de sentir pour m'assurer qu'elles dégageront l'arôme parfait. Je fais appel à tous mes sens pour choisir chaque ingrédient avec l'impression de réveiller tout mon être. Je le dois bien à ma mère et à Adelia. Mais je reste conscient que tout ça, ce n'est plus mon monde.

Voilà quelques années que je ne m'étais pas rendu dans un marché. L'effervescence qui y règne me prend de court en activant tous mes sens. Les couleurs chatoyantes des stands, les cris des marchands qui se mêlent à ceux des clients… Ici, un homme en costume commande un kilo d'anchois. Plus loin, une grand-mère essaie la ruse pour faire baisser le prix des carottes. Distraitement, j'enfouis la main dans un sac de haricots blancs. J'avais oublié combien ce geste pouvait être apaisant, il me ramène à mon enfance, quand je découvrais les ingrédients auprès de ma mère.

– Quelque chose ne va pas ?

Elle mordille ses jolies lèvres d'un air gêné.

– Si, si, ça va très bien. C'est juste que toutes ces odeurs de bouffe m'ont ouvert l'appétit.

Elle me sert un regard de chien battu auquel je suis incapable de résister.

– Tu as faim, c'est ça ? Tu veux qu'on s'arrête pour déjeuner avant de rentrer ?

Son énorme sourire est une réponse en soi. L'heure du repas de midi est largement dépassée, mais je connais des endroits qui servent toute la journée.

Nous nous installons à la seule table d'un petit traiteur. Il nous apporte tout ce qui lui reste, à savoir deux focaccias qui sentent divinement bon. Mon ventre gargouille d'envie en sentant l'odeur de la pâte cuite au four et des herbes de Provence. Adelia a beau avoir faim, elle prend d'abord son assiette en photo. Je me demande ce qu'elle pense en tirer. Pourtant, lorsqu'elle me montre l'image qu'elle a capturée, elle s'accompagne d'une ambiance que je n'avais pas perçue.

– Tu aimes ?

– L'avis d'un kidnappeur t'intéresse, maintenant ?

Elle se rembrunit. Parfois, je ne suis vraiment pas doué.

– En regardant ta photo, j'ai l'impression de voir des choses que je n'avais pas vues. C'est un peu bizarre.

Mes mots l'ont touchée. Je le perçois à la manière dont ses iris pétillent. Elle croque dans sa focaccia, probablement pour se donner une contenance. Puis elle ferme les yeux en poussant un genre de soupir qui m'émoustille malgré moi. Cette fille transpire la sensualité. Je dois essayer de penser à autre chose.

– Tu me montres tes autres photos ?

Son regard s'illumine alors qu'elle me tend son smartphone, l'écran ouvert sur la galerie. Je suis flatté qu'elle me fasse suffisamment confiance pour me laisser découvrir ce pan d'elle. Depuis que je l'ai vue prendre des photos du haut de la colline, je l'observe capturer des instants de vie sans oser lui demander de me les montrer. Je fais défiler toutes les images. Pas besoin de me forcer pour avoir l'air ébahi. En la regardant faire, j'avais déjà une idée de ce que ça pouvait donner, mais le résultat est au-delà de mes attentes.

– Alors ?

– Alors, comme je te l'ai dit avant, j'ai le sentiment de redécouvrir le monde à travers tes yeux. Et c'est bien plus intense vu par ton regard. Les couleurs, l'ambiance… tout est vif. Attrayant. Nouveau.

Ses joues se teintent de rose.

– Merci. J'ai effectivement eu l'impression que tu venais au marché pour la première fois. Je me trompe ?

– Hum… oui. Il fut un temps où je me fournissais exclusivement ici, auprès de producteurs locaux. J'aimais choisir les meilleurs produits à la source, tu vois ?

Elle opine.

– Mais pour tout t'avouer, ces dernières années, mes courses alimentaires se font exclusivement au rayon des repas tout prêts. Balance ça à ma mère et je te jure que je te le ferai payer.

Je lui ai donné plus d'infos que je ne le voulais. Pour autant, Adelia a la délicatesse de ne pas insister. De ne poser aucune question.

– C'est une menace de presque mafieux ?

Je me rembrunis, incapable de déterminer si elle plaisante ou pas.

J'ai eu tort de me laisser attendrir, d'accepter de venir ici, au marché. De renouer en partie avec mon passé.

– Tu as fini ton repas ?

Captant mon changement d'humeur, elle introduit dans sa bouche le reste de focaccia, ce qui lui donne un air de hamster. Malgré ses joues rebondies comme une paire de fesses, elle reste incroyablement belle. Peut-être à cause de ce regard pétillant, de ce sourire empli de défi, de ce naturel avec lequel elle croque la vie à pleines dents.

Cette fille est lumineuse. Tout le contraire de moi. Même les vêtements que nous portons ne pourraient pas être plus différents. Alors qu'elle est rayonnante de couleur, je ne suis qu'un daguerréotype en noir et blanc. Plus je me tiendrai à l'écart d'elle, mieux cela vaudra. Car le jour où je la livrerai aux Fiori, j'éteindrai peut-être sa lumière à tout jamais.

Nous quittons le restaurant sans un mot de plus. Je mets les mains dans mes poches pour éviter qu'elle me touche. Elle doit flairer mon changement d'humeur, car elle marche un peu plus loin de moi qu'avant le repas. Elle mérite un mec normal, pas un type dont elle doit sans cesse se méfier.

Avec l'habitude que donne le fait d'évoluer au centre du danger, je lève la tête, me sentant observé.

– Ne traîne pas, Adelia.

Alors que nous traversons le marché pour nous rendre au parking, un crachat atterrit sur ma chaussure cirée. Je m'arrête, cherchant le coupable, et l'identifie sur-le-champ. Du haut de ses quatre-vingts ans, Vinicio me jette un regard empli de mépris. Et je le comprends. Venant de lui, c'est mérité. Mais je ne peux pas le laisser me traiter de la sorte en public car je représente les Fiori.

D'un mouvement rapide, je l'attrape par le col de sa chemise usée et le colle au mur d'une parfumerie, cognant l'arrière de son crâne contre la pierre.

– Qu'est-ce que tu fous ? hurle Adelia.

Je ne tiens pas compte de ses cris. Elle ne peut pas comprendre. Je note qu'elle est la seule à avoir réagi parmi la foule de marchands et de clients.

– Excuse-toi, Vinicio.

Il a blêmi mais n'a pas détourné le regard. Son courage force l'admiration et je me déteste de lui faire ça, mais je n'ai pas le choix.

– Excuse-toi, j'ai dit !

Je serre son cou, à présent, pour lui faire comprendre que je ne plaisante pas. À côté de moi, Adelia ne bouge pas. Je sens ses yeux brûlants de colère sur moi. Je gérerai ça plus tard.

Vinicio ne semble pas décidé à capituler. Je lui glisse quelques mots à l'oreille, que lui seul peut entendre. C'est ce qui le décide à formuler des excuses assez haut pour que la foule en soit témoin. Je le relâche.

– Je ne serai pas aussi clément si tu recommences.

Sur le chemin de retour, Adelia fulmine. Je n'ouvre la bouche qu'entre les murs du parking, à l'abri des regards.

– Son petit-fils, Genno, a récemment intégré le clan des Fiori. Puis il a estimé que ce n'était pas pour lui, alors les gars lui ont fait comprendre qu'on ne change pas d'avis impunément.

Ce qui me rappelle le sort que je pourrais subir si j'en venais moi-même à quitter la Mafia. Je bénéficie d'un traitement de faveur parce que je suis le meilleur ami d'Albi, mais l'indulgence de Silvio a des limites.

– Vous l'avez tué ?

– Non. On lui a confié une cargaison d'héroïne à livrer, et on a fait en sorte que les flics le coffrent. Si mes calculs sont bons, il va passer un moment à l'ombre.

– Et Vinicio est vieux. Il ne verra peut-être plus jamais son petit-fils en liberté.

Je hausse les épaules, comme si cela m'indifférait, même si ce n'est pas le cas.

– On ne plaisante pas avec les Fiori. Genno savait ce qu'il risquait, il a joué au con avec des connards, il a perdu, tant pis pour lui.

Adelia m'adresse un sourire. Qu'est-ce qu'elle a ?

– Toi, tu n'es pas un connard.

Je ris.

– Tu as pris une insolation ou quoi ? Tu m'as vu faire. Tu m'as vu humilier Vinicio. Pourquoi est-ce que je ne serais pas un connard, moi aussi ?

– Parce que je t'ai vu souffler à l'oreille de Vinicio. Qu'est-ce que tu lui as murmuré ? Tu sais que tu as intérêt à me dire la vérité.

Je la dévisage, indécis.

– Milo, la vérité, s'il te plaît. Je ne te lâcherai pas tant que tu ne m'auras pas tout raconté.

Je souffle, vaincu.

– Je lui ai promis que je financerai le meilleur avocat de l'île pour le jugement de son petit-fils s'il n'ébruitait pas que l'argent vient de moi. T'es contente ?

Putain de fille trop perspicace.

– Eh oui, Milo, tu n'es pas un connard, même si tu t'efforces d'en devenir un. Tu ne feras jamais partie de leur clan. Il n'y a que toi pour penser le contraire.

Je ne prononce pas un seul mot dans la voiture, absorbé par la scène qui vient de se dérouler. Quitter la Mafia ? Oui, mais comment ? Il y aura assurément des conséquences. Comme Genno, j'ai joué au con. Et je ne sais plus vraiment où j'en suis. Quant à Adelia, elle semble en pleine réflexion elle aussi, mais n'a pas l'air fâchée contre moi malgré ce qu'elle a vu. Croit-elle réellement que je ne suis pas un connard ?

Quand nous arrivons à la maison, je range les courses dans le frigo et refuse le café qu'elle me propose pour aller me cacher dans la petite salle de sport que j'ai aménagée dans la cave, juste à côté de la planque où je stocke mes armes.

Je me défoule comme je le peux. Sac de frappe, rameur et tapis de course. D'abord, la douleur, ensuite les endorphines. Au moment où j'atteins les sept kilomètres, je ressens comme un picotement sur ma nuque. Je me retourne vivement, guettant un danger. Je le retrouve en la personne d'Adelia, que mon mouvement brusque fait sursauter. Je surprends son regard gourmand sur mon torse nu.

– Tes parents sont rentrés.

– OK.

Cette conversation est plus plate que la surface du lac de Côme. J'espère que ça la met bien mal à l'aise et qu'elle va repartir d'où elle vient.

Tête de mule ne bouge pas, les baskets ancrées dans le sol bétonné de ma cave.

– Ne me dis pas que tu les fuis !

– Je ne te le dirai pas.

– Ce que tu peux être lourd…

– Alors, tu es ici pour observer mon corps de mâle en sueur ?

– Non plus. Mais c'est vrai que tu as besoin de prendre une douche.

J'incline la tête sur le côté en plissant les yeux. Je jurerais que mon odeur corporelle ne l'écœure pas.

– Ta mère te réclame. Il n'y a aucune autre raison à ma présence.

Je soupire, vaincu. Connaissant la femme qui m'a mis au monde, je n'ai pas d'autre choix que de sortir de ma cachette. Elle serait encore capable de venir me chercher ici pour me déterrer de la cave comme un vulgaire poireau.

– Pourquoi est-ce que tu parles de poireau ? C'est une métaphore sexuelle ?

J'ai parlé à voix haute ?

– Arrête de voir des allusions là où il n'y en a pas, *bambolina*. Je n'ai aucune envie de remettre le couvert.

Menteur !

Je la laisse en plan pour rejoindre le rez-de-chaussée. Je m'autorise quand même à prendre une douche de cinq minutes avant de retrouver maman. Elle n'a jamais supporté la négligence.

– Les courses sont faites. Tout est rangé dans le frigo.

Ce qui en langage « Milo » signifie : maintenant, tu peux aller dans la cuisine avec Adelia et me laisser la place sur le canapé, merci.

– Merci, fils. C'est bien que vous vous soyez occupés de tout ça, aujourd'hui. À présent, tu vas pouvoir montrer à Adelia comment on fait de véritables *arancini* à la sicilienne.

Je tique sur un mot.

– Tu ? Enfin, je ? C'est toi qui devais lui faire cours, non ? C'était ça, le deal.

Ma mère affiche un sourire innocent en levant sa main droite, qu'elle agite devant moi. Je remarque le bandage qu'elle porte sur le majeur et l'annulaire.

– Mince, qu'est-ce que tu t'es fait ?

– Une entorse.

– En plantant sa cuillère dans un *semifreddo* au café, souligne ma sœur en levant la tête de l'écran de son téléphone. Il était un peu trop dur, je pense.

– Tu n'as pas trop mal ?

– Ne t'inquiète pas pour ça, me rassure-t-elle avec un sourire bienveillant. Le docteur m'a donné des antalgiques. Mais je suis au repos, malheureusement.

J'acquiesce et me tourne vers ma sœur.

– Et toi, Jenny ? Tu ne peux pas t'en occuper ?

– Non.

Elle me balance ça avec un aplomb épatant.

– C'est quoi ton excuse ?

– Je n'en ai pas envie, c'est tout.

Je souffle, abattu. Ma sœur peut aussi bien se montrer adorable que se comporter en tête à claques. Elle est comme ça depuis petite et le seul qui arrivait à la raisonner, c'était Nino. Inutile de tenter quoi que ce soit, elle ne changera pas d'avis.

– Et papa ?

Il n'est pas super doué avec une poêle entre les mains, mais je préfère manger un truc brûlé plutôt que de me remettre aux fourneaux.

– Papa est tombé sur Alfredo.

Alfredo, son meilleur ami d'enfance. Quand ils se voient, ça peut durer des heures. Adelia apparaît dans mon champ de vision. Je ne sais pas si elle était déjà là avant, mais je ne la remarque que maintenant. Elle semble tellement mal à l'aise ! Comme si elle avait pressenti ce qui se passe dans mon crâne.

– Ça ne fait rien, Lina, commence Adelia en secouant la tête. Vous pouvez toujours me donner la recette en sautant l'étape des travaux pratiques, je la transmettrai à ma mère pour voir si elle correspond à la sienne, vu qu'elle est un peu rouillée. Je n'ai pas besoin de voir ou de goûter pour…

Quoi ? Ce serait comme vouloir élaborer un festin à partir d'une pauvre recette trouvée sur Internet. Non, il n'est pas question que je la laisse massacrer de la sorte une tradition ancestrale.

– Dans la cuisine.

– Quoi ?

– J'ai dit dans la cuisine, Adelia. Suis-moi avant que je change d'avis !

Elle s'empresse de m'emboîter le pas. Je suis sûr d'entendre Jenny et maman échanger des messes basses. Elles ne seraient tout de même pas capables d'avoir orchestré tout ça, si ?

Habillé du tablier que je n'ai pas enfilé depuis des années, j'ai l'impression de faire un bond dans le passé.

– Ça va, Milo ?

– Oui, c'est juste que je n'ai plus l'habitude de… tout ça, lancé-je en désignant la cuisine.

– Je suis là pour te seconder. Quoique, je ne sais pas si c'est une bonne ou une mauvaise chose.

Son sourire ne parvient pas à me dérider. Dommage. J'essuie mes mains moites dans un torchon en m'efforçant d'avoir l'air naturel.

– Hey, Adelia, pourquoi est-ce que tu n'irais pas me chercher un pot de sauce tomate maison à la cave ?

– Tu es sûr que ce n'est pas un moyen détourné de me mettre dehors ?

– Je n'oserais pas.

Elle ne me croit pas. Elle me toise sans sourire. Néanmoins, elle s'en va. Je profite de ces quelques instants de solitude pour souffler. Je dispose les ingrédients sur le plan de travail et me saisis de mon meilleur couteau. Il y a longtemps que je ne l'avais pas pris en main. Je le fais tourner en l'air pour le faire atterrir dans ma paume. Quand je lève les yeux, je tombe sur ceux d'Adelia, étonnés. Est-ce qu'elle a peur de moi ?

– C'est un truc de cuistot. Pas de mafieux.

Je ne sais pas pourquoi je m'explique.

– Pour commencer, il faut mettre à cuire du riz rond avec une pointe de safran, expliqué-je en allumant la gazinière. Dans une poêle, on va également faire revenir des petits pois. Les mécréants diront « dans du beurre », mais les vrais savent que ça se cuit…

– Dans l'huile d'olive ?

– Bingo, tu es une vraie Sicilienne. Tiens, tu n'as qu'à les écosser pendant que je m'occupe de couper la mozzarella et le jambon.

Je la regarde faire. Elle a vraiment deux mains gauches. Je ravale un sourire amusé.

Alors que je mets les petits pois à cuire, je reprends le couteau en main pour couper les autres ingrédients. D'abord hésitant au premier coup de couteau, le geste me revient. En moins d'une minute, tout est en petits morceaux. C'est grisant de retrouver cette sensation.

Une fois que le riz a refroidi, je modèle vingt-quatre sphères, puis j'en prends une dans mes mains. Je l'aplatis, y forme un puits dans lequel je dépose les petits pois, le jambon et la mozzarella avant de le refermer. Je roule la boulette dans l'œuf, puis dans de la chapelure. La voilà prête à aller dans l'huile.

– Tu me montres ?

Sans lever les yeux sur Adelia, je reproduis la même opération en essayant de rester hermétique à sa présence. Ce qui n'est pas évident, puisque je peux sentir son regard posé sur moi, étudiant le moindre de mes gestes. Je suis à la fois mal à l'aise et… flatté de son attention ? Il y a longtemps que personne ne m'en avait prêté.

– Est-ce que je peux essayer ?

Avant que j'aie pu donner mon accord, Adelia prend une boulette dans ses mains, l'écrase comme le ferait un monstre avec un humain et se saisit d'une quantité de petits pois suffisante pour nourrir l'Angleterre pendant un mois. Si je ne l'arrête pas, c'est le massacre assuré.

– Repose tout, on va recommencer.

Elle m'obéit avec une étrange docilité. Ses yeux plantés dans les miens me font quelque chose. Je suis obligé de m'éclaircir la voix avant de parler tant ma gorge est enrouée.

– Tu sais quoi ? On va procéder autrement. Viens, tends les mains.

Elle s'exécute. Je lui mets quelques gouttes d'huile sur les paumes.

– Frotte.

– Pourquoi ?

– Ça évitera que les ingrédients collent à tes mains. Maintenant, prends une boulette de riz.

Elle m'obéit. J'interviens avant qu'elle casse tout.

– Aplatis-la avec douceur. Il ne s'agit pas de l'écraser comme si tu étais Godzilla.

– Merci pour la comparaison, c'est tellement flatteur.

Je retiens un sourire.

– Regarde, comme ça.

Je lui montre. Elle ne pige rien. Alors, je prends ses mains dans les miennes pour que ce soit plus clair. Elle frissonne. Moi aussi, je l'ai senti, cet étrange courant qui nous relie.

– Voilà, c'est ça. À présent, tu prends un peu de petits pois. Sois généreuse, mais pas trop.

– Généreuse, mais pas trop, répète-t-elle, dubitative.

Cette fois, je ne peux pas retenir mon sourire. Je la vois façonner son tout premier *arancini* de ses petites mains balourdes. Ça tient plus du cube que de la sphère, mais le cœur y est.

– Je peux en refaire un autre ?

J'hésite. En cuisine comme ailleurs, je tends au perfectionnisme. Mais la regarder fabriquer ces petites horreurs a quelque chose d'incroyablement… hypnotique. Et ça me fait du bien. J'ai le droit d'en profiter un peu, non ?

Sa gestuelle maladroite a un je-ne-sais-quoi de sensuel. Je dois vraiment être tordu.

– Voilà, il n'y a plus qu'à les faire frire. Si tu allais mettre la table ?

Et surtout, mettre de la distance entre nous.

Une dizaine de minutes plus tard, tout est prêt. À table, l'étonnement de ma famille est palpable.

– Pourquoi est-ce qu'une moitié des *arancini* est cubique ? Ce sont des balles rondes comme des oranges, normalement, non ? s'étonne Jenny. D'où leur nom…

Adelia ouvre la bouche pour se dénoncer. Je la devance pour lui éviter de se mettre en position de faiblesse.

– J'ai vu un chef faire ça dans une émission de télé. J'ai voulu l'imiter.

– Toi, tu as regardé une émission de cuisine ? me questionne ma sœur, incrédule.

Quelque chose résonne sous la table. Sans doute le bruit d'un coup de pied dans le tibia de Jenny. Ma mère joue les innocentes, mais je devine qu'elle en est l'auteure. Bien que mon père soit la personne la plus intuitive dans cette famille, il lui arrive également à elle de flairer les états d'âme de ceux qui l'entourent. Je lui dédie un sourire reconnaissant auquel elle répond par la pareille.

– Eh bien, ils sont délicieux, ces *arancini*, nous félicite ma mère.

Elle ne ment pas. Je ne sais pas si c'est à cause de leur drôle de forme, mais je trouve l'extérieur plus croustillant, plus réussi.

– Oui, je retenterai cette façon de faire, la prochaine fois.

Cette scène de famille – mes proches qui dégustent mes créations culinaires dans une ambiance chaleureuse – m'en rappelle d'autres. Sauf qu'Adelia est ici et que Nino, lui, n'est plus là. Et moi non plus, je ne suis plus le même. Aussi touchante que soit cette scène, elle est entièrement artificielle.

Ma famille s'est envolée à l'autre bout du monde pour ne pas avoir à encaisser la mort de mon frère.

Ma mère me remplace seule aux fourneaux. Une tâche sans doute trop lourde pour ses frêles épaules.

Ma sœur a dû quitter son pays parce que, contrairement à moi, elle n'est pas une lâcheuse.

Quant à Adelia, je vais la trahir et la livrer à la Mafia.

Tu parles d'une ambiance festive !

Mon père revient alors que nous en sommes au dessert. Des profiteroles que ma mère avait préparées en notre absence. Et dire qu'elle s'était soi-disant blessée… Même si elle a juré les avoir cuisinées avant son accident, j'ai un mal fou à la croire.

– Ils passent *Le Bon, la Brute et le Truand* sur la Rai. Je prépare du pop-corn et on regarde ? propose ma mère.

– Preums pour le plaid ! s'écrie ma sœur en se levant d'un bond.

– Je prends le gros fauteuil, lance Adelia.

– Je ferai un effort pour cette fois, ronchonne mon père.

– Tu dis toujours ça, mais chaque fois qu'on regarde, tu es le premier à réciter les dialogues parce que tu les connais par cœur, le taquine ma mère.

– Normal. Ce film est tellement prévisible ! Milo, laisse la vaisselle. Je la ferai plus tard.

– Vous êtes au courant qu'on l'a en DVD, ce film ? grogné-je. À quoi ça rime de se farcir les coupures publicitaires ?

– Tu viens avec nous ?

La sollicitude que je lis dans le regard d'Adelia me donne envie de dresser mes barrières encore plus haut, de peur qu'elle m'atteigne de plein fouet.

– Non, je vais aller me coucher. Je suis crevé.

Elle peine à masquer sa déception. Normal. Ça lui permettra de comprendre qu'il n'y a rien à attendre de moi. Ma mère pose tendrement la main sur son épaule pour l'entraîner avec elle. Je regarde le quatuor se diriger vers le coin télé puis je tourne les talons sans réellement savoir d'où vient cette sensation désagréable qui me comprime le torse.

En haut, je profite de ma solitude pour m'allonger sur mon lit. Je n'ai pas l'intention de m'endormir tout de suite et ça me permettra de détendre un peu mon dos, soumis à rude épreuve depuis qu'Adelia s'est installée ici. Je prends mon téléphone et lance une série sur Netflix. Elle est captivante, du moins les trois premières minutes.

Une lumière tamisée baigne la chambre quand j'ouvre les yeux. J'ai besoin de quelques instants avant de comprendre ce qui s'est passé. Je me suis allongé, j'ai dû m'assoupir et Adelia vient sûrement de monter se coucher. Je me redresse sur le matelas juste à l'instant où la porte de la salle de bains s'ouvre. Vêtue d'une nuisette noire que je ne lui avais jamais vue, elle est à tomber.

– Désolé, je me suis assoupi. Je retourne à mon fauteuil.

– Non !

Sa réponse inespérée me prend de court.

– Non ?

Elle s'éclaircit la gorge en évitant mon regard et s'installe sur le lit, à genoux devant moi. Lorsqu'elle lève les yeux sur moi, je peux y lire un déluge d'émotions : la crainte, le désir, la détermination. Et peut-être autre chose que je n'arrive pas à détecter.

– Je me suis dit que, peut-être cette nuit, on pourrait faire une exception.

– Et tu t'es dit que, quitte à passer l'été prisonnière d'un kidnappeur sicilien, autant te le taper, t'encanailler avec lui une deuxième fois, histoire d'avoir une anecdote croustillante à te remémorer lors de tes chiantes soirées d'hiver, c'est ça ? Ou alors, tu as complètement craqué sur moi et tu te dis que peut-être qu'en m'offrant ton corps, tu parviendras à changer mon âme.

Elle frémit et je ne saurais pas dire si ça me fait plaisir ou non.

– Eh bien laisse-moi te dire une chose, ma petite oie blanche. Mon âme, je l'ai vendue au diable contre la vérité, et ce n'est pas une pauvre fleur bleue dans ton genre qui va la racheter. Alors un conseil, *bella* : tiens-toi aussi loin de moi que possible. Sinon, tu perdras toutes les jolies plumes qui ornent tes ailes d'ange. Tu ne vas pas pouvoir me sauver.

C'est le moment où je devrais me prendre une gifle. Sauf que j'ai beau l'attendre, la gifle ne vient pas. À la place, Adelia encadre mon visage entre ses mains avec une douceur qui m'arrache un soupir. Vu la position, elle va peut-être me tordre le cou. C'est une prise que j'ai apprise lorsqu'Albinoni m'a formé au combat pour les cibles récalcitrantes.

En toute logique, je devrais la repousser. En réalité, je ne bouge pas d'un pouce et la laisse approcher son visage du mien. Je ferme les yeux pour accueillir ses lèvres. Tente de réprimer les sensations qu'elle éveille d'un simple baiser. Ignore les battements frénétiques de mon cœur lorsqu'elle colle sa belle poitrine contre mon torse, son cœur contre le mien.

Mon corps tout entier s'éveille à ce contact.

Mon corps, seulement ?

Ses mains abandonnent mon visage. Fourragent dans mes cheveux. Tirent dessus avec urgence. J'empaume ses fesses fermes pour la soulever. Ses jambes s'enroulent autour de ma taille et nos corps s'imbriquent l'un dans l'autre avec une facilité effrayante.

– Milo…

Je l'embrasse de plus belle pour la faire taire. Je ne comprends même pas pourquoi elle insiste, pourquoi elle essaie à tout prix de me changer. Son joli corps ondule contre le mien, mon érection pulsant entre ses cuisses à travers nos sous-vêtements.

Quand ses mains se glissent sous l'élastique de mon caleçon, ça me fait l'effet d'un électrochoc. Je me fais violence et la repousse sans ménagement.

– Faut que j'y aille.

Je me lève d'un bord et ouvre un tiroir pour y piocher quelques vêtements en espérant qu'ils iront bien ensemble. Pas de chance. C'est un tee-shirt à l'effigie de Mickey Mouse et un bermuda orange. Un cadeau de ma sœur, forcément. Je commence à les enfiler quand même. Tant pis pour la honte. Si j'ai du bol, ça suffira à repousser définitivement Adelia.

– Tu vas où ? Fêter carnaval ?

– Ouais. Surtout, ne m'attends pas. Et au cas où tu aurais envie de baiser, il y a un jouet dans le tiroir de ma table de nuit.

– Milo !

Je veux qu'elle comprenne que je suis un connard. Qu'elle ne me changera pas d'un coup de baguette magique. Une fois déguisé en clown, je me dirige vers la porte et la ferme derrière moi. Je crois entendre un « enfoiré » bien mérité à travers le battant. J'espère qu'elle le pense et qu'elle a compris qu'il n'y a rien à sauver chez moi.

Je me précipite dans l'escalier, prenant soin de ne pas poser mon pied sur la marche qui grince. Ce n'est qu'une fois dehors que je prends conscience d'un élément particulièrement gênant : je suis pieds nus.

Je n'ai plus qu'à prier pour qu'Albinoni fasse la même pointure que moi…

CHAPITRE 18

ADELIA

On dit qu'il y a une première fois à tout. Par exemple ce soir : j'ai cuisiné des *arancini* carrés, j'ai vu un kidnappeur déguisé en clown et je me suis fait rembarrer. Salement. Et bien entendu, c'est ce dernier point qui me contrarie le plus.

Le crissement des pneus sur les graviers me prouve qu'il est parti pour de bon. Eh bien, il ne va pas me manquer ! En l'espace de quelques minutes, il m'a balancé un tas d'horreurs à la figure, a répondu à mon baiser avec une passion totalement démente, puis il s'est enfui en me proposant de le remplacer par un gode.

– Non, mais ça va pas, la tête !

Le prince pas très charmant a filé, me laissant gérer seule des émotions aussi intenses qu'incompréhensibles. Tout se mélange dans ma tête, formant une sorte d'amas cérébral peu ragoûtant. J'essaie de démêler cet amalgame informe.

Colère. Frustration. Curiosité. Dépit. Agacement. Et au milieu de tout ça, une inexplicable tendresse. Je dois être givrée. Je ne vois pas d'autre explication.

Je me couche, consciente qu'il ne reviendra pas s'expliquer. Si ça se trouve, il est en train de kidnapper un mec. Ou alors peut-être qu'il se tape une autre fille. Cette dernière pensée me met les nerfs en pelote : et ça ne devrait pas.

Je tourne et me retourne dans mon lit, énervée contre tout et surtout contre moi-même.

Je devrais m'en foutre, de tout ça. Prendre ce qu'il me donne, à savoir d'excellentes recettes, et fermer les yeux sur le reste.

Et puis, est-ce qu'on peut aider quelqu'un qui ne souhaite pas être sauvé ?

Je me lève et enfile le peignoir de Milo. Il porte encore sa délicieuse odeur boisée. Ce n'est pas l'idéal pour se changer les idées. Je décide d'aller m'aérer l'esprit dans la cuisine. Manger et boire m'apaisera, et si ça ne fonctionne pas, au moins je me serai fait plaisir. Je le mérite bien après toutes les émotions qui j'ai traversées aujourd'hui : agression, expérimentation culinaire, râteau de la mort qui tue. Je ne sais pas lequel de ces événements m'a le plus traumatisée.

La cuisine n'est pas aussi déserte que je l'avais pensé. Attablée devant un mug fumant, la pétillante Jenny est en train de feuilleter un livre. Je penche la tête en essayant de déchiffrer le titre sans toutefois y parvenir.

– Tu vas te dévisser le cou, petite curieuse.

Prise en flagrant délit d'espionnage, je sursaute.

– Désolée. Je prends un verre d'eau et je te laisse.

– Tu ne veux pas rester avec moi ? quémande-t-elle avec un sourire. Se morfondre à deux, c'est bien plus sympa que de broyer du noir en solitaire, tu ne crois pas ?

Je lui rends son sourire.

– Ça se voit tant que ça ?

– Oui. En plus, tu sors à moitié avec mon frère, alors il y a de quoi être déprimée. Allez, je te prépare une tisane ?

– Je peux la faire moi-même, merci. Ça m'épargnera la désagréable impression que vous êtes tous à mon service.

Je la laisse feuilleter son livre pendant que je concocte ma tisane aux agrumes méditerranéens, puis je m'installe devant elle avec ma tasse remplie à ras bord. Elle referme son bouquin. Avec ma maladresse, cela vaut sûrement mieux, si elle ne veut pas que ses pages se retrouvent inondées.

– Tu me dis pourquoi tu ne dors pas ?

– Marco. Je pensais être guérie de notre histoire, mais être de retour en Sicile ravive chaque plaie.

– Et chaque instant de bonheur aussi, je suppose.

Elle acquiesce et boit une gorgée de sa tisane.

– Ce serait quand même meilleur avec du rhum, maugrée-t-elle.

– Ou avec du *cuor di nocciole*.

Elle lève un index dans ma direction. J'imagine que c'est une façon de me dire que j'ai raison. Debout, elle fouille dans un placard et revient avec une bouteille de liqueur. Elle en verse à peine quelques gouttes, mais ça suffit pour rendre notre boisson meilleure.

– Est-ce que tu l'aimes encore ?

– Je préfère ne pas répondre à cette question. Et toi, pourquoi est-ce que tu es debout ? Et ne commence pas à inventer un mensonge improbable, j'ai vu mon frère quitter la maison pieds nus et en bermuda.

Je souris en repensant à son drôle d'accoutrement. Puis je me rappelle que la raison de ce choix vestimentaire douteux, c'était de me fuir. Ça fait tout de suite moins rire.

– Alors ?

– Alors, est-ce que ton frère se drogue ?

– Non, il est juste un peu con, parfois.

– Je pense plutôt qu'il est doté d'une intelligence singulière.

– Ah ça, intelligent, il l'est. C'est juste qu'il est asymptomatique.

Je me marre. J'imagine que c'est l'effet de la liqueur de noisette.

– Que s'est-il passé ? Tu as une idée de la raison pour laquelle il a fui ?

– Je lui ai sauté dessus.

Elle me fait de grands yeux.

– Je connais mon frère et tu es une jolie fille pas trop chiante.

– Merci.

– Donc, il doit y avoir autre chose. Que s'est-il passé ?

Je me mords l'intérieur des joues avant de me lancer.

– Je l'ai traité d'enfoiré, ou un truc dans le genre. Je lui ai dit qu'il n'était qu'une ordure de la pire espèce.

– Ah bon ? Et pourquoi tu as fait ça ?

– Il avait laissé traîner ses chaussettes sales sous le lit.

Je ne peux pas lui révéler que son frère a humilié un vieillard et que nous avons une légère mésentente au sujet de sa personnalité. Il se voit comme une pourriture et fait tout pour agir comme telle, et moi, ça me fait sortir de mes gonds.

– Et il a insulté les fans d'*Harry Potter*, inventé-je.

– Mmmh, je vois. Tu es sûre que je ne t'ai versé que quelques gouttes de *cuor di nocciole* ?

Je hausse les sourcils d'un air innocent.

– Je lui ai aussi posé un peu trop de questions au sujet de sa mauvaise humeur à l'approche des fêtes de l'été.

– Bon, je comprends mieux les raisons de sa fuite. Alors déjà, ce qu'il faut que tu saches, c'est que Milo déteste l'été, surtout la fin du mois de juillet, quand les rues grouillent de touristes et que la Sicile déploie toute sa splendeur pour les accueillir. Ça n'a pas toujours été le cas. Avant, il était aussi joyeux que le soleil estival. Mais Nino est mort à cette période et depuis, Milo est devenu le Grinch de l'été.

– Un Grinch sexy.

Jenny me dévisage en plissant le nez.

– Je préférerais me passer de ce genre de détails.

– Désolée.

Je bois une nouvelle gorgée de tisane. Mes joues commencent à chauffer.

– Ils étaient proches ?

– Nous l'étions tous les trois. Mais le lien entre eux était encore plus fort que celui qui me lie à mes frères.

Je l'encourage à poursuivre d'un mouvement de tête.

– Nino était quelqu'un de bien. Seulement, il était facilement manipulable et il n'a pas fait que de bons choix. Sûrement parce qu'au fond, il ne se sentait pas à la hauteur. Quoi qu'il en soit, chaque fois qu'il se retrouvait dans le pétrin, Milo volait à son secours pour le sortir de la merde. Alors que logiquement, ça aurait dû être l'inverse. C'était Nino, l'aîné. Mais il avait tant de difficultés…

Ma gorge se noue.

– Mes parents ont bien évidemment tenté de mettre le holà pour protéger Milo. Et Nino aussi, d'une certaine manière. Mais c'était plus fort que lui. Nino essayait de filer droit, puis il finissait immanquablement par sombrer et Milo accourait le tirer d'affaire. Sauf qu'une fois, ça n'a pas suffi. Je ne te raconte pas la suite, elle appartient à Milo. Mais tu la devines amplement.

Je hoche la tête, bien plus touchée par cette histoire que je ne le voudrais.

Je sais combien les absents pèsent dans nos consciences. Je ne conserve aucun souvenir de mes parents. Ils sont morts dans un accident de voiture avant que j'aie l'âge d'aller à l'école. C'est Giulia qui me l'a raconté. Je connais leurs prénoms, le lieu où je suis née, et ça s'arrête là. La curiosité m'a titillée maintes fois, mais à chaque fois, je me suis sentie coupable. Pour moi, c'était comme tromper Pascal et Giulia. Après tout, ce sont eux, mes vrais parents. Mais depuis que je suis arrivée ici, je me pose parfois des questions. Ont-ils déjeuné dans ce restaurant ? Se sont-ils un jour assis sur ce banc avec moi ?

– Je crois que ton frère est quelqu'un d'exceptionnel.

Elle me sourit tendrement.

– Et moi, je crois que tu es en train de tomber amoureuse.

Je lève les yeux au ciel.

– Aucune chance. Mon cœur est à l'épreuve de l'amour.

– Tu as des blessures de guerre ?

J'opine sans m'étendre sur le sujet. Jenny respecte mon silence.

– Adelia, si mon frère déconnait franchement, tu viendrais me le dire ?

Hum... est-ce que kidnapper des gens pour le compte de la Mafia sicilienne peut être considéré comme de la déconnade ?

– Si les choses partent trop en vrille, tu seras la première que j'informerai.

– Merci. C'est vraiment dommage qu'entre vous, ce soit pour de faux. Il n'y a aucune chance que ça évolue ?

– Pas la moindre. Au fait, c'est quoi ton livre ? la coupé-je pour changer de sujet.

– Ah, ce n'est pas un vrai livre. Je fais du scrapbooking. Tu connais ?

– C'est une sorte de collage, c'est ça ?

– Voilà, c'est exact. En gros, je colle des petits objets qui me tiennent à cœur. Des objets du quotidien qui, vus d'un œil froid, n'ont pas la moindre importance mais qui, ensemble, racontent une histoire. Tu veux voir ?

Je hoche la tête. Me plonger dans la vie de quelqu'un d'autre me fera sûrement oublier que c'est le bazar dans la mienne.

En effet, les articles que je découvre au fil des pages sont pour le moins hétéroclites. Une photo de famille aux bords jaunis, une carte Pokémon cornée, un poème écrit de la main d'un enfant, une feuille d'olivier séchée, de vieux pétales de rose, une étiquette arrachée d'une bouteille de Coca... L'un de ces souvenirs attire particulièrement mon attention.

– Une serviette en papier ?

Elle ne contient aucune décoration. Des chiffres sont gribouillés dessus au stylo-bille bleu.

– Ne me dis pas que c'est le numéro de téléphone d'une star ! plaisanté-je.

– Non, c'est une date.

Ah oui, je l'aurais remarqué si j'avais été plus attentive. Elle remonte à près d'une quinzaine d'années.

– C'est par rapport à Marco ? On m'a dit que tu as commencé à sortir avec lui quand tu étais au collège.

Elle secoue la tête de droite à gauche.

– Non, c'est un souvenir de Milo.

– De Milo ?

Ça ne devrait pas fourmiller dans mon ventre juste parce que j'ai entendu le prénom du mec avec qui je partage une chambre.

– Ça correspond au premier repas qu'il a préparé pour nous à la trattoria de mes parents. Il devait avoir douze ans.

– C'était quoi ?

– Un simple panini au poulet. Mais ce jour-là, nous avons tous compris que sa place était derrière les fourneaux. C'était une évidence pour nous et une passion pour lui.

– Tu sais pourquoi il a arrêté ?

– Ça, c'est à lui de te le dire. J'aime bien parler dans son dos, mais j'ai quand même des limites, ajoute-t-elle avec un sourire complice.

Milo, Milo, qui es-tu ? Pourquoi as-tu décidé d'enterrer ta vie tout en sachant que ça ne permettra jamais de ramener ton frère ?

Nous montons nous coucher chacune dans sa chambre. De mon côté j'attends Milo, en vain. Il ne rentre pas.

Mon insomnie me laisse le temps de tergiverser. De chercher à comprendre cet homme si agaçant et néanmoins fragile comme le verre.

Quand Morphée vient me prendre dans ses bras, en toute fin de nuit, je n'ai qu'une certitude : même s'il n'a pas lu *Harry Potter*, Milo est quelqu'un de bien. Il a seulement besoin qu'on le lui rappelle.

Le lendemain matin, je suis réveillée par des coups de marteau. Je me cache sous la couette dans l'espoir d'échapper au bruit : sans succès.

Je sors de ma cachette, maussade, et jette un regard circulaire autour de moi. Évidemment, je suis seule dans ma chambre. Les coups résonnent de plus belle. Ils proviennent de l'autre côté du battant.

– Adelia ? m'appelle une voix masculine déformée par la porte.

Je bondis hors du lit en grommelant. Hier soir, ou plutôt tôt ce matin avant de m'endormir, je me suis promis que j'essaierais d'être plus sympa avec Milo mais il ne me rend pas les choses faciles.

– Pourquoi est-ce que tu ne l'ouvres pas toi-même ? Tu t'es fait une tendinite au poignet en secouant l'index pour refuser mes avances hier soir ?

La porte s'ouvre. Ce n'est pas Milo. Malgré le gigantesque sentiment de honte qui m'envahit, j'essaie de garder un air aussi neutre que naturel.

– Tiens, ma baby-sitter préférée, lancé-je en français.

Fidèle à lui-même, Gandolfo reste de marbre. Je croise les bras sur ma poitrine, parce que je suis quand même en nuisette.

– Habille-toi, on a du pain sur la planche.

– Mais, c'est qu'il a retrouvé la parole ! Moi qui croyais que tu souffrais de mutisme…

– Je souffre de mutisme sélectif. Ça veut dire que je ne parle pas à n'importe qui ni dans n'importe quelle situation.

Il se contente de désigner mon armoire pour m'ordonner de m'habiller et tourne les talons pour rejoindre le rez-de-chaussée. Une fois lavée et vêtue, je le retrouve attablé avec Lina. Je prends quelques secondes pour observer le grand taciturne coincé du slip et la douce *mamma* qui boivent un café ensemble.

– Bonjour, Adelia ! Milo n'est pas là aujourd'hui, mais il m'a informée qu'il était prévu que tu te balades avec Gandolfo.

Du regard, elle s'assure que je suis bien d'accord avec ce plan. J'apprécie le fait que quelqu'un ici prenne mon avis en compte. Après des années à vivre avec une personne qui ne me laissait aucune liberté soi-disant pour mon bien, l'attitude bienveillante de Lina est pour moi salvatrice.

– Pas de problème.

Gandolfo se lève pour signifier qu'il est temps de filer.

– Et mon petit déjeuner ?

– Plus tard.

Lina le fusille du regard.

– Gandolfo chéri, nul n'est autorisé à quitter ma maison sans avoir pris un petit déjeuner digne de ce nom. Rasseyez-vous, mon enfant. Je vous prépare quelque chose. Ça me donnera l'occasion de vous poser des questions sur votre amitié avec mon fils. Vous êtes arrivé en Sicile récemment, c'est ça ?

Observer ces deux personnes si différentes partager leur premier repas de la journée a quelque chose de captivant. Lina se montre fidèle à elle-même : douce mais inflexible. Gandolfo, lui, est tendu comme un arc, comme si cette *mamma* si mignonne pouvait se transformer à tout moment en T-Rex. Avec sa candeur, son café et sa cuisine sucrée, elle parvient à tirer les réponses qu'elle veut de cette masse de muscles acariâtre qu'est Gandolfo. Si un jour, la Mafia cherche à recruter quelqu'un pour les interrogatoires, Lina est plus que compétente pour le poste.

Cela ne fait que renforcer mes convictions : derrière chaque brute se cache un cœur tendre. Et je crois savoir comment atteindre celui de Milo. Pas dans un but sentimental, bien entendu. C'est le meilleur des amants, mais je n'ai aucunement l'intention de nouer une quelconque relation avec lui. Mes désirs sont purement altruistes : je veux essayer de lui prouver que son âme n'est absolument pas vouée à l'enfer. Je voudrais redonner vie à cet homme bon qui est mort avec son frère. Pourquoi ? Je n'en sais rien, mais depuis quand a-t-on besoin d'une raison pour faire les choses bien ? Il m'a repoussée, c'est vrai, et il n'aurait pas pu le faire de manière plus indélicate. Pour autant, quelque chose me pousse à vouloir l'aider. Peut-être parce qu'après ma rupture, quand j'étais au plus mal, j'ai trouvé le soutien dont j'avais besoin auprès de Juliette et de ma famille, qui m'ont redonné goût à la vie. À mon tour d'améliorer mon karma, quitte à me casser les dents.

Gandolfo m'accompagne récupérer ma toute nouvelle carte bancaire auprès d'une filiale de ma banque française, après quoi nous allons chercher mes papiers au consulat. Contrairement à ce que j'avais imaginé, je n'ai pas à me battre avec l'administration pour que ça aille vite alors que d'autres usagers semblent attendre leur tour depuis une éternité, si j'en crois l'ennui qui se peint sur leur visage.

– Tu as menacé quelqu'un pour qu'on passe aussi vite ?

Il hausse les épaules avec désinvolture.

– Menacer ? Me prendrais-tu pour un sauvage ?

– Donc le fait d'appartenir à la Mafia t'offre des passe-droits, c'est ça ?

Il me dédie un sourire goguenard.

– Eh oui, ma petite.

À mon tour de sourire.

– Parfait. Du coup, tu vas pouvoir m'aider. J'ai un plan.

Son sourire s'efface. Suis-je plus effrayante qu'un parrain de la Mafia sicilienne ?

CHAPITRE 19

MILO

Obnubilé par la paire de fesses qui danse devant moi, j'essaie de faire abstraction de tout ce qui m'entoure et même de ce qui se passe dans ma tête en me focalisant sur le mouvement de ce postérieur pratiquement dénudé.

– À quoi est-ce que tu penses ?

Je m'ébroue pour me forcer à revenir à la réalité.

– Tu ne trouves pas que le grain de beauté qu'elle a sur la fesse gauche a une forme de pandoro ?

Assis à côté de moi, Albinoni se penche sur le bar pour regarder la scène de plus près.

– Moi, je voyais plutôt un lapin.

– Un lapin sans oreilles, alors. Dans ce cas, pourquoi ne pas avoir dit un chat ?

– Non, en fait, je parlais du logo dessiné sur son string. Ce que j'aimerais comprendre, en revanche, c'est pourquoi tu es venu frapper à ma porte en fin de soirée pour me traîner dans ce club de striptease minable si ce n'est pas pour te taper une stripteaseuse.

– Alors déjà, c'est ton club, donc s'il est minable, c'est ta faute. Ensuite, je ne peux pas bander pour quelqu'un qui a un pandoro dessiné sur la fesse. Désolé.

– Déformation professionnelle, c'est ça ?

– Je ne suis plus cuistot, *amico mio.*

– Ouais, bien sûr. Tu as tiré un trait sur tout ça pour espérer intégrer la pègre.

J'essaie d'ignorer l'ironie qui suinte dans la voix de mon meilleur ami.

– Bon, et si tu évites de loucher sur son pandoro, elle ne te donne même pas un peu la trique ?

J'ai du mal à l'admettre, mais non. La jolie fille qui se déhanche sur sa barre de pole dance me laisse de marbre.

– Je suis crevé, Albi.

Il se marre, l'enfoiré.

– Tu parles ! Admets plutôt que tu craques pour ta cible.

– Moi ? N'importe quoi, même pas en rêve. Je suis un pro…

– Un profond imbécile.

– Non. J'allais dire un professionnel.

– C'est bien, l'autopersuasion. Des fois ça marche, si j'en crois les magazines féminins.

Je me tourne vers mon meilleur pote pour lui couler un regard incrédule.

– Donc non seulement tu lis des magazines féminins, mais tu crois à leurs articles à la noix ?

– J'avoue que ceux qui portent sur le régime magique de la soupe aux poireaux inspiré de la série *Emily in Paris* sont à chier, mais ils restent néanmoins plus crédibles que toi quand tu affirmes que tu n'en pinces pas pour Adelia.

– Je ne peux pas en pincer pour elle, rétorqué-je, exaspéré, en levant les yeux au ciel.

Le plafond, constitué d'un miroir, me renvoie le reflet de nos têtes de con. Ils auraient plutôt dû opter pour du plâtre.

– Oui, je sais, tu es un professionnel…

– Ce n'est pas que ça. Elle a fait des *arancini* carrés.

– Oh, je comprends mieux pourquoi tu as échoué ici. C'est un véritable crime de lèse-majesté envers tout Sicilien qui se respecte.

Je réponds au sourire que m'envoie Albinoni.

– Donc, tu as cuisiné avec elle ? C'est énorme, ça, non ?

– Ne va pas t'imaginer que je l'ai fait de mon plein gré. Ma mère m'y a contraint. Elle s'était fait une entorse.

– Oh, voilà qui tombe mal.

– Comme tu dis. D'ailleurs, je ne la crois qu'à moitié.

– Et qu'est-ce que tu as ressenti ? Mis à part de l'effroi en voyant des *arancini* carrés, cela va de soi.

Je fais tourner mon index autour de mon verre.

– C'était flippant, d'un côté. Elle était là, toute mignonne, avec ses mains pleines de riz, à s'amuser avec ma famille. Il y avait une telle complicité autour de la table qu'on aurait pu croire que rien ne s'était passé. Que tout était comme avant. Sauf qu'il y avait cette putain de chaise vide…

– Nino ne reviendra plus s'y asseoir, Milo. Peut-être pourrais-tu autoriser quelqu'un d'autre à prendre sa place.

Je le foudroie du regard, en proie à une colère aussi violente que soudaine que je peine à contenir. Albinoni le sent et lève les mains en signe de reddition.

– Je retire ce que j'ai dit. Je me suis mal exprimé mais en même temps, je ne suis pas psy, je suis un mafieux.

Il m'offre un sourire désarmant qui m'apaise sensiblement.

– Toi, en revanche, tu n'en es pas un.

– Pas encore…

– Pas encore, non. Que s'est-il passé après les *arancini* ?

– Elle m'a fait des avances. Je l'ai repoussée.

Albinoni recule sa tête pour me couler un regard étonné.

– Des problèmes de prostate ? À ton âge, c'est rare, mais pas impossible.

– Quoi ? Mais, pas du tout !

– Elle ne te plaît pas ?

– C'est évident que si, non ? Tu l'as déjà vue, elle est super belle.

– Donc, tu as des troubles érectiles. Je peux t'avoir des petites pilules bleues à l'œil, mon pote. Tu n'auras même pas à les demander au doc Aureliano.

Je lui flanque un coup de coude dans les côtes. J'ai beau savoir qu'il plaisante, il m'énerve quand même.

– Je bandais, espèce de gros malin. Pas qu'un peu. Mais figure-toi que je dois me tenir loin d'elle pour la simple et bonne raison que je ne suis qu'une sous-merde. En tout cas, c'est comme ça que je me suis vu en humiliant ce pauvre Vinicio en plein marché.

Je bois une gorgée pour apaiser ma gorge sèche et mon esprit embrumé.

– Pourtant, tu as déjà fait pire.

– C'est vrai.

– Et tu ne t'étais pas senti aussi mal.

– Disons que je n'ai jamais kiffé, mais effectivement, je ne m'étais pas senti comme une merde, alors que là…

– Mmh, je vois. Et elle, elle a réagi comment ?

– D'abord, elle m'a engueulé. Alors, j'ai gueulé plus fort.

– Bien.

– Puis je me suis expliqué.

Il me regarde d'un drôle d'œil. Je vois bien qu'il se retient de se marrer.

– Et quand elle a compris les raisons pour lesquelles j'ai agi comme un con, elle a essayé de me remonter le moral. Tu vois ? Elle est trop bien, cette fille.

– Nous y voilà. En gros, tu la perçois comme la blanche colombe et toi, tu es l'enfoiré de criminel. Laisse-moi te dire une chose, *bambolino.* Tu n'es pas une sous-merde. Tu es notre meilleur kidnappeur.

Je ris.

– Et c'est censé rassurer ?

– Ce que je veux dire, c'est que tu es un excellent kidnappeur, mais ce n'est pas ce qui te définit. Ce n'est pas toi, ça.

– C'est pourtant ce que je fais.

– Oui. Kidnapper, c'est ce que tu fais. Mais tu auras beau embrasser la pègre, tu n'en feras jamais réellement partie. Tu auras beau chercher l'obscurité, cette noirceur est celle de ton frère, pas la tienne. Tu n'es pas lui. Tu n'es pas moi. Et tu es encore moins comme mon père. Plus tôt tu l'auras compris et mieux ce sera.

Je jauge la sincérité dans son regard embrumé par l'alcool. Derrière son côté un peu dingue se trouve un véritable ami. Pour autant, je ne pense pas comme lui. Je ne suis plus le mec que j'étais. J'ai changé. Je suis l'enfoiré qui fait croire à une fille qu'elle vit chez lui de son plein gré, alors qu'elle est sa prisonnière. Qui d'autre qu'un connard ferait une chose pareille ?

Toutefois, Albioni a réussi à instiller le doute dans ma petite cervelle. Et si la part de lumière en moi n'était pas morte ?

– Bon, garde ta queue dans ton froc si tu veux, monsieur rabat-joie. Moi, je vais voir la stripteaseuse, si elle est d'accord.

CHAPITRE 20

MILO

J'ai fini par m'endormir en début de matinée pour me réveiller l'après-midi, l'esprit toujours en vrac. Heureusement qu'avant de sombrer, j'ai pensé à demander à Gandolfo d'aller s'occuper d'Adelia. Après le foutoir qu'il a mis avec ses conseils en matière de cadeau, il m'en devait une, de toute façon. J'imagine qu'Adelia doit être furax que je lui aie collé « le baby-sitter de l'enfer ». Mais d'un côté, ça m'arrange. Plus elle me détestera, mieux ce sera pour tous les deux.

Je me lève et m'étire de tout mon long. Je me suis endormi la tête appuyée sur le zinc, assis sur un tabouret. Il faudrait tout de même que je songe à passer une vraie nuit dans un lit. Un lit non occupé par Adelia, de préférence. Mes vertèbres ronronnent de bonheur à l'idée de reposer quelques heures sur un matelas bien moelleux.

En enfilant mon manteau, je crois entendre un bruit assez proche du cri du cochon en provenance de l'autre côté du bar. La famille Fiori se targue d'avoir élevé des porcs dans le seul but de faire disparaître les corps de leurs ennemis, mais je n'ai jamais été en mesure de déterminer si c'était ou non une légende urbaine. Ce serait quand même une drôle d'idée d'en avoir laissé passer un dans un club de striptease. Dans le doute, je me hisse sur la pointe des pieds pour jeter un coup d'œil de l'autre côté du bar.

Je n'aurais pas dû.

Allongé à même le sol, Albi dort à poings fermés. Il porte un chapeau de cow-boy, des bottes, et serre le string de la stripteaseuse dans sa main. Il ne porte rien d'autre, son attirail somnolant à la vue de tous. Je pressens que cette vision d'horreur restera à jamais gravée sur ma rétine.

Secouant la tête, je quitte les lieux dans l'après-midi pour ne pas ajouter d'autres images terrifiantes à mon cerveau déjà malmené. Une chance que j'aie laissé ma voiture sur le parking du club. Albi se débrouillera pour rentrer chez lui : ce n'est pas trop loin. Et puis, on a déjà fait pire. Comme la fois où on avait fait Palerme-Agrigente à dos d'âne à la suite d'un pari perdu avec mon frère. Mon cœur se serre à ce souvenir.

En parlant de visions d'horreur, celle que m'offrent Adelia et Gandolfo quand j'arrive à la maison vaut son pesant de cacahuètes. Non seulement ils ne se sont pas entre-tués, mais en plus ils se marrent comme s'ils se connaissaient depuis toujours. Ils se parlent dans un français entrecoupé d'éclats de rire dont je ne comprends qu'un mot sur deux. Je me sens un peu comme le spectateur d'un match d'impro. Tout le monde rigole, mais personne ne sait pourquoi. Les gens ont vraiment un humour pourri. Je refuse de croire que je suis celui qui n'est pas drôle.

Au bout d'un moment, je finis par toussoter pour leur faire remarquer ma présence. Surpris dans une attitude assez lointaine de celle du gros dur qu'il s'efforce de jouer, Gandolfo sursaute avant de se ressaisir en affichant son sempiternel air faussement maussade. Voilà enfin quelque chose de vraiment marrant.

– Ah, tu es déjà rentré ? s'étonne Adelia.

– Cache ta joie, *bambolina.*

– Je suis sincèrement contente de te voir. On y va ?

Les deux complices se lèvent. Je note que Gandolfo évite mon regard.

– Vous partez ?

– On va dans ton garage, et tu viens avec nous. Ton pote le faux muet nous accompagne juste pour s'assurer que tu feras exactement ce que je te dis.

Gandolfo me jette un coup d'œil consterné qui veut dire « désolé mec, elle m'a forcé la main ». Et je ne peux pas lui en vouloir, puisque je sais combien elle est chiante.

– J'imagine que tu ne me laisses pas le choix.

– Bravo, tu as tout deviné.

Je grogne pour montrer mon désaccord. Je pourrais très bien l'envoyer balader. J'en ai la force et le pouvoir et jusqu'ici, personne n'a su me contraindre à faire quelque chose que je ne voulais pas. En dehors de ma mère, bien entendu. Néanmoins, ma curiosité est suffisamment forte pour que je me laisse entraîner dans le garage, où Adelia s'empare de mes clés de voiture accrochées au mur.

– Attends, attends, qu'est-ce que tu comptes faire avec ça ?

– Ben, c'est évident, non ? Je t'emmène faire une balade.

– Toi ?

Elle acquiesce. Gandolfo évite mon regard en rentrant sa tête entre ses épaules à la manière d'une tortue. Une tortue avec beaucoup de muscles.

Adelia perd son sourire et lève un index menaçant dans ma direction.

– Attends, ne me dis pas que tu fais partie de ces imbéciles qui pensent que les femmes ne savent pas rouler. À moins que tu ne te serves de ta queue pour conduire, je ne vois pas où est le problème !

Je tente d'étouffer les images salaces qui surgissent dans mon esprit à l'évocation du mot « queue » dans sa jolie bouche charnue.

– Une femme qui conduit n'est pas un problème. La meilleure convoyeuse des Fiori s'appelle

Eugenia, et elle pisse assise. En revanche, toi, tu es un problème.

– Moi ?

– Oui, toi. Parce que tu as deux mains gauches et la capacité d'anticipation d'une banane. Et moi, je tiens à ma bagnole. Alors, explique-moi ce qu'on fait parce que…

Bip.

Sans écouter la fin de ma phrase, elle déverrouille la portière et se glisse derrière le volant.

– Mec, je crois qu'elle est capable de te rouler dessus si tu n'obtempères pas. Cette jolie brune est au moins aussi timbrée que toi.

– C'est bien ce qui me fait peur, Gandolfo.

Je finis par m'asseoir à côté d'Adelia alors que le taiseux nous fait un signe d'adieu.

– Je te préviens, *bella*, si tu abîmes quoi que ce soit, tu me le paieras au centuple.

Elle me sourit, pas effrayée le moins du monde.

– Je suis prête à prendre le risque.

Trente minutes plus tard, nous nous garons sur l'un des parkings du centre-ville.

Je me tourne vers Adelia pour la foudroyer des yeux.

– Dis-moi, tu l'avais vu, le camion ?

– Lequel ? Le rouge ? Ou le bleu ?

Je ferme les paupières. Blanc, il était blanc. Avec un dessin de chat sur le côté. Je le sais parce que moi, je l'ai vu de très, très près.

– Je rigole, Milo. Tu conduiras au retour ?

Je ne réponds pas et me contente de sortir de la voiture.

– Où est-ce qu'on va ?

– À notre rendez-vous galant.

De surprise, je tousse si violemment que je manque de me casser une côte. Puis je me marre pour me donner une contenance.

– Un rendez-vous galant ? Toi et moi ?

Je ris de plus belle. Elle semble vexée.

– Al Pacino et toi. Pourquoi est-ce que ça t'a fait rigoler ? Ce serait si impensable que quelqu'un puisse sortir avec moi ?

Cette fois, je prends le temps de la regarder. Elle est à tomber. Ses longs cheveux noirs dansent au gré de la brise estivale et les éclairs de colère contenus dans ses iris ne les rendent que plus vivants.

– Non, Adelia. N'importe quel type sensé voudrait sortir avec toi.

– N'importe quel type, sauf toi.

– C'est exact. Je ne suis pas ce genre d'homme. Je ne le suis plus.

– Ça, c'est ce que tu crois.

Cette jolie petite peste finit toujours par me couper la chique. Dommage que je n'aie pas un bout de corde, je l'aurais bien ficelée pour la mettre dans mon coffre. Ou dans mon lit.

– Arrête de tergiverser, *padrino*, et viens avec moi.

Sans me laisser le temps de réagir, elle enroule ses doigts aux miens et m'entraîne à sa suite. Je me laisse porter jusqu'à un endroit inédit pour moi.

– Le cinéma ? Si tu me forces à regarder une comédie romantique…

– Quoi ? Tu as peur de devenir accro ?

Elle ricane et se dirige vers l'hôtesse. Le ciné de Paradisio est l'un des rares établissements de ce genre employant encore des humains. Ailleurs, les machines ont pris la place des hommes et des femmes mais ici, nous avons su garder des employés. Et ce n'est pas plus mal.

– Deux places pour *Harry Potter*, s'il vous plaît.

Je peine à cacher ma surprise tandis qu'Adelia achète nos précieux sésames.

– Tu veux du pop-corn ? fait-elle en se retournant vers moi, comme si tout était normal.

– *Harry Potter* ?

– Ben oui. Alors, tu en veux ou pas ? Dépêche-toi, pas question que je rate les bandes-annonces.

– Mais, il n'est pas sorti il y a dix ans ?

Ma remarque semble l'amuser comme si je venais de lui raconter une bonne blague.

– Vingt. Eh oui, même toi tu vieillis, Peter Pan.

– Mais… pourquoi est-ce qu'ils le passent ? Il y a une journée anniversaire ou un truc dans le genre ?

– Pas du tout ! Figure-toi que c'est mon œuvre.

J'arque un sourcil pour marquer mon incompréhension.

– Enfin, la mienne et celle de Gandolfo. Il m'en devait une. Il se trouve qu'il s'est pavané devant moi en scandant que faire partie du clan Fiori, ça ouvrait des portes. Alors, je lui ai demandé de m'ouvrir celles du cinéma, et il a tenu parole. À présent, nous sommes quittes.

Avec moult détails, elle me raconte comment elle et le plus taiseux des mafieux sont allés discuter avec la guichetière, qui a d'abord cru qu'ils venaient exiger la rançon que la Mafia réclame tous les mois à ses sujets. Après lui avoir expliqué qu'ils n'étaient pas là pour ça, Adelia l'a suppliée pour qu'ils passent le premier volet d'*Harry Potter* sur grand écran, puisque pour elle, il est impossible de commencer cette saga sur, je cite, « une minable télé ». Si elle a tenu à ce que Gandolfo soit à ses côtés, c'était pour qu'il lui présente la caissière. Et peut-être aussi un peu pour se venger de lui.

– Tu as fait ça pour moi ?

Elle opine, les joues roses.

Soudain, mon univers entier rétrécit. La statuette de la Vierge à côté du guichet, les guirlandes défraîchies qui pendent au plafond, les vieilles affiches de films comme *E.T.* ou encore *Die Hard*, tout tournoie autour de moi jusqu'à devenir flou.

C'est un film. Ce n'est qu'un film. Pourtant, le geste d'Adelia me touche tellement que je suis à deux doigts de tourner de l'œil.

Un comble pour un mec capable de ranger une cible dans son coffre avec le plus grand des calmes…

– Pourquoi ?

Elle inspire profondément, comme si elle cherchait des forces pour me servir une réponse que je redoute.

– Parce que tu as le droit de retrouver les plaisirs d'une vie normale, hors Mafia.

Je la regarde en fronçant les sourcils. Elle enchaîne :

– Tu mérites ce bonheur, Milo.

Je ne sais pas si elle a tort ou raison. J'analyserai ça plus tard. Pour l'heure, j'ai seulement envie de passer un excellent moment avec une fille suffisamment folle pour voir du bon chez son geôlier. Une fille qui, pour être tout à fait franc, me fait craquer. Albi avait raison. Je me laisse entraîner en direction d'une salle de cinéma entièrement vide. Et pendant près de deux heures, je profite d'un bon film. Je suis là, assis sur un fauteuil moelleux, à regarder l'écran comme un gars ordinaire accompagné d'une nana extraordinaire. Est-ce que ça pourrait devenir mon quotidien ?

Le film fini, Adelia semble surexcitée. Je la trouve marrante.

– Alors ?

Elle tapote son accoudoir en attendant une réponse. Je prends mon temps avant de desserrer les lèvres, rien que pour le plaisir de la faire enrager.

– Ça va.

– Ça va ? C'est tout ?

Je hoche la tête. Elle fronce le nez, le front, et même le menton pour manifester son mécontentement. Je ne savais même pas que c'était possible, ça !

– Je plaisantais. J'ai bien aimé. Mais je suis team Serpentard.

– T'es vraiment un gros naze. Tu me dois un resto, pour la peine, grogne-t-elle à travers ses dents serrées en fixant l'écran sur lequel défile le générique de fin.

Je m'esclaffe.

– Je te dois un resto parce que j'ai fait une blague pas drôle ? Ce ne serait pas un moyen détourné de poursuivre notre rendez-vous galant ?

Cette fois, elle se tourne vers moi.

– Ah, parce que maintenant, c'est un rendez-vous galant ? Je croyais que tu n'étais pas ce genre de mec.

Je m'appuie sur les accoudoirs et approche mon visage tout près du sien. Elle frissonne. J'adorerais la déstabiliser si ça ne me chamboulait pas, moi aussi.

– Je ne suis pas ce genre de mec. Mais il se trouve que j'ai faim et que tu es là, alors autant manger ensemble, tu ne penses pas ?

Elle rit.

– Tu vas me dire que le vendredi, ils font une offre spéciale du genre deux pizzas pour le prix d'une, c'est ça ?

– Tu as tout compris.

Une autre nana se serait vexée, mais Adelia partage mon humour, quoi qu'elle en dise. Je reste accroché à son sourire plus longtemps que prévu. Elle secoue la tête et se lève d'un bond.

– Allons-y. Je ne voudrais pas qu'on rate la promo, elle n'est valable que jusqu'à vingt et une heures, continué-je.

N'importe quel mensonge est bon pour échapper au trouble qui m'envahit. Que celui qui a toujours assumé ses émotions, même les plus gênantes, me jette la première pierre.

La nuit est tombée quand nous quittons le cinéma. Adelia demande à rejoindre le restaurant à pied afin de profiter de la beauté du spectacle. En effet, toutes les ruelles de Paradisio ont été illuminées pour égayer les belles soirées d'été. Des motifs de croix, de lunes, de chevaliers et de palmiers éclairent les recoins les plus sombres, y compris ceux de mon âme que je croyais éteints à jamais. Voilà quelques années que j'évitais de me promener au centre-ville une fois le soleil couché, pour m'épargner ce spectacle débordant de magie d'été. Je commence à comprendre que si j'ai cru me protéger, je me suis surtout privé de beauté et de la possibilité d'atténuer ma souffrance en me créant des souvenirs heureux.

Elle s'arrête devant la vitrine d'une pizzeria et commence à lire la carte.

– Tu sais, je n'étais pas sérieux quand je te proposais d'aller dans une pizzeria. On peut dîner n'importe où.

Elle tourne vers moi son visage amusé.

– Tu ne crois tout de même pas que j'allais passer plusieurs semaines en Italie sans déguster une pizza !

C'est un cliché, mais ça me fait sourire.

– De la même manière que tu ne pouvais pas aller en Sicile sans rencontrer un mafieux.

– Je ne fais jamais les choses à moitié. Allez, viens. Ce n'est pas en restant devant le resto que mon pauvre ventre va se remplir.

Elle unit ses doigts aux miens pour m'entraîner à sa suite et une fois de plus, je suis incapable de résister à son enthousiasme. À sa lumière.

La serveuse me reconnaît et me place à la meilleure table. Peu de monde est au courant de mes petites affaires, mais rares sont ceux qui ignorent mon amitié avec Albinoni. Forcément, ça ouvre des portes. Parfois, je me demande ce que serait ma vie loin des Fiori.

Adelia choisit deux piña coladas sur la carte ainsi que nos plats. Lorsque les boissons arrivent, elle prend quelques photos de nos cocktails avec en fond, la rue illuminée. Je ne sais pas comment elle se débrouille, mais le résultat est bluffant.

– D'où te vient cette passion pour la photo ?

Elle se mord les lèvres, hésitante.

– J'avais du mal à m'exprimer verbalement pendant mon enfance. Sûrement en raison du traumatisme lié à la mort de mes parents biologiques. Petite, je communiquais surtout par images interposées. Dessins, photos… jusqu'à ce que je rencontre Juliette et Sonia, mes deux meilleures amies.

J'acquiesce.

– Oui, tu m'as déjà parlé de Juliette, mais pas de Sonia.

Son visage exprime une drôle d'émotion.

– Sans vraiment le savoir, elles m'ont aidée à retrouver la parole. Ma passion pour les images est restée, alors je me suis lancée dans la photo, professionnellement. Je leur dois beaucoup à toutes les deux. Tout comme mes parents adoptifs, elles ont beaucoup compté pour moi.

– Tes parents, tes amies… Pas de mec à long terme ?

Elle me sourit.

– Dis donc, tu es vachement curieux. Vu que ça semble t'intéresser, j'étais en couple quand je me suis lancée comme photographe indépendante.

– En couple ? Tu es encore avec ce mec ?

Elle secoue la tête et détourne le regard.

– Je n'ai plus personne dans ma vie. Mais avant, j'étais avec… euh, bref, ce n'était pas un mec.

– Ah bon ? C'était…

Je n'ai pas besoin de finir ma phrase. Une fille ?

– Je suis bisexuelle, Milo. Ça te pose un problème ?

Je hausse les épaules pour signifier mon indifférence.

– Ton orientation sexuelle ne regarde que toi. Je ne vois pas ce que ça change.

Elle pousse un soupir soulagé. Je note que ses iris brillent étrangement, sans doute à cause de l'émotion. La serveuse revient avec nos plats.

– Mademoiselle, monsieur, voici vos *panzerotti*.

Les *panzerotti* ne sont pas encore très connus à l'étranger, contrairement aux pizzas. Pour faire simple, ce sont des calzone que l'on fait frire. Étonnamment, ce n'est pas très gras, contrairement à un beignet. Ça ne baigne pas dans l'huile : mon assiette est quasiment sèche. Il faudra que je donne à Adelia le secret de cette cuisson savoureuse mais relativement légère.

Je grignote un morceau de *panzerotto*, dont la pâte croque légèrement, juste comme il faut, alors que la mozzarella, le jambon et la sauce tomate fondent à la perfection sur ma langue.

– Excellent, commenté-je.

Je lève les yeux sur Adelia, qui m'observe sans rien dire.

– Depuis le temps que je rêvais de t'entendre dire ça !

– Fallait me le dire tout de suite, je nous aurais commandé des *panzerotti* dès le début de ton séjour à Paradisio.

Ma plaisanterie n'obtient pas l'effet escompté. Elle plante son couteau dans une boulette de mozzarella avec tant de force que je peux presque sentir mes parties intimes se rétracter.

– Est-ce que tu sais comment ont réagi tous les gars à qui j'ai avoué ma bisexualité ? C'est facile, il n'y a que deux réactions possibles.

Je secoue la tête en enfournant une part de *panzerotto* dans ma bouche pour masquer mon trouble. Je ne suis pas perturbé par son aveu. Je me fiche royalement qu'elle soit bisexuelle ou hétéro. Ce qui me chamboule, c'est qu'elle me fasse suffisamment confiance pour partager ça avec moi.

– Soit ils partaient la queue entre les jambes, écœurés, soit ces gros porcs lubriques en profitaient pour me demander un plan à trois ou un truc dans la même veine. Tu es le premier à me traiter normalement, et tu sais ce que ça veut dire ?

– Que tu n'as essayé de sortir qu'avec des imbéciles ?

– Non, espèce de *schiocchino* ! Que tu es quelqu'un de bien.

Je lâche ma fourchette d'étonnement. Puis la rattrape d'un geste sec.

– Tu ne juges pas. Tu acceptes les gens tels qu'ils sont. C'est une qualité rare. Tu auras beau te couvrir de noirceur, Milo, il y aura toujours une part de lumière en toi.

Elle n'a pas idée du point auquel ses mots me touchent, alors je réagis par ma seule arme – en dehors d'une corde et d'un coffre –, l'humour.

– Tu sais t'y prendre pour me donner envie de te payer ta pizza. Et plus jamais de piña colada pour toi, ça te fait raconter n'importe quoi.

Elle rit, mais elle n'est pas dupe. Elle sait que sa flèche a atteint sa cible : mon cœur. Et jusqu'ici, j'ignorais qu'il était encore en état de marche.

– Alors, si tu me racontais ton histoire de photo ?

Son sourire se fane.

– Sitôt après le lycée, j'ai suivi une formation alliant marketing et photo. Mon diplôme en poche, je me suis installée avec Sonia et j'ai tenté de lancer ma propre boîte.

– Sonia ? Ta deuxième meilleure amie devenue ta compagne, c'est ça ?

– Oui. Démarrer une autoentreprise qui tient la route, ça requiert du talent, de la confiance en soi, et parfois des relations ainsi qu'une dose de chance. Et du temps. Beaucoup de temps.

– J'imagine.

– Sauf qu'une relation naissante, ça en demande tout autant. Sonia s'est sentie délaissée, alors elle a tout entrepris pour faire foirer mes plans.

– Pourquoi est-ce que tu ne l'en as pas empêchée ?

– Parce que ça s'est fait sans que je m'en rende compte. Elle a joué sur ma corde sensible en se faisant passer pour une victime alors que dans mon dos, elle manipulait tout le monde pour m'isoler.

Elle a même failli me faire perdre Juliette ! J'ai commencé à me sentir de moins en moins à l'aise et cela s'est ressenti sur la qualité de mon travail, alors les clients se sont faits rares. Plutôt que de me rassurer, Sonia m'a tout mis sur le dos, me répétant combien j'étais nulle. Combien je ne valais rien sans elle. Et je l'ai crue.

La douleur qui perce dans sa voix me serre le cœur.

– Je suis devenue l'ombre de moi-même. Je n'avais plus la moindre confiance en moi. J'avais peur de tout, si tu savais !

– Mais, tu n'es plus cette personne, aujourd'hui. Comment est-ce que tu as fait pour remonter la pente ?

– Avec de l'amour, beaucoup d'amour. Celui de mes parents adoptifs, et celui de Juliette, ajoute-t-elle en répondant à mon interrogation silencieuse.

Je ne lui demande pas ce qu'est devenue cette Sonia. Ce n'est pas ce qui compte. L'important, c'est qu'aujourd'hui, Adelia est une femme forte. Heureuse. Ou du moins, je l'espère. Elle le mérite plus que quiconque.

– Voilà pourquoi j'ai ce caractère de chieuse.

– Je ne t'ai pas traitée de chieuse. De tête de mule, oui. Nuance.

Elle se marre. J'aime bien le son de son rire. Et je deviens de plus en plus ridicule.

– Quoi qu'il en soit, j'ai décidé de ne plus laisser quiconque m'enfermer. Grâce à mes proches, j'ai retrouvé ma liberté et je compte la conserver précieusement jusqu'à la fin de mes jours.

J'introduis une énorme part de *panzerotto* dans ma bouche pour me laisser le temps d'assimiler la situation.

Aujourd'hui, je suis tout le contraire de ce qu'il lui faut. N'importe qui avec un minimum de jugeote s'éloignerait d'elle pour ne pas la faire souffrir. N'importe qui avec du cœur essaierait de changer pour redevenir celui qu'il était. Est-ce que pour elle, je suis capable de rompre le serment que je me suis fait à moi-même ? La protéger, plutôt que de la livrer à la pègre ?

Je n'en ai pas la moindre idée. Mais pour la première fois depuis que ma vie est devenue ce qu'elle est aujourd'hui, je suis prêt à envisager les choses autrement.

Si elle était ma rédemption ?

Insensible à la tempête émotionnelle qui m'agite intérieurement, elle termine son dîner en observant les décorations un peu vieillottes qui ornent le restaurant. Intriguée, elle plisse les yeux en fixant le tableau qui trône près d'elle. Au-dessus d'une statue de sainte Rosalie, la patronne de Palerme et l'une des plus importantes figures de l'île, une planche en liège sur laquelle les clients peuvent accrocher des petits mots porteurs de vœux. Mon frère avait vu cette coutume lors d'un voyage dans le sud-est de l'Espagne et l'avait adaptée à notre trattoria. D'autres s'en sont inspirés et cette habitude a commencé à se répandre dans le coin. Je soupire avec un petit pincement au cœur. Elle se penche en avant et tend le cou, manquant de se dévisser une vertèbre, pour essayer de lire ce qui est écrit.

– « Je voudrais passer une nuit avec Penn Badgley. » Ben dis donc, ça au moins, c'est direct.

Elle essaie d'en déchiffrer d'autres.

– « Je voudrais un travail. » « Des pizzas à vie. » « Une nouvelle voiture. » « S'il te plaît, sainte Rosalie, aide-moi à trouver l'amour. »

Les sourcils froncés, elle se tourne vers moi.

– C'est quoi cette histoire ? Vous n'avez pas de psychothérapeutes en Sicile, alors vous racontez votre vie à la Vierge ?

Je ris. Elle me fait sourire malgré la petite pointe de douleur dans ma poitrine.

– C'est une coutume espagnole que mon frangin a importée ici. Et ce n'est pas la Vierge, mais sainte Rosalie. Tu sais, on a la même avec le sapin de Noël. On accroche nos vœux aux branches du sapin. Je n'y ai pas participé depuis des années, cela va de soi.

Elle me fait de grands yeux offusqués qui me font marrer. Mon rire meurt dans ma gorge quand elle interpelle la serveuse pour lui demander un stylo.

– Qu'est-ce que tu fais ?

– Ça ne se voit pas ? Je t'aide à renouer avec tes traditions. Inutile de me remercier, poursuit-elle en jouant des sourcils. Tu vas adorer me détester.

La détester ? Je crois qu'il est trop tard pour ça.

Elle attrape sa serviette de table et commence à gribouiller dessus. J'essaie de lire ce qu'elle écrit, mais elle se débrouille pour me rendre la tâche impossible. Braquant son stylo dans ma direction en guise de menace silencieuse, elle me toise avec sévérité.

C'est qu'elle ne plaisante pas !

– Tu seras autorisé à me lire si toi aussi, tu notes quelque chose sur ta serviette en papier. Et inutile d'essayer de me berner. Je vérifierai de mes propres yeux qu'il n'y a pas d'entourloupe.

Son attitude m'arrache un sourire. Comment est-ce qu'on peut être à la fois effrayé, charmé et incroyablement touché par une personne ? Est-ce que c'est de la pure folie ? Sûrement. Est-ce que j'ai envie de me battre contre les émotions qu'elle fait naître en moi ?

Je n'en sais fichtrement rien !

Lorsqu'elle a fini, elle se lève pour accrocher son petit mot à l'aide d'une punaise qu'elle pique au comptoir, alors j'en profite pour écrire le mien.

« Je veux le retrouver. »

Et j'ignore si je parle de mon frère, ou bien de celui que j'étais.

Ça ne sera pas facile et j'y laisserai des plumes. Mais il le faut. Je ne veux plus être un sale type.

Nous déambulons encore un peu en ville pour profiter de la féerie enchantée que nous offrent les illuminations. Bon, si ça ne tenait qu'à moi, on serait déjà de retour à la maison. Adelia est à tomber et j'ai l'impression qu'elle ne cesse de m'allumer. De jouer avec moi. Je suis plus que brûlant d'envie de lui succomber.

Bien que je pense toujours que je ne suis pas bon pour elle, elle a réussi à instiller le doute en moi. Et si, quelque part au fond, il y avait toujours ce mec normal dont elle me parle tout le temps ?

Alors que nous marchons dans une venelle déserte, elle s'arrête. Je grommelle dans ma barbe. Je tiens à rentrer rapidement pour partager mon lit avec elle. Ou son lit avec moi, je n'en sais rien. Je la veux, elle. C'est tout ce qui compte.

Je regarde autour de nous pour savoir ce qui lui prend. Il n'y a pas de vitrine spéciale, à part celle d'une librairie, mais elle n'a pas l'air de s'intéresser aux bouquins. Elle me fixe comme si elle attendait quelque chose de moi. Mais quoi ?

– Je sais que tu adores lire, mais je ne vais pas briser la vitre pour t'en piquer un maintenant, *bella*… J'ai des principes !

– Et moi, j'ai une liseuse. Ce n'est pas ce que je veux.

– C'est moi que tu veux ? hasardé-je.

Elle s'esclaffe en désignant un point au-dessus de nos têtes. C'est là que je comprends. Une flèche de Cupidon pend de la potence de la librairie.

OK.

– Tu as compris, maintenant, espèce de mufle, ou il te faut un dess…

Je ne lui laisse pas le temps de finir. L'urgence me pousse à la ceinturer sans ménagement et à m'emparer de sa bouche comme si ma vie en dépendait. Loin de me rejeter, elle se hisse sur les pieds et joint ses mains derrière mon cou, comme si elle ne voulait absolument pas me laisser partir. Je l'embrasse avec envie. Avec désespoir. Et avec autre chose que je suis incapable d'identifier. Ses lèvres d'une douceur exquise dansent avec les miennes et s'ouvrent pour moi. Je découvre sa bouche gourmande comme si c'était la première fois.

Son dos bute contre le mur de la librairie et ses mains s'agrippent à mon manteau pour m'attirer à elle. Corps contre corps, je mène une bataille contre moi-même sans savoir dans quel camp se trouve ma place.

Avec elle, ici et maintenant ? Mais, et demain ? Dans quelques semaines, quand il faudra la livrer, aurai-je le courage de m'opposer à la pègre et surtout, de laisser filer toute chance de savoir ce qu'il est advenu de mon frère ?

Elle fait taire mes peurs d'un nouveau baiser ensorcelant tandis que ses mains se glissent sous mon tee-shirt, sur mon torse, là où mon cœur bat comme un demeuré.

Je l'imite, promène mes doigts sur ses cuisses, relève l'ourlet de sa robe jusqu'à ce qu'un gémissement lui échappe.

– Attends, Adelia, on n'est pas obligés de faire ça ici, tu…

– Tu quoi ?

– Ben, le cadre.

– Le cadre, on s'en fiche. Tu veux du romantisme ? Regarde-moi dans les yeux, Milo. Regarde-moi et oublie tout le reste. Ce soir, il n'y a que toi, moi, et les étoiles. Rien d'autre n'existe. Rien d'autre ne compte.

Ses mots me font oublier mes doutes. L'univers disparaît pour ne laisser place qu'à un « nous » dont les contours s'effacent à mesure que le désir nous brûle. Mes mains reviennent sur ses cuisses tandis que les siennes, joueuses, ouvrent ma braguette. Quelques secondes plus tard, elle empaume ma verge. Je ferme les yeux, ébahi par les incroyables sensations qu'elle éveille en moi d'un simple toucher. Tout en savourant sa caresse, je l'embrasse en jouant avec le bord de sa culotte.

– Milo, si tu ne te dépêches pas…

Je ris en passant la main sur son intimité délicieusement chaude qui m'attire comme jamais. Du pouce, je caresse son clitoris tandis que deux de mes doigts s'introduisent en elle. Elle étouffe un gémissement dans mon épaule tout en raffermissant sa prise sur ma queue. Comment lui résister ?

Soudain, elle se tord telle une contorsionniste.

– Qu'est-ce que tu fais ?

– Je cherche une capote dans mon sac, répond-elle dans un grognement.

J'adore cette fille !

Alors que je pense qu'elle va me donner le préservatif, elle se débrouille pour l'ouvrir et le déroule sur mon membre érigé. Comme si nous étions une équipe.

– J'ai envie de toi, Milo. Tellement envie de toi.

Je la fais taire d'un baiser, passe mes mains sous ses fesses pour la soulever et écarte sa culotte pour m'introduire en elle alors qu'elle referme ses jambes autour de ma taille. Bon sang, c'est si bon, si bon d'être en elle. Je m'y sens bien. À ma place.

– Plus fort !

J'obéis à ses ordres. Ce soir, je me fiche d'être à sa merci. Tout ce qui compte, c'est son plaisir et celui que je ressens en lui en donnant. Guidé par sa respiration, par les cris qu'elle étouffe contre mon torse, j'augmente la cadence, nous menant droit à l'orgasme.

J'atterris avec l'impression d'être de retour d'un long voyage.

CHAPITRE 21

ADELIA

J'ouvre les yeux dans mon lit et savoure la torpeur qui engourdit encore tous mes muscles. Hier soir, nous avons fait l'amour dans une venelle déserte. Puis deux autres fois au cours de la nuit, une dans la salle de bains et une autre ici, dans ce lit. Jusque-là, j'ignorais qu'un homme pouvait être aussi endurant. Jusque-là, j'ignorais que deux corps pouvaient s'imbriquer si parfaitement l'un dans l'autre. Deux corps ? Non. Deux âmes. Je suis sûrement folle de penser à des trucs pareils et c'est sans doute lié aux endorphines qui ont dû affluer en masse dans mes veines. Mais au fond, je ne suis pas dupe sur les causes de mon état léthargique post-coïtal. Si hier soir, c'était aussi phénoménal, ce n'était pas qu'une question de sexe. Oui, Milo est un amant attentionné, doué et plutôt gâté par dame Nature, mais il est tellement plus que ça !

Cet éclat dans ses yeux quand je lui ai fait comprendre qu'il n'était pas cette ordure qu'il prétend être. Cette indécision qui flottait dans l'air, cet océan de possibilités. Puis cette compatibilité des âmes. Et je ne parle pas de son humour pourri qui me fait marrer. Jamais je ne m'étais sentie aussi comprise et acceptée en évoquant ma bisexualité avec un homme… Qui aurait cru que le seul capable de ne pas porter un jugement sur moi serait un quasi-mafioso sicilien ?

Je me saisis de mon téléphone pour voir l'heure, le soleil ne filtrant pas encore à travers les lourds rideaux. J'y trouve un message de Juliette.

Juliette : Rassure ta vieille amie,
sois sympa. Dis-moi que tu ne dors pas
encore avec les poissons.

Adelia : Que je ne dors pas
avec les poissons ?
C'est une façon de parler de sexe ?
Si oui, c'était franchement mémorable
hier soir. Meilleurs coups de toute
ma vie. Au pluriel ! Et je vais bien,
la vie est belle.

Juliette : Toi, tu n'as pas vu
Le Parrain. Quand la Mafia sicilienne
dit de quelqu'un qu'il dort avec
les poissons, ça signifie qu'il est mort.
Ravie que ton apollon mafieux ne t'ait
pas encore zigouillée.

Adelia : J'en suis ravie aussi.
Mais tu sais, je ne le trouve plus
si mafieux que ça.

Juliette : Toi, tu es en train de craquer
pour lui.

Hein ? Quoi ? Moi, craquer pour lui ?

Adelia : Pour être tout à fait honnête
avec toi, je n'en sais rien.

J'ai toujours été sincère avec elle. Ce n'est pas parce que je redoute sa réponse que je vais lui cacher quoi que ce soit. Elle est ma jumelle de cœur et le restera à jamais.

Adelia : Tu penses que je fais
une connerie ?

Juliette : Je n'en sais rien, Adelia.

Merde.

Juliette : Mais si c'en est une,
je serai là pour t'aider à recoller
les morceaux, comme je l'ai toujours
été. Et puis, les meilleures choses
dans la vie ne sont-elles pas issues
de nos plus grosses conneries ?

Je repose le téléphone sur la table de nuit et me glisse sous la couette dans une vaine tentative de me cacher mes propres sentiments.

Bravo, Adelia, tu as l'intelligence affective d'un enfant de trois ans, c'est super !

Milo va quitter la Mafia, j'en suis certaine. Il vaut tellement mieux que ça !

Craquer pour lui n'est pas une connerie. C'est sûrement le truc le plus sensé que j'ai fait ces dernières années.

Je me lève, prise d'un trop-plein d'énergie nocturne. Regarder les étoiles ou l'horizon est une méthode qui fonctionne plutôt bien pour me changer les idées, mais en tirant le rideau, je me rends compte que le spectacle n'est pas là où je le pensais.

L'univers s'est inversé, la terre est sortie de son axe et les étoiles ne sont plus seulement au-dessus de nous, elles sont partout. J'ouvre le carreau et me penche au-dehors, dans l'air tiède de la nuit. À la guirlande de la rambarde de la terrasse se sont ajoutées des minuscules ampoules qui pendent aux branches du pin et des arbustes comme des dizaines de lucioles. Des étoiles scintillantes qui semblent éclairer un chemin. Un chemin vers quoi ? Ou plutôt vers qui ?

Et c'est là que je le vois, debout au milieu du jardin qu'il vient sûrement de finir de décorer. Jamais je n'aurais cru que ce serait possible, mais c'est bien lui. Milo. Mon rabat-joie préféré est en train de changer le monde en fête.

– Mais, tu es complètement fou ! crié-je.

– Sûrement. Mais je préfère être fou que malheureux.

Je pourrais attendre que le jour se lève. Qu'il fasse un peu plus chaud. D'avoir pris ma douche, mon café et mon petit déjeuner. On passe sa vie à attendre le bon moment, à tenter d'imaginer à quoi il ressemblera. Lorsque celui-ci se présente, on s'est tellement nourris d'*a priori* qu'on ne parvient plus à le reconnaître. Et d'un seul coup, on passe à côté de ce qu'on a attendu toute la vie.

Moi aussi, je préfère être folle que malheureuse. Alors, je m'enroule dans une robe de chambre et dévale les marches sans tenir compte de la marche grinçante, manquant de tomber trois fois. Et tant pis si je réveille les autres, ils me pardonneront quand ils seront témoins eux aussi de la magie qui flotte dans les airs, ce matin.

Dehors, je cours dans l'air tiède de l'aube sicilienne pour me jeter dans les bras de Milo, qui me fait virevolter tout en m'embrassant.

Aucun mot tendre n'est échangé. Ce n'est pas nécessaire et surtout, ce n'est pas le moment. Si je n'ai pas la moindre idée du nom à donner aux émotions qui flottent dans mon cœur, j'imagine qu'il en est de même pour lui. Tout ce qui compte à mes yeux, c'est que je me sens bien avec lui, et, à en croire la manière dont il me serre contre lui, c'est réciproque.

Je n'oublie pas que notre histoire a une date de péremption. Je ne suis pas idiote à ce point-là. Mais j'ai décidé de profiter du moment présent et ensuite, advienne que pourra.

– Milo ?

Mon vrai amant et faux petit ami me pose sur le sol et nous nous tournons d'un même mouvement vers la maison. Lina est là, appuyée au chambranle. D'où je suis, je peux voir ses yeux écarquillés. Écarquillés de bonheur, si j'en crois le sourire radieux qui lui mange la moitié du visage. Son mari et sa fille viennent la rejoindre.

– Qu'est-ce qu'ils font dehors, ces deux andouilles ? s'enquiert cette dernière.

– Il se pourrait bien que ton frère ait trouvé le chemin de retour, réplique le père d'une voix teintée d'émotion.

– Allons l'accueillir de la meilleure manière qui soit : en préparant un petit déjeuner, propose Lina.

Il ne s'agit plus de nourrir les corps, mais surtout les âmes.

– Merci pour tout ça, Adelia. Ça n'entrait pas dans notre deal, mais je t'en suis reconnaissant à un point que tu n'imagines pas.

– Eh bien, j'espère qu'après ce petit déjeuner, tu voudras bien me montrer à quel point tu es reconnaissant, justement.

Son visage s'éclaire d'un sourire.

– Compte sur moi, *bellissima mia.*

Je ris, amusée.

– *Bellissima mia* ? Où est-ce que tu l'as trouvé, ce compliment ?

– Dans le recueil du parfait latin lover. Il n'est pas à moi mais à Albi, se justifie-t-il.

– Il a bon dos, cet Albi.

– C'est le moins que l'on puisse dire. Alors, elle a marché, ma phrase ?

Je secoue la tête en rigolant.

– En fait, je crois que je préfère quand tu ne parles pas.

– Parfait. J'ai toujours rêvé de devenir l'homme-objet d'une touriste française. Tu peux m'exploiter autant que tu veux.

– Jusqu'à la fin de l'été, ne puis-je m'empêcher d'ajouter.

Je m'attends à ce qu'il abonde dans ce sens, tout en espérant qu'il me contredise. En fait, il ne fait rien. Il demeure le Milo séduisant mais un brin distant pour lequel je craque.

Sans crier gare, il dépose un baiser sur mon front, un geste tendre qui me prend au dépourvu, mais qui me plaît. Peut-être un peu trop.

– Viens, on rentre.

CHAPITRE 22

MILO

Voilà une dizaine de jours qu'avec Adelia, je vis quelque chose qui ressemble d'assez près à une relation suivie. Je dis que ça y ressemble, parce que nous n'en avons pas réellement discuté, donc je ne peux rien affirmer du tout. Nous nous embrassons, nous nous tenons la main… et pas seulement devant ma famille. En privé aussi, nos échanges sont nombreux. Et pas que charnels. Il y a dans nos gestes une tendresse à laquelle je ne suis pas habitué et qui me file la frousse, presque autant qu'un type armé jusqu'aux dents. Adelia n'a pas de balles réelles, mais elle m'a touché à sa manière. Sans que je comprenne comment, la cible s'est retournée contre son prédateur, et me voilà piégé, ligoté et prisonnier d'un filet invisible. Pourtant, je ne me suis pas senti aussi libre depuis la mort de Nino. J'ai arrêté d'essayer de comprendre les méandres de mon esprit.

Hélas, cette liberté aura nécessairement un prix, et les Fiori me relancent chaque jour. Silvio veut que je lui rende Adelia. Au début, il me le rappelait par le biais de petits messages codés. Le cadavre d'un cafard caché dans ma serviette de table, au café. Le rétro de ma voiture étrangement arraché sur un parking du centre-ville. Demain, ce pourraient être les freins qui seraient trafiqués. Et hier, j'ai eu droit à une visite de courtoisie de Mauro, qui m'a signalé que l'échéance est pour bientôt et qu'il ne faut en aucun cas que je traîne. Je lui ai fait comprendre que je ne suis pas encore en retard, qu'Adelia sera rendue en temps et en heure, que j'ai bien le droit de m'amuser un peu avec ma cible si je le veux. Il n'a rien trouvé à redire, mais j'ai pris un poing dans le ventre, pour la peine. Je ne le lui ai pas rendu. Autant ne pas l'énerver. Évidemment, j'ai cherché à comprendre ce qu'ils pouvaient bien lui vouloir, à Adelia. Habituellement, on kidnappe les membres des autres clans et elle n'a rien d'une mafieuse, c'est clair. Elle est trop confiante et transparente pour ça. Sa famille n'est pas riche, il ne servirait à rien de leur demander une rançon.

Honnêtement, je ne comprends pas. Albi, que j'ai interrogé, n'a pas été tenu au courant. Son père le tient un peu à l'écart de cette affaire, sans doute parce qu'il se méfie de moi et sait que son fils et moi, nous sommes très proches.

Assis à une table de pique-nique sur le flanc de l'Etna, j'observe Adelia et Jenny qui bouquinent un peu plus loin, installées sur des chaises longues à l'ombre des pins pour se protéger de l'impitoyable soleil estival sicilien.

Eh oui, nous avons fait une sortie à quatre. Adelia, Jenny, Albinoni et moi. Moi non plus, je ne me reconnais pas.

Au-dessus de nos têtes, une discrète colonne de fumée qui s'échappe du cratère nous rappelle que la bête qui se cache sous cette île paradisiaque ne dort que d'un seul œil. Si elle venait à se réveiller entièrement, il suffirait d'un instant pour effacer toute cette beauté. Les cendres envahiraient le ciel bleu, occultant le soleil. Les pins verdoyants brûleraient comme des torches et l'air saturé de l'odeur des plantes aromatiques n'exhalerait plus que le soufre des Enfers.

Une analogie sinistre de mon ressenti du moment. Malgré la douceur de ce petit coin de paradis, Adelia est en danger. Je ne la quitte pas des yeux, comme si un ennemi mafieux pouvait descendre d'un arbre tel un écureuil ninja et l'enlever ici, juste devant nous.

– Elle est franchement bonne.

Je me retourne pour planter un regard meurtrier sur mon meilleur pote.

– Je ne sais pas si tu parles d'Adelia ou de ma sœur, mais dans les deux cas, tu as intérêt à retirer ce que tu as dit si tu ne veux pas que je te colle mon poing dans la figure.

Pas impressionné par ma menace, Albi ricane. C'est vexant. En guide de vengeance, je lui flanque un coup de coude dans les côtes qui lui fait lâcher sa part de pizza.

– Je ne parlais pas des filles, se récrie-t-il, mais de ma bouffe. Que tu viens de gâcher, soit dit en passant. Il n'y a pas à dire, tu es aussi volcanique que cette montagne. Ou alors, tu es amoureux.

Je soupire.

– N'importe quoi.

Un sourire sardonique se dessine sur les traits de l'enfoiré.

– Le fait que tu répondes « n'importe quoi » est déjà un aveu.

– Range ton manuel du parfait petit psychologue de comptoir et ressers-moi une bière.

– Et pourquoi est-ce que je ferais ça ?

– Parce que la glacière est plus proche de toi que de moi.

Il marmonne un chapelet de jurons et se penche pour attraper ma canette. Mais au moment où je la prends dans ma main, il refuse de me la donner.

– Elle est à toi à une condition. Que tu répondes sincèrement à la question que je vais te poser.

D'un mouvement rapide, je lui pique la canette. Fin de l'histoire.

– Tu n'es pas drôle, grogne-t-il en me volant une part de pizza.

– Toi non plus, et ça ne m'empêche pas d'être ton meilleur pote.

Tout en finissant mon repas, j'observe les filles. Elles ont à peine grignoté puis sont allées s'asseoir plus loin. De temps à autre, elles interrompent leur lecture pour parler. Je me demande de quoi elles discutent.

– C'était quoi, ta question ?

– Pourquoi est-ce que tu veux savoir ? Tu ne voulais pas répondre, de toute manière.

Je hausse les épaules.

– Pour faire passer le temps.

– À d'autres. Tu te doutes de ce que je vais te demander, et comme tu as besoin d'en discuter avec « le psy de comptoir », tu exiges que je te pose la question.

Je garde le silence, parce qu'il a vu vrai.

– Tu as des sentiments pour Adelia. Je ne sais pas lesquels et je ne connais pas leur intensité, mais n'essaie même pas de nier parce qu'ils sont visibles comme le nez au milieu de la figure.

– Ce n'est pas une question, ça, me contenté-je de répliquer.

– J'y viens. Ce que tu peux être impatient comme mec !

Un groupe d'étourneaux se pose sur la table d'à côté. Nous les regardons picorer les miettes, puis ils s'envolent lorsque le rire tonitruant d'Adelia résonne dans les airs.

– Qu'est-ce que tu vas faire d'Adelia, une fois que cette mascarade sera finie ?

La question que je ne voulais surtout pas entendre. Je plonge mon regard paumé dans celui d'Albi. Toute trace d'amusement a déserté son visage. Il s'inquiète pour moi, et je le comprends. J'ai peur, moi aussi.

– Je vais lui rendre sa liberté.

– Parce qu'elle t'a aidé à retrouver la tienne.

Je hoche la tête. Elle a su me convaincre d'arrêter de courir après un passé qui, il faut bien que je l'admette, ne reviendra plus jamais.

– Tu crois que ton père se montrera compréhensif ?

Albinoni soupire.

– Celui qui arrivera à anticiper les décisions de mon vieux n'est pas encore né. En attendant, il a toujours été clément avec toi.

– Je sais. Je lui dois une fière chandelle.

– Non, tu ne lui dois rien. Si mon père est plus cool avec toi qu'avec les autres, c'est qu'il y trouve son intérêt. Crois-moi, ce n'est pas le cœur qui le guide.

Albi a une vision assez sinistre de son paternel, ce qui ne l'empêche pas de travailler pour lui. Allez comprendre.

– Tout dépend de la valeur de la fille. Mais étant donné qu'il t'a lancé plusieurs rappels à l'ordre, je ne pense pas qu'il fermera les yeux là-dessus.

– Dans tous les cas, ne lui dis rien, s'il te plaît. Histoire que j'aie le temps de protéger mes arrières, si jamais ça craint trop. Je sais que ce que je te demande, ça pue. Mais je n'ai pas le choix.

Albi hoche la tête d'un air sombre que je ne lui vois que rarement.

– Je ferai de mon mieux. Je ne peux rien te promettre.

C'est tout ce qu'il peut m'offrir et je ne lui en demande pas plus.

Alors que nous enchaînons sur les résultats du dernier match entre l'Inter et la Juve – heureusement que pour ça, nous sommes du même côté –, les filles viennent nous rejoindre.

– Quelqu'un veut un dessert ? propose Jenny.

Je peux presque voir les oreilles d'Adelia se dresser comme celles des chiens lorsqu'ils entendent quelque chose qui les intéresse.

– J'adorerais. Vous croyez qu'ils en ont, au food-truck ?

Nous avons acheté nos pizzas dans une camionnette garée un peu plus loin sur la route qui mène au sommet de l'Etna.

– Il n'y a qu'un moyen de le savoir. Tu viens avec moi ? propose Albi.

Adelia se poste à ses côtés. Je jette un regard d'avertissement à mon meilleur pote pour lui faire comprendre qu'il n'a pas intérêt à la toucher. Il répond en posant sa main sur son épaule, juste pour me faire rager. Je secoue la tête, vaincu.

Ce sera le moment de discuter avec ma sœur. Depuis qu'elle est revenue à Paradisio, c'est à peine si nous avons échangé quelques mots en privé. Je ne peux pas dire que j'ai vraiment essayé de me rapprocher d'elle, et de son côté, elle s'est montrée plus que cassante avec moi. Mais le temps passe et bientôt, elle sera à l'ouest de l'Atlantique. Il est temps que l'un de nous fasse le premier pas.

Je pointe son livre du doigt.

– Je ne savais pas que tu aimais encore l'architecture.

– Ce n'est pas parce que j'ai été obligée de m'en séparer que ce n'est plus ma passion, Milo. Mais pour moi, la famille compte plus que tout. Ma famille vivante, s'entend. Elle sera toujours plus importante qu'une quelconque quête de vérité.

Je prends sa pique en plein cœur. Je ne cherche pas à me défendre. Son reproche est mérité.

J'aurais dû suivre mes parents quand ils sont partis vivre à Chicago. C'est ce que font les familles soudées. Mais j'ai bêtement préféré la vengeance à l'amour familial.

– Je suis désolé.

– Je sais.

J'inspecte son visage en quête d'ironie, mais je n'en trouve pas.

– Papa et maman se sont envolés pour les États-Unis pour fuir la mort de Nino. La Sicile sans lui, ça leur a semblé insurmontable, et je les comprends. Toi, tu as préféré rester ici, te battre pour obtenir la vérité, quitte à te brûler les ailes. Quitte à nous perdre. Je te comprends aussi.

Je voudrais la remercier, mais les mots restent coincés dans ma gorge. Il y a si longtemps que je voulais avoir cette explication avec elle sans en avoir le courage !

– Tu es au courant.

– Pour tes kidnappings ? Oui. J'ai tout deviné et Adelia a confirmé sans même s'en rendre compte. Et ne t'avise pas de piquer une crise avec elle. Elle ne cherche que ton bien.

Il faudra quand même que je lui fasse comprendre qu'elle doit tenir sa langue…

– Les parents n'en savent rien, c'est mieux ainsi.

Elle tortille une mèche de ses cheveux autour de son index, sa façon à elle de se rassurer depuis l'enfance.

– Moi aussi, j'ai fait le mauvais choix. J'ai quitté tout ce que j'aimais pour me consacrer à une vie qui ne me convenait pas.

– Il n'est pas trop tard.

Elle me coule un regard incrédule, comme si j'étais devenu dingue.

– Je veux dire, il se pourrait que Marco soit passé à autre chose. Mais pour ce qui est de ta passion pour l'architecture, tu en as parlé aux parents ? Ils comprendraient sûrement et te libéreraient. Tu sais bien que l'on compte plus que tout à leurs yeux.

– Oui. Mais ils ont besoin d'aide. D'une présence. Au moins l'un d'entre nous. Tu serais prêt à prendre ma place ?

Je m'accorde quelques infructueux instants de réflexion.

– Je n'en sais rien, Jen. Il y a quelques semaines, j'aurais hurlé si quelqu'un m'avait proposé de retourner derrière les fourneaux alors que j'ai passé ces dernières années à me nourrir de barres chocolatées, de chips et de plats tout prêts.

– Quel gâchis ! commente-t-elle en claquant sa langue d'un air réprobateur.

– Mais maintenant, ça ne me paraît plus aussi douloureux. Aussi insurmontable. Pour tout te dire, ça me semble même naturel de cuisiner.

– Mais…

– Mais, ce n'est pas pour autant que je suis d'accord pour m'envoler de l'autre côté de l'Atlantique.

– À cause des Fiori ?

Ses yeux ne portent aucun jugement. Elle sait tout, ou presque, et quelque part, ça me soulage qu'elle soit au courant.

– D'où tu sais ça, toi ?

– J'ai mes sources, qu'est-ce que tu crois ?

Je la fixe quelques instants, cherchant à déchiffrer son expression.

– Qui te l'a dit ?

– Je l'ai deviné toute seule, Milo. Tu sais, j'étais là aussi quand Nino a sombré. Je l'ai vu merder, comme je te vois toi, aujourd'hui. Tu es différent de lui.

– Je sais. Mais ce n'est pas pour autant que je suis libre de mes actes.

– Tu tiens vraiment à Adelia, hein ? Ça fait toujours peur quand les choses deviennent réelles.

– C'est clair. Je n'ai pas eu autant la frousse depuis…

– Depuis Nino, c'est ça ? Quand tu es entré dans le restaurant pour le tirer des flammes ?

Je hoche la tête.

– Ravale ta peur, frangin, et montre-toi à la hauteur. Tu as trouvé une fille qui te supporte tout en connaissant ta part d'ombre. Et ton humour pourri. Garde-la précieusement ! Quitte cette putain de Mafia avant de tout foutre en l'air.

J'affiche un sourire en demi-teinte.

– En fait, Adelia ne connaît pas tout de mon côté obscur. Et si elle l'apprenait, ce serait la fin de tout.

– Dans quels ennuis tu t'es encore fourré, frangin ?

Je lui raconte le kidnapping qui m'a amené à rencontrer ma jolie Française. Elle est au courant du marché que j'ai passé avec Adelia pour les parents, mais elle ignore que je devais la livrer aux Fiori.

– Milo, il faut que tu lui dises… De toute façon, il est certain que tu vas devoir fuir avec elle. Je ne sais pas ce que tu crois, jamais Silvio ne te laissera la vie sauve si tu ne lui rends pas la fille.

– Je sais. Je cherche une solution pour disparaître avec elle si les choses se passaient mal. Peut-être la France. Mais je ne peux pas être sincère avec Adelia. Quoi qu'il y ait entre nous, cela disparaîtra dès l'instant où elle apprendra que, sans le savoir, elle a été ma prisonnière pendant quelques semaines.

Ma sœur secoue la tête, les bras croisés sur sa poitrine.

– Tes craintes sont normales. Mais tant que tu ne lui auras pas tout dévoilé, elle restera ta captive. C'est le savoir qui donne la liberté, or toi, tu gardes les infos cruciales pour toi. Tu comprends ?

J'acquiesce. Je vois exactement ce qu'elle veut dire, mais ce n'est pas pour autant que je me sens capable de réagir. Elle se lève et se poste devant moi pour capter mon attention.

– Écoute, je te connais par cœur, ou presque. Tu n'es pas quelqu'un de mauvais, mais tu as peur que les choses ou les gens t'échappent. Je ne te demande pas de tout lui déballer tout de suite. C'est une relation naissante, on ne sait pas ce que ça va donner, et vous méritez une chance tous les deux. Je voudrais seulement que tu me promettes d'y réfléchir, OK ? Et quand tu te sentiras prêt, révèle-lui la vérité. Je serai là pour toi, quelle qu'en soit l'issue.

Je la regarde quelques instants pour jauger de sa sincérité. Oui, elle sera là pour moi. Nous avons tous les deux perdu un frère, nous nous sommes perdus de vue, nous nous sommes déchirés. Malgré tout, nous sommes unis par un lien invisible que rien ne brisera jamais. Pas celui du sang. Celui des souvenirs d'une enfance partagée.

– OK. Mais je pose une condition.

Elle ricane.

– Le contraire m'aurait étonnée. Vas-y, balance-la, ta condition.

– Je dirai tout à Adelia, le moment venu. Et tu feras pareil avec les parents pour retrouver la liberté qui te revient de droit. Deal ?

À son tour, elle prend le temps de considérer ma proposition. Malgré ses airs un peu fous, ma sœur n'est pas du genre à prendre des décisions à la légère. Ses choix sont toujours mûrement réfléchis.

– T'es un vrai emmerdeur, Milo. Mais tu as raison. Deal.

Nous nous serrons la main pour sceller notre pacte, comme quand nous étions enfants. Ça fait du bien de retrouver cette complicité que j'avais sacrifiée au profit… d'un disparu.

CHAPITRE 23

MILO

Sur le chemin de retour vers Paradisio, nous nous arrêtons pour le dîner à Giallo, une petite localité à une vingtaine de kilomètres de notre domicile. Nous avons choisi cet endroit pour le dîner à cause des fêtes de village qui s'y tiennent en ce moment, ce qui permet à Adelia d'avoir un aperçu du cœur de la Sicile. Mon frère adorait ces fêtes. Il participait même à la procession de sainte Rosalie, la sainte patronne de Palerme. Albi me jette un coup d'œil pour s'assurer que je peux encaisser. Je hoche la tête pour le rassurer dans un échange silencieux. Me cloîtrer chez moi ne fera pas revenir Nino. Il est plus que temps que j'autorise la lumière à pénétrer dans les interstices de mon âme meurtrie si je veux un jour redevenir l'homme que j'étais. Attablés sur des bancs sous la lumière multicolore des lampions, Albi et Jenny se mettent à chanter à tue-tête pour accompagner la musique, une chanson populaire italienne, qui jaillit des haut-parleurs.

– Tu es triste ? s'inquiète Adelia.

Elle est obligée de mettre ses mains autour de sa bouche pour que je l'entende. Je lui souris pour lui faire comprendre que ce n'est pas le cas.

– Non, mais si je reste ici une minute de plus, je vais devenir sourd. Je crois que je vais aller à la buvette chercher quelque chose à boire.

– Tu veux que je t'accompagne ?

Elle a l'air de s'éclater. Elle discute gaiement avec mon pote et ma sœur, ne s'interrompant que pour chanter quand elle reconnaît une chanson, alors je décline son offre et lui promets de revenir rapidement.

C'est effectivement plus calme autour de la buvette. Je m'accoude pour commander quatre verres de vin. Au moment de payer, c'est une autre main qui tend un billet. Celle de Silvio. Mon patron, ou presque.

– C'est moi qui régale.

Je le remercie d'un signe de tête. Je ne suis pas vraiment étonné de le trouver ici. Silvio aime se montrer, ne serait-ce que parce que c'est lui qui finance une bonne partie des activités de la région, qu'elles soient culturelles ou commerciales. Cette fête, par exemple. Une bonne façon pour lui de s'assurer l'obéissance de ses sujets.

– Tu viens ?

Comme si je pouvais refuser. Nous prenons chacun un verre sur ceux que j'avais commandés et j'abandonne les autres. Silvio m'entraîne vers une table un peu à l'écart. J'observe les gens qui nous entourent. Je n'ai aucun mal à localiser ses hommes de main, à deux mètres de nous. Contrairement à ce qui se passe au cinéma, les mafieux ne sont pas toujours en costume. Pour preuve, Silvio porte un tee-shirt de l'équipe nationale de football, le genre de vêtement que n'importe qui pourrait enfiler. C'est une façon pour eux de ne pas se faire remarquer. De faire croire qu'ils sont comme les autres, même si personne n'est dupe. Ou du moins, moi, je ne le suis plus.

Notre table légèrement surélevée nous offre une vue parfaite sur la fête. Mon regard s'arrête sur Adelia, qui ne se doute de rien et rit à gorge déployée avec les autres. J'arrête de la fixer. Attirer l'attention du chef de la Mafia sur celle que je dois lui livrer n'est pas l'idée du siècle. Aussi, je me tourne vers lui et bois une gorgée.

– Tout va bien, Silvio ?

– Bien sûr. Le vin est bon et la nourriture, excellente, répond-il avec un sourire que je ne parviens pas à cerner.

Distrait, j'observe les petits groupes de gens qui discutent sur la pelouse. Un sourire me vient naturellement en voyant mon meilleur ami, qui bondit dans les airs dans une position improbable. Je crois qu'il danse. J'aime son côté décalé. Parfois, c'est comme s'il était seul au monde et qu'aucune affaire terrestre ne pouvait réellement l'atteindre. Et malgré tout, je sais que je pourrais compter sur lui si les choses tournaient mal.

– Ça va, avec Albinoni ?

J'avais presque oublié la présence de Silvio.

– Euh, oui. Fidèle à lui-même.

Sourd à nos propos, Albi se marre à nouveau.

– Un abruti, donc.

L'aversion de Silvio pour son fils aîné n'est pas un mystère, puisqu'il ne l'a jamais cachée. Combien de fois ai-je dû consoler Albi à cause de l'attitude odieuse de son paternel alors qu'il n'était qu'un gamin ? Si ce comportement me débecte, je garde néanmoins un silence contrit. Pas uniquement par peur, mais surtout parce que j'ai pour principe de ne pas raisonner les imbéciles.

– La naissance de mon fils m'a rassuré. J'ai cru qu'un garçon serait à même de porter le nom des Fiori plus haut que je ne l'ai jamais fait. Je me trompais.

– Albinoni fait beaucoup d'efforts pour vous, Silvio, ne puis-je m'empêcher de contrer. Sa vie entière est tournée vers vous.

– Pas faux. Mais ce n'est pas pour autant qu'il est à la hauteur de mes espérances. Avec ses bizarreries, mon fils n'obtiendra jamais le respect de quiconque. S'il ne s'est pas encore fait flinguer, c'est uniquement parce que je suis son père et que s'attaquer à lui, c'est s'attaquer à moi. S'il devait porter la pression qui pèse sur mes épaules, il ne tiendrait pas une journée avant de s'écrouler.

Modestiiiiie, où es-tu ?

– Toi, tu n'es pas comme ça. Tu es fort.

– Je n'ai pas vraiment eu le choix, après la mort de Nino.

– Comment est-ce que vous êtes devenus copains, déjà, Albinoni et toi ? Ce n'était pas sur les bancs de l'école, quand un gamin lui avait mis un pain ? Je crois me souvenir que tu as envoyé le mioche à l'infirmerie, pas vrai ? Tu savais déjà combattre, te ranger du côté des puissants pour faire régner l'ordre.

Pas exactement. J'avais cassé la gueule du petit Marcello parce qu'il s'était moqué de l'habitude qu'avait Albinoni de compter jusqu'à trois sur ses doigts chaque fois qu'il regardait quelqu'un dans les yeux. Je n'ai fait que me révolter contre ce que je percevais comme une injustice. J'ignorais tout de la famille Fiori et de sa prétendue puissance, je n'avais que cinq ans.

– Ton frère aussi a essayé de nous rejoindre. Il n'avait pas ta force, hélas. Dommage que les choses se soient mal terminées pour lui. Pour tout avouer, je mène une petite enquête sur les circonstances de sa mort. Je suis convaincu que ce n'était pas accidentel.

Je me fige, le cœur battant à tout rompre. L'espace d'un instant, mes jambes se ramollissent et je manque de chanceler. Je reprends le contrôle sur mes émotions tant bien que mal.

– Aujourd'hui, je te propose de devenir l'un des nôtres et, pourquoi pas, mon successeur si tout se passe bien.

J'ai besoin de m'accrocher à la balustrade tant cette information me prend de court. Malgré tous les changements que j'ai accomplis dernièrement, la tentation d'accepter est grande. Je suis à un cheveu d'obtenir les informations que je convoite depuis si longtemps. À un cheveu.

Mais je ne suis plus cet homme-là. Je pense à ma famille, à mes parents, à ma sœur. Contrairement à Nino, ils sont en vie, et je ne veux pas les décevoir, eux. Et surtout, il y a Adelia. Au fond, j'ignore ce que j'éprouve pour elle, mais c'est suffisamment fort pour que je refuse de lui faire le moindre mal.

Comment décliner une telle proposition ?

– Tu n'es pas obligé de répondre sur-le-champ. Il est revenu à mes oreilles que tu batifoles avec ta cible. À ta place, j'aurais fait pareil, elle est plutôt agréable à regarder. C'est pour ça que tu la gardes plus longtemps que prévu ?

Comme s'il ne connaissait pas déjà la réponse.

– Pas exactement. Mes parents sont arrivés en avance et j'avais besoin… de les rassurer pour mieux dissimuler ma deuxième vie. Mais pas d'inquiétude, le marché tient toujours. Vos messages ont bien été reçus.

Au moment où je prononce ces derniers mots, je m'aperçois que nous ne sommes pas seuls. Adelia, qui a dû s'inquiéter pour moi, est venue à ma recherche. Elle se tient debout à deux mètres de nous, non loin de la buvette, près de la foule. J'imagine qu'elle ne nous a pas entendus, pourtant je peux lire la crainte dans son regard. Je reste de marbre mais intérieurement, mon estomac tombe à mes pieds. L'idée de la perdre m'est soudain plus terrifiante que celle d'affronter toutes les Mafias siciliennes réunies.

– En Sicile, les femmes sont plus dangereuses que les coups de fusil, ponctue dans un chuchotis Silvio. Tant que tu garderas ceci à l'esprit, vous resterez tous les deux en vie.

Je saisis la menace. Il n'est pas question de négocier. Pour une raison que j'ignore, il veut Adelia. Pour la première fois de sa vie, le parrain n'aura pas ce qu'il veut. Je ne sais ni quand ni comment, mais j'emmènerai Adelia loin d'ici.

Ma décision est prise. D'ici là, je continuerai de jouer mon rôle.

Là-dessus, le mafieux se lève et fait signe à Adelia d'approcher. Ce qu'elle fait en s'efforçant de garder la tête haute, maîtrisant la peur qu'il lui inspire.

– Mademoiselle, la salue-t-il en saisissant sa main pour y déposer un baiser.

Elle se laisse faire et va jusqu'à lui sourire, mais je la connais suffisamment pour savoir que quelque chose ne va pas.

– C'était lui ? Le père d'Albi ? s'enquiert-elle quand il s'en va.

Je hoche la tête sans un mot.

– Adelia…

– Tais-toi, Milo. Tais-toi et embrasse-moi comme si c'était la dernière fois.

Notre dernière fois.

CHAPITRE 24

ADELIA

J'aurais pu me passer des présentations. J'ai compris qui était Silvio dès que je l'ai aperçu. Cette sensation de déjà-vu m'a retourné le ventre tandis que dans ma tête, une voix me criait que c'était lui, l'homme qui tient Milo dans une cage. Ma peau s'est hérissée et j'ai dû retenir un frisson de peur mêlée de dégoût.

Pourtant, de l'extérieur, rien n'indiquait que c'était lui, le parrain qui tire les ficelles de la vie de l'homme dont je suis amoureuse. Silvio a l'air tout ce qu'il y a de plus normal. Une taille moyenne, un très léger embonpoint, une calvitie naissante : la caricature du quinquagénaire. Même ses habits étaient banals. Contrairement au cliché hollywoodien, il ne portait pas un costume hors de prix, mais un simple jean et un tee-shirt. Sans doute pour mieux se fondre dans la masse en cas de pépin.

Mais certains détails ne trompaient pas. La présence d'hommes baraqués qui le surveillaient de près. Et cette attitude faussement sympathique mais profondément hautaine, comme si tout ici, le matériel, les corps et les âmes, lui appartenait.

Eh bien, pas moi ! Et j'espère que Milo retrouvera sa liberté, quel qu'en soit le prix.

Quand il s'est adressé à moi, il a fallu que je fasse appel à tout mon self-control pour ne pas laisser transparaître la haine mêlée de peur qu'il m'inspire. J'ai souri bêtement. J'ai joué mon rôle à la perfection. Et j'ai retenu un soupir de soulagement quand nous l'avons quitté.

Nous avons retrouvé Jenny et Albi, qui ont manifesté leur envie de prolonger la soirée. Moi, je ne suis plus d'humeur. Ils rentreront en taxi. J'ai besoin de retrouver la sécurité des murs de la maison de Milo.

Alors que nous nous dirigeons vers le parking, une main se pose sur mon avant-bras. Je sursaute violemment avant de comprendre que je ne suis nullement en danger. Ce n'est qu'une femme âgée qui cherche à m'interpeller.

– Bonjour, Angela. Il y a longtemps que je ne t'ai pas vue par ici.

Je lui souris poliment. Les anciens se trompent souvent de prénom. Enfin, je dis ça, mais ça m'arrive aussi.

– Bonjour madame. Je suis désolée, mais vous faites erreur. Je m'appelle Adelia.

– Non. Je vous connais. Vous êtes Angela. La femme de Gabriel.

Je me fige. Je n'ai pas tilté quand elle a prononcé le prénom de ma mère biologique. En revanche, le fait qu'elle ajoute celui de mon père ne peut pas être une coïncidence. Si ?

Mon sang pulse dans mes veines et ma vision commence à se brouiller. Je tente de refréner mes émotions. Si ça se trouve, je me plante complètement. Ou pas. Dans tous les cas, c'est ma seule chance d'en savoir plus.

– Angela, la femme de Gabriel, vous dites ? dis-je en m'efforçant de maîtriser ma voix.

La dame aux lunettes bleues, dont les cheveux forment une couronne duveteuse autour de son visage avenant, acquiesce calmement. Je me prépare à poser une autre question quand une femme, sa fille, si j'en crois la ressemblance entre les deux, lui passe un foulard en soie autour du cou.

– Il est temps de rentrer, maman.

– Mais, je discutais avec Angela.

La femme se tourne vers moi et me lance un regard d'excuse.

– Ce n'est rien, elle ne me dérange pas du tout.

Ne l'emmenez pas, ne l'emmenez pas, parce que j'ai le sentiment qu'elle détient ma vie entre ses mains tavelées.

– Au contraire, j'aurais quelques questions à vous poser.

Cette fois-ci, la vieille dame semble perdue. Elle secoue la tête comme pour ramener ses idées.

– Pardon, je vous ai prise pour quelqu'un d'autre. Vous ressemblez tellement à Angela… J'ai oublié qu'elle était décédée il y a bien longtemps.

– Je suis sa fille. Enfin, je crois. Qu'est-ce que vous pouvez me dire sur elle et son mari ? Un nom de famille, peut-être ?

Je souris, mais intérieurement, je n'en mène pas large. Si elle me donne un nom, qu'est-ce que je vais faire ? Chercher d'autres proches sur Internet ? Et s'ils existent, est-ce que j'aurai envie de les contacter ?

Milo presse ma main, pas besoin de lui expliquer la situation, il a tout compris. C'est sa façon à lui de marquer son soutien.

– Pas grand-chose, ils étaient plutôt discrets. Angela était toujours fourrée chez son amie Giulia. C'est elle qui vous a emmenée, n'est-ce pas ?

Amie. Ma mère adoptive était amie avec la personne qui m'a mise au monde et elle m'a caché ce détail toute ma vie. Pourquoi ?

C'est trop. Trop d'émotions contradictoires. Quelque chose ne va pas, mais je suis bien trop bouleversée pour appréhender cette histoire dans son ensemble.

Dans un état second, je remercie sommairement la vieille dame et sa fille.

Je ne reprends pleinement mes esprits que dans la chambre de Milo, sa main dans la mienne.

– J'aimerais appeler Giulia. Il faut qu'elle m'explique ce qu'elle sait.

Milo entrelace ses doigts aux miens.

– C'est une bonne idée, mais je te propose mieux. Pourquoi est-ce qu'on n'irait pas la voir ? C'est une discussion sérieuse. Elle ne peut pas avoir lieu par téléphone.

Je le regarde comme s'il me parlait dans une autre langue.

– *On* ? Tu viendrais avec moi ?

– Bien sûr. Tu crois vraiment que je vais te laisser gérer ça toute seule ? On est ensemble, Adelia. Je pensais que tu l'avais compris. Je ne te lâche pas d'une semelle.

Je prends le temps de réfléchir à ses propos, à ce qu'ils impliquent. Une chose me saute aux yeux : il tient à moi. Sans ça, il ne quitterait pas sa famille qu'il vient à peine de retrouver pour m'aider à recoller les morceaux avec la mienne.

Il pose une valise sur le lit et commence à y entasser des affaires.

– Milo… tu n'es pas obligé. Je… je peux prendre le prochain vol pour Strasbourg. Je gère.

Il s'arrête et enroule ses mains autour de mes poignets. Ce simple contact me fait du bien. Je plonge dans son regard. Il n'est que bienveillance.

– Je sais que tu gères, Adelia. Je te fais confiance. C'est juste que j'ai envie d'être avec toi. De te soutenir.

– Pourquoi ? Pourquoi, Milo ? Rien ne t'y oblige.

– Ce n'est pas pour le marché, Adelia. C'est parce que… je crois bien que je suis tombé amoureux de toi.

Ses mots me prennent tellement au dépourvu que je ne sais pas quoi dire.

– Ne te sens pas obligée de répondre. J'aurais dû choisir un meilleur moment. Tu as déjà assez de trucs à gérer, là.

Je secoue vivement la tête et me jette sur lui. Les bras autour de son cou, je l'embrasse avec toute ma gratitude et surtout, avec tout mon amour. Ce que je ressens à cet instant précis est vraiment intense, mais je suis dans un labyrinthe émotionnel si tortueux que je ne sais pas comment réagir. Aussi, je pose mes mains de part et d'autre du visage de celui dont je suis éperdument amoureuse.

– Merci, Milo. Merci pour ça. Merci pour tout. J'espère que tu sais combien ça compte pour moi.

Il opine, un sourire aux lèvres, avant de reprendre :

– Je te prépare un jus de fruits bien vitaminé. Tu en auras besoin pour la route. Et j'en profite pour prévenir ma mère. Ne t'inquiète pas, elle comprendra.

Je le remercie du bout des lèvres et le laisse partir. Dix minutes plus tard, ma valise est prête. Je regarde les murs, un peu perdue, et sursaute en constatant que Milo est de retour.

– Tu cherches de vieilles traces de posters d'adolescent ? J'en ai eu, mais je ne te révélerai pas lesquels.

Son humour décalé est le bienvenu. J'accepte volontiers le verre de jus d'orange qu'il me tend.

– Tu connais la chanson *I Don't Wanna Miss a Thing*, d'Aerosmith ? lui demandé-je.

D'un hochement de tête, il me fait comprendre qu'il n'a pas vécu dans une grotte.

– Eh bien là c'est pareil. J'enregistre chaque détail pour…

Je n'arrive pas à finir ma phrase.

– Tu reviendras, Adelia. Enfin, si tu le veux bien. Toi et moi… je n'ai pas envie que ça se finisse. Je pensais que tu l'avais compris. Mais si tu ne veux pas, rien ne t'y oblige.

– Moi non plus, je n'ai pas envie que ça se finisse, Milo.

Il me dédie un sourire tellement attendrissant que l'espace d'un instant, j'oublie tout de mes problèmes.

Je me saisis de mon téléphone pour prévenir ma mère de notre arrivée.

– Adelia, tout va bien ?

La douceur de sa voix me fait une sensation bizarre. Elle m'apaise en même temps qu'elle éveille ma colère.

– Oui, maman. Mais je rentre demain. Je sais tout, maintenant. Je…

– Tu sais tout de quoi ? De la cuisine ? C'est pour ça que tu reviens ?

– Je sais que tu étais la meilleure amie d'Angela, ma mère biologique. Et ce que j'aimerais savoir, en revanche, c'est pourquoi tu ne m'as rien dit.

J'aurais mieux fait d'écouter Milo. C'est une conversation qui ne doit pas avoir lieu par téléphone, encore moins à chaud comme ça. J'écourte notre entretien, de peur de lui dire quelque chose qui pourrait la blesser.

– Il faudra qu'on parle de tout ça, d'accord ?

– Je suis tellement désolée. Je…

Je lui raccroche au nez. L'entendre sangloter me brise le cœur. Quoi qu'elle ait fait, quelles que soient les raisons de son mensonge, je la connais. Elle m'a élevée, elle est ma mère et rien ni personne ne pourra changer ça. Je l'aime à l'infini, et je me rends compte que je dois le lui dire de vive voix.

En allant laver mon verre dans la cuisine, je croise Lina, les larmes aux yeux. Je la prends dans mes bras, lui promettant qu'on se reverra, si possible avant son retour à Chicago. Et ce ne sont pas des paroles en l'air. Je ne joue plus.

Je laisse Milo dire au revoir à sa famille avec un petit sentiment de culpabilité. Il ne voit pas souvent mes parents et à cause de moi, il est obligé de les laisser pour quelques jours. Il me rejoint, sourire rassurant aux lèvres, et nous quittons la maison. Il est près de vingt-deux heures.

– Je ne savais pas que tu possédais une Fiat.

– C'est pour les grandes occasions. Allez, grimpe.

CHAPITRE 25

MILO

Trois cents mètres après avoir pris le volant, je bifurque sur un chemin de terre et m'enfonce dans la forêt.

– Tu sais Milo, moi aussi j'aime le sexe en plein air, mais je ne voudrais pas qu'on loupe le ferry. J'espère que tu ne vas pas mal le prendre.

Pour toute réponse, je coupe le moteur et dépose un baiser sur le front d'Adelia avant de sortir du véhicule et de le contourner. J'ouvre le coffre et extrais deux sacs en papier kraft. J'en pose un sur ses genoux en me rasseyant et conserve l'autre.

– Moi aussi, j'espère que tu ne vas pas mal le prendre.

– Quoi donc ?

– Ouvre ce sac et enfile ce qu'il y a dedans.

Quand elle s'exécute, son visage change complètement d'expression. Elle en retire une robe à fleurs qui semble avoir été découpée directement sur les rideaux d'une maison datant des années 1970, mais c'est encore pire quand elle en sort une perruque grise ainsi que des lunettes cul de bouteille, du maquillage et un dentier.

– Oh putain, Milo, fait-elle en le balançant à ses pieds. Je te savais bizarre, mais pas à ce point. Qu'est-ce que c'est que ce trip ?

– À chacun ses fantasmes, *bella.*

J'arrête de me payer sa tête pour éviter qu'elle s'énerve davantage.

– Désolé, c'était ça ou un costume de Pikachu. Il faut qu'on se déguise tous les deux pour quitter la Sicile, Adelia. Jamais les Fiori ne nous laisseront partir comme ça.

Elle soupire.

– J'aurais franchement préféré me déguiser en Pokémon.

– Je m'en doute, mais les employés t'auraient demandé d'enlever le déguisement. On n'a pas le droit de dissimuler son visage.

– OK, je comprends. Et toi, tu vas mettre quoi ?

J'ouvre mon sac, qui contient un costume similaire au sien, un soutien-gorge rembourré en prime.

– Comment se fait-il que tu possèdes ce genre de truc, Milo ?

Je croise son regard méfiant et souris.

– Crois-moi, tu ne veux pas savoir.

– Ci-gît ma libido.

Je ris. Ce moment de légèreté nous fait du bien à tous les deux.

Au guichet du ferry, je présente les faux papiers de Sandra et Letizia Caparelli, deux inoffensives sœurs en voyage pour Florence où elles comptent fêter leur soixante-dixième anniversaire. Si j'essaie d'avoir l'air rassuré pour éviter à Adelia de paniquer, je ne suis pas tranquille. Même si j'ai obtenu ces faux papiers de manière indépendante, je me méfie des Fiori. Ils ont des yeux partout.

Coup de chance, le trajet se passe bien et nous arrivons en Italie continentale sans encombre.

Je tapote nerveusement le volant en jetant des coups d'œil anxieux à l'arrière de la voiture. Cette Fiat n'est pas ce qui se fait de plus confortable, mais elle est dotée de fausses plaques et personne, je dis bien personne ne sait qu'elle est à moi.

Pour être tout à fait franc, ce retour en France ne pouvait pas mieux tomber, car il me permet de mettre Adelia en sécurité. De ne pas la livrer. Je ne pense pas que mes parents risquent une possible vendetta de la part des Fiori, mais je me débrouillerai pour garder un œil sur eux. De toute façon, ils rentrent aux États-Unis dans deux semaines, ils seront alors en sécurité. J'espère être de retour en Sicile avant qu'ils repartent. Tout dépendra des Fiori.

Une fois en Calabre, je m'arrête sur la première aire d'autoroute afin qu'on puisse se changer et retrouver nos allures normales. Adelia ne tarde pas à s'endormir. Je suppose que le choc d'avoir appris que sa mère adoptive lui avait menti l'a épuisée. J'embrasse son front délicatement et remets une mèche derrière son oreille. Je vérifie qu'elle n'a pas froid et poursuis ma route. Je me sens coupable de lui cacher moi aussi la vérité, mais pour l'heure, le plus urgent est de la conduire en lieu sûr.

Nous sommes autour de Florence quand Adelia se réveille après une sieste. Elle a dormi par intermittence, fatiguée mais trop nerveuse pour se laisser aller longuement

– Bien dormi ?

Elle s'étire comme un chat. Je pourrais la regarder faire ça jusqu'à la fin de mes jours.

– Oui, mais j'ai des courbatures. Tu sais, comme quand on reste longtemps accroupi.

– C'est sans doute lié à l'état de choc. Ça a dû te faire bizarre d'apprendre que Giulia t'a caché qu'elle connaissait tes parents biologiques. Mais je suis certain qu'elle l'a fait pour ton bien. Parfois, on n'a pas d'autre choix.

Et je ne sais plus si je parle de moi ou de sa mère.

Elle pose sa main sur ma cuisse et m'adresse un sourire ensommeillé.

– Merci pour ton soutien, Milo. Ça me fait plaisir de faire ce voyage avec toi.

Je tends le bras pour caresser sa joue, dont la douceur m'arrache un frisson.

– À moi aussi, *bella*.

– Tu ne veux pas que je prenne le volant ?

Je lui souris.

– Et te laisser abîmer ma petite Fiat préférée ? Il n'en est pas question.

Elle grommelle un truc au sujet des machos et fixe la route devant elle. Si je refuse de la laisser conduire, ce n'est pas par manque de confiance en ses compétences, même si je sais qu'elles ne sont pas excellentes. Je cherche surtout à garder un œil sur tout ce qui se passe. Si nous sommes suivis, elle ne le remarquera pas. Moi, si.

Après un voyage qui a duré un peu plus de vingt heures, je suis crevé. Les derniers kilomètres sont les plus exténuants, d'autant que la nuit ne va pas tarder à tomber. Quand nous arrivons tout au sud de l'Alsace, je suis contraint de céder le volant à Adelia. Je n'ai pas le choix, ma fatigue est telle qu'elle rend ma conduite dangereuse et je ne suis pas certain que mourir d'un accident de voiture soit tellement plus sympa que de passer sous les balles des Fiori. Cela étant, je refuse de me laisser aller et reste réveillé, gardant en permanence un œil sur le rétro, question de survie.

– Tu peux t'endormir, tu sais ? Je gère la situation.

Oh que non…

– Je n'ai pas sommeil.

Son rire me fait sursauter, preuve que je suis vraiment crevé.

– Tu me fais penser aux enfants qui disent qu'ils ne sont pas fatigués alors qu'ils luttent pour garder les yeux ouverts. Ou à ce chaton tout mignon dont la vidéo est devenue virale sur YouTube. Tu sais, celui avec des poils longs qui dodeline de la tête.

– Euh, ma virilité vient d'en prendre un coup avec cette comparaison, je te remercie.

Elle se marre de plus belle, imperméable à mon agitation intérieure.

Son angoisse devient plus perceptible quand nous arrivons à Strasbourg. Elle redoute la confrontation avec sa mère adoptive, ce qui est tout à fait normal. J'essaie de discuter un peu pour l'aider à se détendre en lui changeant les idées, mais ça ne fonctionne pas.

Elle se gare dans une rue étroite. Personne ne semble nous avoir suivis.

– On va chez toi ?

Elle secoue la tête.

– Si ça ne te dérange pas, je préférerais passer d'abord chez Eatlasace. C'est l'heure du dîner, ils doivent y être. Quoique, ce n'est pas sympa d'arriver en plein rush.

– Adelia, tu ressembles à une boule de nerfs depuis que tu as appris que Giulia connaissait tes parents, et je suis prêt à parier qu'elle est dans le même état que toi. Rien à faire du rush, priorité à vous deux. Au pire, j'aiderai ton père.

Je dépose un baiser sur le dos de sa main. Hors de la voiture, je noue mes doigts à ceux d'Adelia, à la fois pour sa sécurité et pour la sentir près de moi. Avant elle, je ne m'étais jamais baladé main dans la main avec une fille. Maintenant que je me suis habitué à elle, je ne pourrais plus m'en passer.

Curieux, je me permets d'observer les maisons aux poutres apparentes. Elle appelle ça des maisons à colombages. Moi, j'appelle ça des maisons de conte de fées.

– Ici, c'est la place Kleber, l'une des plus importantes de la ville, mais pas nécessairement la plus belle.

Des arbres plantés çà et là tendent leurs branches vers le ciel rose de fin d'après-midi, comme si eux aussi étaient prêts à décrocher les étoiles.

– Nous voilà, lance-t-elle avec un soupir d'appréhension.

Je jette un coup d'œil à la devanture du restaurant. Ce que je préfère, c'est l'enseigne en métal qui surplombe la porte. Elle représente une cigogne qui transporte un rameau d'olivier dans son bec. Je suppose que ça évoque l'Alsace et l'Italie réunies. L'intérieur du restaurant est simple, comme j'aime. Trois ou quatre tables en bois massif, un comptoir bien garni et quelques décorations accrochées aux murs, dont de nombreux cadres photos. Je reconnais bien la patte d'Adelia. Je me tourne vers elle et décèle l'appréhension dans son regard.

– Je suis là, lui assuré-je en posant une main sur son épaule pour la rassurer.

Comme ce n'est pas suffisant, et aussi parce que j'en meurs d'envie, je l'attire à moi et l'embrasse.

– J'ai peur de la réaction de Giulia, maintenant qu'elle sait que je suis au courant qu'elle connaissait mes géniteurs. Si elle me repoussait ? Et je redoute aussi qu'elle m'en veuille de la mettre au pied du mur. Je n'aurais pas dû commencer cette discussion au téléphone, j'ai dû l'angoisser pour rien.

– C'est vrai.

Elle s'écarte pour me flanquer un coup sur le torse.

– Hey ! Tu n'es pas censé me rassurer ?

– Si. C'est ce que j'aurais fait si tu n'avais pas démarré au quart de tour. Ta mère t'aime, Adelia. L'amour inconditionnel peut tout pardonner. Honnêtement, on aurait tous réagi comme toi. Je suis certain qu'elle ne t'en veut pas.

– C'est vraiment ce que tu crois ?

– C'est ce que j'espère, en tout cas.

Et je ne sais plus si je parle de sa mère ou de moi. Pourrait-elle me pardonner de l'avoir kidnappée ?

– Tu te sens prête à y aller ?

– Oui, si tu restes avec moi.

Elle ne peut pas imaginer à quel point ça me fait du bien d'entendre ça.

– Il n'est pas question que je te quitte d'une semelle.

Je retiens de justesse un « jamais plus » qui pourrait l'effrayer. Elle me remercie d'un sourire reconnaissant.

Le minuscule restaurant me fait immédiatement l'effet d'un coup au cœur sans que je puisse expliquer pourquoi. Peut-être à cause de sa décoration intimiste. L'endroit, simple et discret, transpire l'amour. La sécurité d'une famille aimante. Ça me rappelle l'ancienne trattoria Piromalli, même si les senteurs qui se dégagent de la cuisine ne sont pas du tout les mêmes. Ici, c'est l'odeur de la cannelle qui l'emporte.

Adelia s'avance vers le comptoir d'un pas gauche. Ceux que je devine être ses parents, occupés à remplir les bacs, ne nous ont pas encore repérés. Je me racle la gorge pour faciliter les choses à tout le monde. Lorsque Giulia lève la tête vers sa fille, je suis témoin d'un torrent d'émotions qui me laisse sans voix. La peur, la culpabilité, l'appréhension défilent dans son regard. Jusqu'à ce qu'Adelia prononce le mot magique.

– Maman.

Car une mère, ce n'est pas nécessairement la personne qui vous a porté dans son ventre pendant neuf mois. Une mère, c'est la personne qui, en vous donnant son amour inconditionnel, vous donne la vie chaque jour de votre existence. Et cela n'a strictement rien à voir avec les liens du sang.

Émue aux larmes, la femme reste derrière le comptoir, interdite.

– Vas-y, soufflé-je à Adelia, elle aussi paralysée par l'émotion.

Elle m'accorde un bref regard humide avant de contourner le meuble pour rejoindre sa mère. Elles se blottissent dans les bras l'une de l'autre avant que Giulia s'écarte pour planter son regard doux dans celui d'Adelia.

– Je suis tellement désolée, ma fille.

Voir Giulia pincer les lèvres comme si elle redoutait la réaction d'Adelia après avoir prononcé ces deux derniers mots me serre le cœur.

Ma petite amie pose les mains sur les épaules de sa mère pour la réconforter. Giulia prend une profonde inspiration avant de se lancer.

– Je suis désolée de t'avoir menti. J'aurais dû te dire que je connaissais très bien ta mère, et si je ne l'ai pas fait, c'est parce que j'ai voulu te garder à l'écart des bêtises de tes parents. Ils étaient des gens bien, tu sais ? Mais ils n'ont pas fait les meilleurs choix et se sont tournés du côté de la Mafia. Quand ils ont voulu en sortir, c'était trop tard. Ta mère biologique et moi, nous étions très proches, alors à sa mort, j'ai rempli la promesse que je lui avais faite. Je t'ai adoptée et je t'ai emmenée en France avec moi. Je ne voulais pas que tu saches qui étaient tes parents, parce que je redoutais ta réaction quand tu apprendrais qu'ils étaient dans la Mafia. Pourtant, au fond de moi, j'ai toujours su que ce moment viendrait. C'est peut-être aussi pour ça que je t'ai envoyée en Sicile quérir des recettes. C'était une façon plus ou moins consciente de t'envoyer chercher une vérité que je ne me sentais plus capable de t'offrir. Et je vois que tu as trouvé bien plus que ça.

Giulia m'accorde un sourire tendre que je n'ai pas mérité.

– Tu es le fils de Lina, c'est ça ? Tu lui ressembles, et puis, quand ma fille m'a parlé de la meilleure trattoria de la ville, je me suis douté que tu étais un Piromalli.

Je hoche la tête en silence. Paradisio est une petite ville, ça ne m'étonne pas qu'elles se connaissent

– Lina était une très bonne amie quand je vivais encore en Sicile. On s'est connues lors de nos études de cuisine. On a fait notre stage dans le même restaurant et le courant est passé tout de suite. Une fille d'une grande gentillesse.

– Qui est devenue une femme tout aussi adorable, je vous le confirme.

Le père les rejoint. L'espace de quelques instants, je me sens de trop, mais cette sensation s'estompe dès que le premier client entre dans le commerce.

– Je me lave les mains et je suis à vous, lancé-je dans un français maladroit.

Après trois heures de service je suis lessivé, mais content. Outre le fait que ça a permis à Adelia de se concentrer sur sa mère, j'ai plutôt passé un bon moment à servir aux côtés de Pascal. La clientèle est sympa et le restaurateur est hilarant. J'ai franchement apprécié sa compagnie, même si j'étais trop fatigué pour répondre à ses blagues. Et en plus, j'ai eu un aperçu de la cuisine alsacienne. J'aimerais avoir le temps de tester les nouvelles recettes que j'ai découvertes.

Pour ce soir, nous allons dormir chez les parents d'Adelia. Ça me paraît plus prudent.

La maison des Schneider me fait penser à la mienne. Elle est chaleureuse, chargée de souvenirs avec des cadres photo et des bibelots qui ornent les meubles.

Giulia semble nerveuse, la conversation qu'elles ont tenue au restaurant n'a pas effacé ses regrets d'avoir caché la vérité à sa fille. Mais Adelia est bien décidée à la rassurer.

– Maman. Je répéterai ce mot inlassablement jusqu'à ce que tu te l'appropries à nouveau, parce que c'est ce que tu es : ma maman. Je ne te pardonne pas, pour la stricte et simple raison que je n'ai rien à te pardonner. Tu as commis une erreur en dissimulant la vérité, mais tu l'as fait pour me protéger. Tu l'as fait par amour. Il n'y a rien de mal à ça. Pour ma part, c'est déjà oublié.

Les deux femmes se prennent une fois de plus dans les bras et dans mon cœur naît l'espoir d'obtenir moi aussi le pardon d'Adelia.

– Demain, on en reparlera.

– Oui, demain, maman. Parce que là tout de suite, j'en connais un qui est épuisé.

Je masque un bâillement en mettant la main devant ma bouche et tourne la tête de droite à gauche pour nier.

Cinq minutes plus tard, je suis couché dans le lit, Adelia blottie contre moi, et je lutte toujours contre le sommeil.

– Je parie que bébé, tu étais du genre increvable. Le style de nourrisson impossible à endormir, capable de tenir ses parents réveillés pendant vingt-quatre heures. Tu as fait tes nuits à quel âge, déjà ?

– Faire ses nuits ? C'est quoi, ça ?

Elle rit et m'embrasse. Je la serre contre moi et me repais de l'odeur sucrée de ses cheveux.

– Ce serait chouette si je pouvais faire venir mes parents et Jenny ici. Je suis sûr que Lina et Giulia seront heureuses de se retrouver, quel que soit le prétexte.

Elle s'écarte un peu pour me regarder, les yeux pétillants de bonheur, et acquiesce.

– Je t'aime, Milo.

Ces mots, j'ai l'impression de les avoir attendus une éternité, et maintenant qu'ils sont là, je suis incapable de les savourer pleinement. Peut-être parce que l'homme qu'elle croit aimer ne lui a jamais menti, alors que moi, j'ai commencé à bâtir notre relation sur un horrible mensonge.

Le cœur battant, je m'apprête à lui délivrer la vérité telle qu'elle la mérite.

– Je t'aime aussi, Adelia. Mais, il faut que je te dise quelque chose…

Hélas, la plus belle des femmes s'est déjà endormie. Demain, je lui dirai tout.

CHAPITRE 26

ADELIA

Je suis seule dans le lit quand je me réveille. J'entends le bruit de la douche venant de la salle de bains attenante, alors j'imagine que Milo se lave. Cet homme est incroyable. Après avoir conduit pendant près de vingt-quatre heures et passé le début de soirée avec mes parents, il a encore trouvé le moyen de se lever avant moi. Quelle énergie !

Les rayons de soleil filtrent sous les volets fermés, prouvant qu'il fait déjà bien jour. Mes parents doivent être au restaurant en train de servir des petits déjeuners. Je pense que je vais montrer la ville à Milo ce matin, et ensuite, nous pourrons leur filer un coup de main. Hier, les choses se sont plutôt bien passées entre lui et mon père. Je me surprends à rêver d'une pure folie : Milo, travaillant ici avec eux jusqu'à ce qu'ils prennent leur retraite. C'est totalement dingue comme idée. Nous n'avons pas encore évoqué le lieu où nous allons vivre, ou si nous allons mener une relation à distance. Notre histoire n'en est qu'aux balbutiements, mais mon retour en France pourrait signifier sa fin. Nous n'avons pas discuté de notre avenir.

Je me demande de quoi il voulait me parler avant de dormir. Sûrement de cette histoire de distance.

Je m'étire dans mon lit et souris, tout simplement heureuse, avant de m'asseoir au bord du matelas avec la ferme intention de rejoindre Milo sous la douche. Mais d'abord, je vais prévenir Juliette pour lui dire que je suis à Strasbourg. Je meurs d'envie de la revoir, et elle doit avoir hâte de rencontrer l'ex-mafieux qui a fait chavirer mon cœur.

Je me saisis de mon téléphone posé sur la table de nuit. En l'allumant, je constate que ce n'est pas le mien, mais celui de Milo. Je ne suis pas une geek dans l'âme : pour moi, tant que les smartphones sont dotés d'une coque noire, ils se ressemblent tous. Alors que je vais le reposer, l'arrivée d'un message le fait vibrer dans ma main. Sans que je le veuille vraiment, mes yeux tombent sur mon prénom.

Je devrais m'éloigner de cet appareil, mais ma curiosité est trop forte. J'ouvre le message. Ça vient d'Albinoni.

Albi : Milo ! Qu'est-ce que tu as foutu ?
Tu es où ? Je ne sais pas ce que
tu trames, mais mon père est devenu
dingue quand il a pigé que tu avais
filé avec ta cible. Fais gaffe, tu n'es

pas en sécurité. Il veut que tu lui livres Adelia, comme convenu.

Je relis le texto plusieurs fois, dans un état second. À mesure que la compréhension se fraie un chemin dans mon esprit, mon corps devient flasque.

Les souvenirs refont surface, comme dans un film. Notre rencontre. Notre première sortie, ensemble. Mon réveil dans un lit inconnu, ligotée et bâillonnée. La peur qui avait été la mienne quand j'avais cru qu'il m'avait enlevée, puis ses bobards. *Une cible. Je suis sa cible depuis le départ.* L'histoire avec ses parents ? Un prétexte pour pouvoir me surveiller jusqu'à la livraison ? Pourquoi m'a-t-il gardée aussi longtemps ? Sans doute que ça l'amusait. Ou alors, il avait réellement besoin que je joue le jeu pour sauver les apparences devant sa famille. Dans tous les cas, il m'a menti. Il m'a enfermée dans une cage transparente, alors que je m'étais promis de ne plus jamais laisser personne me jeter dans une prison, aussi confortable fût-elle. Et il le savait. C'est ça, le pire. Il connaît mon vécu, et il l'a fait quand même. Je lui en veux. Je lui ai en veux tellement que ça me rend dingue.

Mon cœur est brisé en mille morceaux, mais je ne vais pas m'apitoyer sur moi-même. Pas maintenant. Il faut que je sorte, j'ai besoin d'air, de liberté, d'espace. Voilà, c'est ça. Il faut que je mette autant de distance que possible entre Milo et moi, même si ça me tue. Et pour ça, il faut que je m'en aille maintenant. Parce que je sais que dès l'instant où je le verrai, je serai encore capable de fermer les yeux. Parce que je l'aime.

Je pose le téléphone sur la table de nuit, attrape ma veste posée sur une chaise et quitte la chambre à pas de loup. Je ne m'arrête qu'une fois dehors pour reprendre mon souffle avant de me mettre en route. Je suis en nuisette, et sous ma nuisette bat un cœur brisé. Mais tant qu'il bat, il y a de l'espoir. Je vais aller retrouver le mec de Juliette et lui demander de chasser Milo. Il a des potes baraqués, ça fera l'affaire. J'aurais pu tout aussi bien appeler les flics, mais ils auraient sûrement mené une enquête, ça aurait traîné, et la seule chose dont j'ai besoin, c'est que ça aille vite. Je suis de celles qui retirent le pansement d'un coup sec, même si ça fait un mal de chien.

Moi, une cible pour la Mafia ? Mais pourquoi ? N'y aurait-il pas erreur sur la personne ? En quoi est-ce que je pourrais représenter une menace ? Et qu'est-ce qu'ils me veulent ?

Flairant le danger, je me retourne pour m'assurer que je ne suis pas suivie. Il n'y a personne derrière moi, en dehors d'une mamie et de son petit-fils. Le sourire de la dame me fait penser à celui de Lina et mon cœur se serre à l'idée de ne plus jamais la revoir. Je m'étais attachée à cette famille.

En regardant droit devant moi, un frisson me parcourt tout entière. Un homme au visage familier me pousse dans une cour d'immeuble.

– Gandolfo ? Qu'est-ce que tu…

Je ne peux pas finir ma phrase car un chiffon à l'odeur étrange couvre ma bouche et mon nez. Impossible de me débattre. Le colosse français me plaque contre le mur.

– Je suis désolé, Adelia. Vraiment. Crois-moi, mieux vaut que ce soit moi qui t'aie trouvée plutôt qu'un autre.

Je voudrais protester, mais mon cerveau ne parvient pas à trouver un seul mot cohérent. Mes jambes se dérobent sous mon poids et je me retrouve dans les bras de Gandolfo. La suite n'est qu'un atroce cauchemar dans lequel l'homme que j'aime m'a trahie.

CHAPITRE 27

MILO

– Et même si au départ, tu étais ma cible, même si je t'ai menti, je ne suis plus le même homme, Adelia. L'amour, ça nous change. Et je t'aime. Pour cette raison, il est hors de question que je te livre à ce taré de Silvio. Voilà pourquoi nous n'allons plus quitter cet appartement jusqu'à ce que j'aie trouvé un moyen de mettre Fiori hors d'état de nuire. Non, je ne vais pas le tuer. On va s'en sortir, tu verras.

J'ébauche un sourire rassurant, mais le miroir me rend le reflet d'un sourire de timbré. Je décide de ne pas montrer les dents, ça fait un peu moins fou. Pour le reste, je pense avoir été assez convaincant. Je n'ai plus qu'à répéter ce discours devant Adelia et à espérer qu'elle me pardonnera.

De toute manière, je lui dois la vérité. Je ne peux plus faire machine arrière. Je ne veux pas la garder en cage une seconde de plus.

Aussi, j'ouvre la porte de la salle de bains et retourne dans la chambre. Mon cœur se glace quand je constate qu'elle n'y est pas. Par acquit de conscience, je vérifie chaque pièce de l'appartement mais au fond de moi, je sais déjà qu'elle a filé.

Abattu, je m'assieds sur le lit vide en essayant de me rassurer. Elle ne doit pas être bien loin. La connaissant, elle a dû descendre à la boulangerie chercher des viennoiseries. On est en France, après tout. Je prends mon téléphone au cas où elle m'aurait écrit, et grimace en voyant qu'un message est ouvert sur l'écran quand je l'allume. Je ne fais jamais ça. Je ferme toujours les SMS après lecture. Toujours.

Le sang pulsant dans mes tempes, je lis le message d'Albinoni.

Albi : Milo ! Qu'est-ce que tu as foutu ? Tu es où ? Je ne sais pas ce que tu trames, mais mon père est devenu dingue quand il a pigé que tu avais filé avec ta cible. Fais gaffe, tu n'es pas en sécurité. Il veut que tu lui livres Adelia, comme convenu.

Merde.

Je suis certain qu'elle l'a lu, qu'elle a compris et qu'elle a filé. Mon cœur manque un ou deux battements avant d'imploser en mille morceaux.

Hier encore, elle m'avouait qu'elle m'aimait. Aujourd'hui, elle me quitte.

Parce que j'ai été un enfoiré de la kidnapper. Parce que, même si j'ai cru avoir changé, j'ai agi comme un con en ne lui révélant pas la vérité.

Tout est fini. Jamais plus elle ne reviendra avec moi et en prendre conscience provoque une douleur aussi fulgurante que celle que j'ai ressentie à la mort de mon frère. Cela étant, je n'ai pas le loisir de m'appesantir sur ma propre peine. Parce que si Adelia ne m'aime plus, moi, je l'aime encore. Elle est en danger par ma faute : il faut que je répare les dégâts que j'ai causés, même s'il en va de ma vie.

Je commence par l'appeler. Les vibrations de son téléphone me parviennent de son sac. Elle ne l'a même pas pris avec elle. En fouillant dans ses affaires, je découvre qu'elle a aussi laissé ses papiers. L'espace d'un instant, ça me rassure. Ça veut peut-être dire qu'elle va revenir ! Mais je ne suis pas dupe et ma lucidité prend vite le dessus. Adelia est quelqu'un d'impulsif. Elle a dû filer en pyjama, sans songer à ses papiers.

Elle m'a fui comme le connard de prédateur que je suis. Je me dégoûte.

Il n'y a pas une minute à perdre. Je m'habille à la hâte et me prépare à appeler Albinoni, mais c'est lui qui me contacte le premier.

– Albi…

– C'est trop tard, Milo. Ils l'ont prise.

Mon sang se glace. Je m'efforce de reprendre le contrôle sur mes émotions. Tant qu'elle n'est pas morte, je peux encore la sauver.

– Qui ça, ils ?

– Gandolfo et les autres. Ils l'emmènent en Sicile dans un jet affrété par mon père. Je ne peux pas t'en dire plus.

Gandolfo. Sous ses airs de brute, c'est l'un des hommes de main les moins tordus des Fiori. Il fera de son mieux pour l'épargner dans la mesure du possible. D'autres n'auraient pas autant d'égards.

– Merci, Albi. Prends soin de toi.

– Fais gaffe, Milo. Pense à ta peau. Je ne sais pas pourquoi mon père tient tant à cette fille, mais il est prêt à tout pour l'avoir.

– Moi aussi, je suis prêt à tout.

Je sais qu'Albi ne me trahira pas. Il n'aurait pas dû me fournir ces informations et si son père l'apprend, il le paiera. J'aimerais lui dire qu'il vaut mieux que toutes ces merdes, et je me promets de le faire après tout ça.

Si je survis, bien sûr.

La première des choses, c'est d'en informer les parents d'Adelia. Je ne commettrai plus la même erreur.

À mon expression, ils comprennent qu'il s'est passé quelque chose de grave.

– Il faut que je vous parle.

Ils servent le dernier client venu chercher des plats à emporter et attendent qu'il sorte pour s'adresser à moi.

– Milo, s'il te plaît, tu veux bien retourner le panneau « fermé » à l'entrée du restaurant pour que personne ne vienne nous déranger ? demande Giulia d'une voix douce dans laquelle perce la nervosité.

Je m'exécute aussi rapidement que possible et reviens m'installer en face d'eux. Ce n'est pas plus mal que le comptoir nous sépare, il me servira de bouclier.

– Je ne suis pas celui que vous croyez.

– Tu n'es pas le fils de Lina ?

– Si mais… pour diverses raisons, j'ai mal tourné. Jusqu'à ce que je rencontre votre fille, je… je kidnappais des gens pour la Mafia. Votre fille était l'une de mes cibles, mais après avoir fait sa connaissance, je n'ai pas pu me résoudre à la livrer.

C'est presque la vérité. Je déglutis.

– Elle s'est fait enlever ?

Les jambes de Giulia flanchent un instant sous le coup de l'émotion. Son mari la rattrape. Ils se soutiennent l'un l'autre. Leur désespoir me rappelle celui de mes parents quand nous avons perdu mon frère aîné. Et cette fois, je suis entièrement coupable de la situation. Mais je peux tout arranger.

– Où est-elle ? s'enquiert Pascal avec colère.

– Je l'ai emmenée en France pour la protéger, parce que sa vie était menacée en Sicile. Elle a disparu malgré tout. Je suis désolé. Je…

– Notre Adelia ? Mais qu'a-t-elle fait de mal ? Et qui l'a enlevée ? Il faut tout nous dire !

– Les Fiori. Si vous êtes de Paradisio, vous connaissez nécessairement cette famille. Je ne sais pas pourquoi ils en veulent à votre fille, mais…

Je n'ai pas le temps de finir ma réponse. Pascal contourne le comptoir pour me flanquer un coup de poing sur la tempe. Je ne l'ai pas volé et la douleur est plus que méritée. Je l'arrête lorsqu'il veut m'en mettre un deuxième.

– Je ne dis pas que je ne l'ai pas cherché, mais si vous voulez que je récupère votre fille, il vaut mieux éviter de m'assommer. Je suis infiniment désolé pour ce que j'ai fait, mais j'aime Adelia.

Je retiens mon souffle en attendant leur verdict.

– Notre pardon, tu l'auras si tu sauves notre fille, réplique Giulia, pragmatique. Assez parlé. Nous devons trouver un moyen de retourner en Sicile au plus vite.

– C'est ce que je vais faire, je vous le jure. Je suis prêt à donner ma vie pour elle.

– Je vais réserver un vol pour la Sicile, commence Giulia. Non, je connais quelqu'un qui…

– Vous savez, je peux gérer seul. Vous n'êtes pas obligés de venir avec moi, j'ai l'habitude de travailler en solo.

– Même pas en rêve ! réplique Giulia.

– Tu crois qu'après ce que tu viens de nous annoncer, on va te faire confiance comme ça ? s'emporte Pascal.

Je le comprends. Je suppose que je serais dans le même état. Giulia lui jette malgré tout un regard réprobateur.

– On sera plus efficaces si on arrête de se tirer dans les pattes. Milo, tu n'es pas pardonné, mais nous avons clairement besoin de toi si nous voulons sauver notre fille, alors il va falloir qu'on fasse tous avec.

Deux heures plus tard, nous sommes installés à bord d'un Cessna qui nous emmène droit à Agrigente, grâce à la force de persuasion de Giulia. Elle a su convaincre un fidèle client siégeant au parlement européen de Strasbourg de nous affréter son avion pour un vol presque incognito. Même si je n'ai aucun doute quant au fait que très vite, Silvio aura eu vent de notre atterrissage.

Pendant les deux ou trois premières dizaines de minutes, personne ne parle. Moi, je suis concentré sur la manière dont je vais m'y prendre pour pénétrer dans la forteresse des Fiori. J'aurais bien demandé de l'aide à Albi, mais ce serait le mettre dans une position délicate vis-à-vis de son père. Je comprends très bien ce qu'il ressent. Entre la fidélité que l'on doit à sa famille et celle que l'on ressent envers ses plus proches amis, j'aurais été incapable de choisir. Raison pour laquelle je ne lui en veux pas de rester auprès de son père.

L'atmosphère à l'intérieur du fuselage est à couper au couteau et je ne peux m'en prendre qu'à moi-même. Je suis peut-être prêt à rattraper les dégâts au péril de ma vie, mais j'ai mis leur fille unique en danger. Je mérite pleinement le ressentiment de ses parents. Si je n'avais pas été leur seule chance de récupérer leur enfant vivante, je suppose qu'ils m'auraient balancé par le hublot sitôt l'altitude de croisière atteinte.

Giulia semble garder son stress sous contrôle mais ce n'est pas le cas de son mari. Le pauvre se tord les doigts, regarde partout autour de lui, se mord les lèvres… Je m'en veux de lui faire éprouver cela. Et je n'ose même pas imaginer dans quel état doit être Adelia.

Plus pragmatique, la mère est la première à rompre le silence.

– Bon, quel est le plan pour récupérer notre fille ?

Je secoue la tête.

– Je comptais improviser. Je connais leur maison comme ma poche. Je pourrais me glisser par une fenêtre…

– Ou sous un camion.

– Giulia, vous m'en voulez et c'est normal, mais me tuer ne ramènera pas votre fille. Laissez-moi la sauver, et essayez de me tuer ensuite si jamais ça ne vous suffisait pas.

– Non, mais je suis sérieuse. J'ai vu ça dans un film. Le héros se glissait sous le camion, se planquait entre les pneus et…

– Et si on appelait la police, tout bêtement ? suggère Pascal.

– Non ! crions-nous à l'unisson, faisant sursauter le pauvre papa.

– Pourquoi ? C'est parce que tous les flics sont pourris, c'est ça ?

Je secoue la tête. Que ce cliché a la vie dure…

– C’est vrai que la Pieuvre a des tentacules un peu partout, y compris au sein des forces de l’ordre, expliqué-je. Mais l’Italie est un État de droit et non, tous les flics ne sont pas pourris.

– C’est juste qu’on a l’habitude de faire les choses par nous-mêmes, renchérit Giulia. Appeler les flics compromettrait nos chances de récupérer notre fille saine et sauve.

– Parce que ça serait nettement moins discret que si moi, je m’en chargeais.

– Et qu’en plus, Milo n’est pas tout à fait propre aux yeux de la justice, conclut-elle.

Je me rends compte que je n’avais même pas pris cet aspect en compte. Je ne pense qu’à sortir Adelia de la maison des Fiori.

– Je vais effectivement essayer de m’en charger moi-même, mais il est quand même préférable de garder une marge de sécurité. Aussi, on va se fixer une limite de temps et si jamais je ne suis pas revenu d’ici là, vous pourrez appeler les flics, d’accord ?

– Tu serais prêt à te faire coffrer pour notre fille ? s’enquiert Pascal.

– Je mourrais pour elle.

Et je suis sincère.

– Tant mieux, parce que c’est quand même ce qui risque d’arriver, commente Giulia sans le moindre tact.

– Bon, je pense que l’idée du camion n’est pas si mauvaise. Les Fiori se font livrer en nourriture tous les jours. Il suffit de voler le véhicule de livraison. Giulia, est-ce que tu serais prête à le conduire ?

– Silvio connaît mon visage.

– Aïe.

– Mais pas celui de Pascal.

Le pauvre homme nous jette un regard paniqué mais accepte de se prêter au jeu. C'est ça, l'amour d'un père. Un amour infini, comme celui d'une mère. Comme celui que j'éprouve pour Adelia.

– On va s'en sortir. Ou peut-être pas. Mais nous n'avons pas d'autre choix que de tout essayer pour elle.

Silvio n'est pas le genre de personne à tuer pour un oui ou pour un non. Toutefois, pour avoir fréquenté son fils, je sais que si quelqu'un le gêne, il s'en débarrasse sans hésitation. J'ignore les raisons qui l'ont poussé à kidnapper Adelia, mais je suis convaincu que si les choses tournaient mal, il serait parfaitement capable de la descendre. Le simple fait de l'envisager me donne la force de tout risquer pour la sortir de la merde dans laquelle je l'ai plongée.

CHAPITRE 28

ADELIA

Je me réveille avec l'impression d'être malade. Ma tête me fait un mal de chien, surtout quand j'essaie de bouger, et mon matelas paraît si dur que j'ai l'impression d'être couchée sur de la pierre. En ouvrant les yeux, je constate que je ne suis pas dans ma chambre. Je suis dans un endroit inconnu, doté de barreaux aux fenêtres.

La tête me tourne quand j'essaie de me relever. Une porte s'ouvre. Je m'attends à voir Milo, mais c'est Albinoni. Les souvenirs de la veille refont surface, accompagnés d'une douleur sourde.

Le meilleur ami de celui qui m'a trahi se penche pour se mettre à ma hauteur.

– Tu es un peu perdue, mais c'est normal. Ça va passer, Adelia. Les effets des somnifères sont passagers.

J'examine son visage. Il a l'air profondément désolé.

– Je peux savoir ce que je fais là ?

Il m'offre un sourire compatissant que je perçois comme sincère.

– J'imagine que tu sais déjà que Milo t'a séduite dans le but de te livrer à mon père.

Ses mots réveillent les blessures de mon cœur. Après Sonia, je ne pensais pas pouvoir souffrir davantage. J'aurais préféré avoir raison.

– Ouais. Je suis au courant.

– Il a changé, je t'assure. Il n'est plus le même homme et il n'avait plus l'intention de te livrer.

J'ouvre la bouche pour nier. Albinoni me fait taire d'un geste de la main.

– Pourquoi t'aurait-il emmenée en France s'il avait voulu honorer la commande de mon père ?

– Parce qu'il est con ?

Albi laisse échapper un petit rire.

– OK, je ne peux pas te contredire là-dessus. Mais je suis sûr de ce que j'affirme. Il t'aime, Adelia.

Je désigne la pièce où je suis maintenue prisonnière.

– Difficile à croire, quand je vois où je me trouve.

Albi paraît hésiter à me dire quelque chose, mais des coups portés contre la porte l'arrêtent dans son élan.

– On arrive ! crie-t-il.

Je prends alors pleinement conscience du lieu où je me trouve et de ce qui pourrait m'arriver. Je suis kidnappée chez un mafieux sicilien. Bordel de merde !

Albi perçoit ma panique et pose une main compatissante sur mon épaule.

– Albi, sors-moi d'ici, je t'en supplie.

– Je n'en ai pas la possibilité, Adelia. Je suis désolé. Je peux seulement te garantir qu'aucun mal ne te sera fait.

Je décide de le croire.

– Et toi, dans tout ça ? Qu'est-ce que tu vas faire ?

– Ce que j'ai toujours fait, répond-il dans un chuchotis. Je vais faire de mon mieux.

Eh bien, j'espère que son mieux n'est pas trop merdique, sans quoi je serai dans le pétrin jusqu'au cou.

– Merci.

– Oh, ne me remercie pas. Allez, debout.

– Albi…

– Adelia, essaie de m'obéir et tout ira bien.

Je me mords l'intérieur de la joue pour contenir ma rage. En me mettant debout, je prends conscience que je ne suis pas ligotée.

– Ça va ? Tu n'as plus la tête qui tourne ?

– Ça va mieux, merci. Pourquoi est-ce que je ne suis pas attachée ?

– Parce que ce n'est pas nécessaire. Cette maison est hypersécurisée, tu te ferais abattre dès l'instant où tu tenterais quelque chose de stupide. Et tu ne vas rien tenter de stupide, pas vrai ?

– Ça ne serait pas mon genre…

Je quitte la buanderie dans laquelle j'étais enfermée et, escortée par Albi, traverse un couloir en direction du salon.

La table a été dressée pour trois. Il y a une statue de sainte Rosalie dans un coin de la pièce. C'est drôle, mais je ne me sens plus du tout dans l'ambiance des fêtes.

– Assieds-toi, m'ordonne Albi d'une voix que je ne lui reconnais pas.

J'obéis, sur mes gardes. Albinoni s'installe à ma gauche. Une porte s'ouvre sur Silvio, suivi de deux gardes. Il se pose à ma droite après m'avoir gratifiée d'un immense sourire qui me donne envie de lui casser les dents.

– Ah, te voilà, Adelia. Quel plaisir de t'avoir à table.

– J'aurais bien dit que le plaisir est partagé, mais on m'a appris à ne pas mentir.

Albi siffle. Je suppose que ça signifie que je n'aurais pas dû dire ça.

– Je vois que tu es une dure à cuire. Comme ta maman. Enfin, dommage pour elle, elle ne l'était pas assez, pas plus que ton père. Sinon, ils seraient encore là, à mon service.

Mon sang se glace et je peine à cacher ma surprise.

– Quoi ? Tu l'ignorais ?

Il s'esclaffe alors que mon cœur s'arrête de battre. Giulia m'avait bien parlé de Mafia, mais elle avait omis de mentionner le nom des Fiori, et il me semble que si le clan de Silvio est le plus puissant de Paradisio, d'autres groupes criminels subsistent également.

– Tu ne savais pas ? C'est vrai ?

Albi me flanque un coup de pied en douce pour m'inciter à me reprendre.

– Je n'en savais rien.

Silvio rit de plus belle. J'ai envie de lui balancer mon poing dans la figure.

– Eh bien, je suis ravi de t'apprendre que tes parents bossaient pour moi. Ils ont eu besoin de blé et ils se sont tournés vers moi pour en avoir plus facilement, parce que s'ils avaient compté sur la banque… Bref, quand tu as commencé à grandir, ils ont voulu se ranger. Question d'exemple, tu vois ?

Je me force à hocher la tête, alors que tout mon corps est bloqué.

– Ils ne voulaient pas que tu deviennes comme eux. Tu parles ! Comme si les gosses étaient doués pour suivre la même voie que leurs géniteurs. Quand je vois le mien, je me demande si ma femme ne s'est pas tapé le facteur.

Mais quel connard !

À côté de moi, Albi s'efforce de garder la tête haute. Je me dis qu'il a plus de courage que son père.

– Bref, ils ont voulu me la faire à l'envers et reprendre leur liberté. Je leur ai demandé une dernière mission, et je me suis débrouillé pour qu'elle tourne mal. Je pense que tu es suffisamment vive d'esprit pour deviner la suite.

Je ne réponds pas, trop concentrée sur l'effort surhumain que je dois fournir pour retenir mes larmes.

Mes parents biologiques n'étaient pas de la mauvaise graine. Ils ont commis des erreurs qu'ils ont tenté de rattraper.

Comme Milo.

En prendre conscience me fait voir les choses autrement.

– Quand je pense que j'ai demandé à Milo de te kidnapper parce que je pensais que tu venais ici dans le but de venger tes parents… je me plantais, en fait ! Quel gâchis !

– Vous allez me laisser partir, alors ?

Il se marre. Est-ce qu'il est complètement demeuré ?

– Je ne crois pas, non. Enfin, pas tout de suite. D'abord, tu vas me servir.

– Vous servir ? Mais, je ne sais rien faire ! Je n'y connais rien, moi, à la Mafia. J'ai déjà du mal à cuisiner des pâtes, alors un humain…

– Ah, mais tu vas me servir malgré toi. Tu seras mon appât…

– Moi ? Mais, pour appâter qui ?

Son sourire d'enflure constitue une réponse éloquente.

Milo. Milo va venir me sortir d'ici, et Silvio a l'intention de m'utiliser pour lui tendre un piège.

Milo est de mon côté et ne m'a pas abandonnée. Cette certitude me donne la force de tout affronter.

– En parlant de cuisine, je meurs de faim. J'espère que le repas arrive bientôt…

À peine a-t-il prononcé ces mots que quelqu'un frappe à la porte. L'un des sbires va ouvrir au serveur armé d'un chariot.

– Alors, tu nous sers à manger ou tu attends le bénédicité ?

L'homme obéit et pousse son chariot dans notre direction. Il dépose un plateau devant Silvio, un autre devant Albi, puis enfin le mien.

Quand je relève la tête, j'étouffe un hoquet de surprise en voyant ce qui se passe de l'autre côté de la fenêtre, derrière Silvio. Mon père est ici, portant un tee-shirt d'un commerce de fruits et légumes, une cagette dans les mains. Qu'est-ce qu'il fiche ici ? Ça ne peut être que grâce à Milo. Ils sont venus me secourir.

J'essaie de rester neutre. Quand mon père me voit, il se touche l'oreille de l'index et du majeur, un signe que seuls lui et maman connaissent. On l'utilisait quand on travaillait au restaurant et que l'un de nous devait se rendre aux toilettes pendant le service. J'en déduis qu'il souhaite que j'aille au petit coin.

– Je… je suis désolée mais toute cette histoire avec mes parents, ça m'a retournée. Est-ce que je peux aller aux toilettes ?

– J'ai tué des dizaines des gens, voire peut-être une petite centaine, mais je n'ai jamais empêché quiconque de couler un bronze. Albinoni, accompagne-la mais reste derrière la porte.

Albi se lève et commence à marcher. Je le suis en me tenant le ventre pour mieux coller à mon rôle. J'espère qu'il n'y a pas cinquante toilettes dans cette maison et que si c'est le cas, Albi est de mèche avec Milo et me conduira dans les bons sanitaires. Ce serait bête qu'on se rate.

– Je suis désolé pour tes parents biologiques, Adelia.

– Tu n'as pas à l'être. Ce n'est pas toi qui les as tués. Toi et ton père, vous n'êtes pas la même personne et sache que rien ne t'oblige à faire tout ceci…

Il me rend un sourire d'une tristesse infinie. Je ne peux qu'imaginer ce que ça doit faire d'être l'enfant d'un monstre.

– Voilà, fait-il devant la porte des cabinets.

Je le remercie d'un signe de tête et m'enferme dans les toilettes du rez-de-chaussée. C'est une grande salle de bains, dotée d'une fenêtre avec des barreaux. L'impression d'être prise au piège me donne le tournis. Et le pire, c'est que je suis seule. Milo est-il censé me rejoindre ici ?

Je me dirige vers le lavabo pour me laver les mains et me passer de l'eau sur le visage afin de calmer la nausée qui commence à me submerger. En levant la tête, je remarque que le rideau de douche bouge…

pour laisser apparaître Milo. Je peine à retenir un cri de bonheur.

– Eh bien, on dirait que tu as vu une apparition divine.

Le cœur battant à tout rompre, je ferme le robinet, me retourne et parcours la distance qui nous sépare. Je m'arrête à moins de trente centimètres de lui, hésitant toujours entre l'envie de lui mettre une gifle et celle, moins avouable, de l'embrasser.

– Je suis désolé, Adelia.

– Je sais.

Au diable la rancune, place à l'amour ! Ça ne veut pas dire que j'ai oublié ce qu'il m'a fait, ça signifie que je suis prête à le pardonner. Parce que l'important n'est pas d'avoir commis ou non une erreur. Ce qui compte, c'est de le reconnaître et de rectifier le tir.

Je me hisse sur mes pieds et l'embrasse. Je me perds dans le goût de ses lèvres. Dans leur douceur. Jamais je n'aurais pu vivre sans ça !

– Adelia, je sais que je suis irrésistible, mais il nous reste un truc à faire. Du genre échapper à un mafieux.

Je m'écarte à regret.

– OK, le bad boy, tu sais comment t'y prendre ? Parce qu'à moins de se barrer par la cuvette, je ne vois pas comment on pourrait faire. On ne peut clairement pas sortir ensemble par le couloir, on va se faire griller direct.

Il se mord les lèvres comme s'il se retenait de rire.

– Il y a plus facile et plus hygiénique que la plomberie

Il se dirige vers la fenêtre, l'ouvre et retire les barreaux.

– Je les avais limés lors de mes dernières visites ici. Je me doutais que les choses pouvaient mal tourner, alors j'ai anticipé et préparé quelques « sorties de secours », comme les barreaux limés, ici, et la chatière agrandie près du débarras, au cas où les toilettes auraient été hors d'accès.

Il avait bel et bien l'intention de ne pas me livrer. Mon cœur se remplit de soulagement.

– Et maintenant ?

– Je te fais la courte échelle et on se casse.

– Où est mon père ?

– En sécurité.

Albi toque à la porte, inquiet.

– Adelia, tout va bien ?

– Oui. C'est juste plus long que prévu. Désolée. Tu peux aller t'asseoir, répliqué-je en montant sur les bras de Milo.

Je suis en train de me hisser par la fenêtre quand Albi s'écrie :

– Papa ! Ils nous échappent !

Il nous a trahis.

Nous atterrissons sur le gazon et avons à peine le temps de courir sur trois mètres avant de nous faire encercler par une dizaine d'hommes armés.

Je me retiens de hurler de terreur. Nous levons les bras, vaincus. Milo essaie de me rassurer d'un regard et je comprends qu'il ne laissera rien m'arriver. Un type baraqué lui flanque un coup de poing dans le bide qui me fait expulser l'air de mes poumons. Milo reste aussi droit que possible et affiche un sourire en coin provocateur. Je parie qu'il essaie de retenir l'attention du molosse sur lui pour qu'elle ne dévie pas sur moi.

– Il fallait vraiment que tu joues au con, hein.

– Pas faux. Mais avec toi en face, je ne risque pas de gagner la manche.

Je lui jette un coup d'œil réprobateur. Il récolte un nouveau coup de poing et me dédie une moue d'excuses.

– T'as de la chance que le chef ne veuille pas que je te flingue, *rompicoglioni* !

Milo hausse les épaules avec nonchalance, même si au fond, je parie qu'il n'en mène pas large.

Deux minutes plus tard, Silvio et Albi nous rejoignent. Ce dernier se garde bien de croiser notre regard. Je n'arrive pas à croire qu'il nous ait trahis de cette façon. Sous ses airs affables, il est capable du pire. Je le vois à l'étincelle de cruauté qui brille dans ses yeux en dépit de son sourire de faux cul quand il se place devant nous. Je tremble, mais j'essaie de garder la tête haute.

– Silvio, tu n'as pas besoin de faire ça. Elle ne parlera pas.

Le mafieux m'examine attentivement et penche la tête sur le côté avant de se tourner vers Milo.

– Je te propose un échange. Sa liberté contre la tienne. L'occasion pour toi d'accepter le poste que je t'avais proposé et de montrer que tu vaux mieux que ton frère.

– Milo, tu n'es pas obligé… murmuré-je, coupable.

– Qu'est-ce qui me prouve que tu ne vas pas la tuer, si j'accepte ?

– Tu auras ma parole. J'ai un code d'honneur, tu sais ?

Je lève les yeux au ciel. Plus cliché, tu meurs.

– Milo, tu ne vas quand même pas le croire.

Lassé de m'entendre, Silvio s'avance pour me faire taire d'une gifle qui manque de me faire tomber. Je maintiens son regard comme je le peux. La haine que j'y lis fait courir un long frisson dans mon dos.

– Touche-la encore et tu es mort, Silvio, tu es mort ! s'écrie Milo en brandissant une arme.

Albi pointe son pistolet sur son meilleur ami, ce qui fait rire son père.

– Ben dis donc, fils, je ne savais pas que tu en avais dans le froc. Milo, tu viens de me prouver que ta meuf te tient par les couilles. Les mecs comme toi, je n'en veux pas, ils ne sont pas fiables. Comme ton frère, que j'ai dû éliminer dans l'incendie de son resto. L'avantage, c'est que tu vas le rejoindre.

Juste au moment où Silvio lève son pistolet en direction de Milo, un genre de bindi apparaît sur le front de Silvio, puis de tous ses hommes de main. Voir la stupéfaction se peindre sur leurs traits est un pur délice.

– Jetez vos armes ! crie une voix dans un haut-parleur.

Je me retourne pour voir une colonne de camionnettes des *carabinieri* forcer le portail.

– Tu as prévenu les flics ? s'enquiert Silvio, blanc comme un linge.

Milo a le culot de nier.

– C'est moi qui les ai appelés, avoue Albi. Je voulais qu'ils te prennent la main dans le sac. C'est pour ça que j'ai fait semblant d'être de ton côté. C'était ça ou je te tuais de mes propres mains. Je n'en peux plus de tout ça, papa.

Sidéré, Silvio ne trouve rien à répondre. Dans un état second, je regarde les forces de l'ordre faire leur travail et arrêter le chef de la Mafia et ses hommes.

– Et moi ? s'étonne Milo.

– Tu ne crois tout de même pas que j'allais te dénoncer, lance Albi. Tu es plus qu'un meilleur ami. Tu es mon frère.

Milo me cueille avant que je m'écrase sur le sol. Mes jambes viennent de me lâcher. Je n'ai plus de forces. J'imagine que c'est lié à l'état de choc.

Lorsqu'un ambulancier veut me conduire à l'hôpital pour que j'y sois examinée, j'exige la présence de Milo dans l'ambulance.

– Toi et moi, on ne se quitte plus d'une semelle, murmure-t-il en déposant un baiser léger comme les ailes d'un papillon sur le dos de ma main.

Effectivement, nos doigts demeurent entrelacés durant tout le trajet, puis aussi lorsqu'on me conduit dans une chambre d'hôpital pour attendre la visite du médecin. Nous ne parlons pas. Pas encore. Mais nous savons l'un comme l'autre que ce sera nécessaire, même si de mon côté, tout est déjà décidé.

Le docteur arrive, un sourire avenant sur les lèvres. Il m'ausculte, s'assure que je me porte bien, que l'état de choc est passé, ou presque. Pendant qu'il me pose des questions, une infirmière me fait une prise de sang afin de vérifier la présence éventuelle de drogues. En dehors de traces de chloroforme, ils ne trouveront rien. Quand le personnel médical nous laisse seuls, Milo s'avance vers moi. Il a l'air si mal que j'ai envie de le réconforter alors que c'est moi qui suis allongée sur un lit d'hôpital.

– Je suis horriblement désolé de t'avoir menti, de t'avoir enlevée.

J'inspire profondément, indécise quant à la marche à suivre. Je décide de lui dire tout ce que j'ai sur le cœur.

– Aussi étonnant que ça puisse paraître, je ne t'en veux pas de m'avoir enlevée. Je sais pourquoi tu l'as fait, tu voulais venger ton frère. Mais pour le reste…

Je secoue la tête avec colère.

– Tu aurais pu me le dire par la suite, une fois qu'on se connaissait mieux, puisqu'on était ensemble. Ça, je ne peux pas le laisser passer.

La douleur dans son regard est insoutenable, mais je dois rester ferme. Il faut qu'il comprenne qu'il a joué avec ma liberté, et qu'après ce que j'ai vécu avec Sonia, je suis écœurée qu'il m'ait coupé les ailes à son tour.

– Je redoutais que tu me lâches quand tu saurais que tu étais ma cible depuis le début.

– C'est mal me connaître. Je ne t'aurais pas quitté pour ça. Au contraire, je t'aurais aimé davantage pour ta sincérité. Aimer quelqu'un, ce n'est pas l'enfermer dans une cage invisible. Au contraire. Aimer, c'est briser le cadenas qu'on a autour du cœur. Et c'est comme ça que je t'aime, Milo. Mais tu auras besoin de temps pour regagner ma confiance.

– Je te donnerai mille raisons de croire en moi.

Je maintiens son regard en cherchant la vérité dans ce chaos qu'est notre histoire. C'est vrai qu'il a menti, qu'il m'a manipulée. Mais il a aussi tout entrepris pour me sortir de là, quitte à risquer sa vie. Il m'aime, mais il doit comprendre qu'on ne doit pas continuer sur cette lancée.

– Quoi qu'il advienne, je ne resterai pas en Sicile, Milo, et ça, c'est non négociable. J'adore cette région, j'apprécie les gens qui y vivent, mais j'ai vécu des choses horribles ici et je ne me sens pas capable de rester dans ce coin.

– Ça tombe bien, parce que moi, je suis prêt à te suivre où que tu ailles. Tu es ma priorité, Adelia. Je construirai ma vie autour de la tienne s'il le faut, pourvu que tu me laisses une petite place. Je veux tirer un trait sur les horreurs que j'ai commises et tout recommencer à zéro. Si tu es avec moi, j'y arriverai, c'est certain.

Je prends le temps de réfléchir. Est-ce que c'est vraiment ce que je veux, lui laisser une chance ?

– D'accord.

– D'accord ?

Son étonnement me fait éclater de rire.

– Oui, Milo. Je t'aime, et j'estime qu'on a assez perdu de temps à se mentir, alors je ne vais pas faire semblant de t'en vouloir plus longtemps malgré mon envie de te faire tourner en bourrique.

Il se penche au-dessus de moi pour m'offrir un baiser de cinéma. Ses larmes mouillent mon visage et mon cœur affole l'électrocardiogramme.

Ses parents et Jenny nous rejoignent peu de temps après la rapide visite de Pascal et Giulia. L'espace d'un instant, je redoute que Milo essaie de s'en tirer par une pirouette, mais cette fois, il prend le taureau par les cornes et leur livre la vérité sans fard. Je ne décèle aucune trace de réprobation dans le regard des parents, ce qui me surprend.

– On était au courant, finit par avouer Federico.

Milo tombe des nues. Moi aussi. Je le pensais plus discret.

– Comment ça ?

– Lorsque ton frère a rejoint la Mafia, nous n'avons rien vu et nous nous en sommes horriblement voulu, explique Lina avec douceur. Alors, nous sommes devenus plus vigilants. Nous avions déjà constaté quelques signes pendant qu'on était aux États-Unis.

– C'est la raison pour laquelle nous avons accéléré notre retour en Italie. On voulait en avoir le cœur net, explique Federico. En arrivant ici, nous avons tout de suite compris de quoi il en retournait.

– Pourquoi ne pas me l'avoir dit ?

– Pour te donner une chance, Milo. Tu n'es pas ton frère. Tu es fort, même si tu souffres. On savait que cette voie n'était pas la tienne et on voulait que tu t'en rendes compte par toi-même. Constater ses propres erreurs est la plus efficace des éducations.

Milo opine, mortifié.

– Nous voulions te surveiller de près, être présents, juste au cas où. Et puis, quand on a vu Adelia, on a su qu'elle t'aiderait à revenir sur le bon chemin.

– Mais t'as quand même été un peu long à la détente, me taquine Jenny. Je te préviens, tu n'as pas intérêt à recommencer tes conneries.

– Je suis tellement d'accord avec toi, renchéris-je.

– L'amour fait des miracles, conclut Giulia.

ÉPILOGUE

Trois ans plus tard

MILO

– Bonjour, Anna, vous allez bien ?

– Parfaitement, merci. Et vous ?

Je souris à cette habituée du nouvel Eatalsace.

– On ne peut mieux. Que puis-je vous servir ?

Je ne mens même pas, mon bonheur est presque parfait. Pour commencer, je partage ma vie avec la femme que j'aime. Adelia m'a pardonné mes mensonges et j'ai tenu parole. La Mafia n'est plus qu'un lointain souvenir, même si certains réflexes subsistent, comme celui d'avoir un flingue dans mon tiroir, juste au cas où... Bon, d'accord, il est factice. Adelia est fermement opposée aux armes à feu et elle serait prête à s'en servir contre moi si je la forçais à aller contre ses principes.

En dehors de ça, j'ai tenu parole. Nous avons quitté la Sicile pour l'Alsace, où nous avons fini par reprendre le commerce des parents d'Adelia après que Pascal m'a transmis sa passion pour la cuisine alsacienne. Nous avons travaillé ensemble pendant un an, puis ils ont pris leur retraite, tout simplement. Je leur ai fait cadeau d'une jolie enveloppe pour fêter ça. J'y ai glissé une partie de l'argent que j'avais gagné lors de ma coopération avec les Fiori, ils s'en sont servis pour s'offrir un petit tour du monde. En cet instant, ils sont à Chicago, chez mes parents, prochainement retraités eux aussi.

– Je vais prendre une dizaine de *cannoli* au kirsch.

Ce dessert est la preuve que nos deux univers se marient à merveille. La chaleur de la Sicile et la douceur de l'Alsace ne se retrouvent pas que dans notre assiette. Après avoir racheté Eatlasace, nous nous sommes lancés dans une série de travaux que nous avons partiellement confiés à Jenny. Elle n'a pas encore son diplôme d'architecte, ça ne fait que deux ans qu'elle a repris ses études. Mais elle a su dessiner les plans du nouvel Eatalsace, qui nous ressemble davantage. Ce que je préfère, ce sont les poutres apparentes de la façade, comme dans les maisons à colombages typiques de la région. Ça me fait penser aux contes de fées. À l'intérieur, elle a ajouté deux colonnes de part et d'autre du comptoir. Elles sont directement inspirées de la Vallée des temples d'Agrigente, une de nos premières escapades ensemble. En ce temps-là, j'étais loin de me douter qu'Adelia deviendrait la femme de ma vie. Nous nous sommes mariés il y a un an.

D'ailleurs, la voilà qui me rejoint. Elle se sert un expresso tandis que je finis de m'occuper de notre cliente.

– Ça avance, ton projet ? lui demandé-je une fois que nous nous retrouvons seuls dans la boutique.

Elle plonge les lèvres dans sa tasse avant d'opiner. Contrairement à ce que j'avais souhaité au départ, Adelia ne travaille pas avec moi. Elle a essayé, mais j'ai remarqué que ça ne la rendait pas heureuse, alors je l'ai encouragée à faire ce qu'elle aime vraiment. Elle avait raison : l'amour n'est pas une cage. Aujourd'hui, elle offre ses services de photographe en freelance à plusieurs entreprises. Elle s'éclate et moi, ça me rend heureux de la voir comme ça. Nous avons aménagé un bureau juste à côté des cuisines et embauché quelqu'un pour gérer la caisse à temps partiel. Aujourd'hui, nous sommes à la recherche d'un aide cuisinier pour me seconder.

Tout serait parfait si je savais ce qu'il est advenu d'Albi. Il a pris la fuite dès l'incarcération de son père et ne me contacte que rarement pour me donner de ses nouvelles. En enfermant Silvio, nous avons coupé la tête de la Pieuvre, mais les tentacules sont toujours là, attendant l'avènement d'un nouveau chef pour reprendre vie. En tout cas, c'est ce qu'Albi croit, et c'est la raison pour laquelle il se cache.

Le carillon de la porte tinte, m'indiquant l'arrivée d'un client. Celui-ci est vêtu tout en noir, coiffé d'une casquette et marche tête baissée, visage vers le sol. Je me raidis. Même si Silvio est en prison pour encore un petit moment, je n'ai pas perdu mes réflexes et je me méfie de tout ce qui me semble louche.

– Bonjour. Je peux vous aider ? demandé-je en tendant la main vers le tiroir dans lequel je cache mon – faux – flingue.

– Deux *arancini*, s'il te plaît. S'ils sont carrés, ce sera la preuve que ta meuf te tient définitivement par les couilles.

Je sursaute quand Adelia pousse un cri de joie. L'inconnu relève la tête et se débarrasse de sa casquette.

– Albi ?

REMERCIEMENTS

Merci Adelia et Marie-Rose pour l'initiation à la culture et à la cuisine italiennes. Vous n'êtes plus là, mais votre rayonnement perdure.

Alex, mon rayon de soleil, tes fous rires résonnent dans mes oreilles à chaque phrase que je pose. Et toi, Lina, je te remercie pour ta malice et ta vivacité d'esprit. Tu dégages plus d'énergie qu'une supernova. Désolée de te comparer à une étoile en fin de vie.

Guillaume, merci d'être là dans les bons comme dans les mauvais jours.

Jennifer, merci d'avoir répondu à toutes mes questions sur la Sicile.

Alice, merci pour ta patience infinie et pour ta bienveillance. T'avoir connue est une des meilleures choses qui me soient arrivées ces dernières années.

Et pour finir, merci à vous, lecteurs, à ceux qui me suivent depuis le début comme à ceux qui découvrent ma plume aujourd'hui.

Composition et mise en pages
Nord Compo à Villeneuve-d'Ascq